Ricardo Piglia

# MUNK

Quartbuch

RICARDO PIGLIA

# MUNK

Roman

Aus dem argentinischen Spanisch
von Carsten Regling

Verlag Klaus Wagenbach Berlin

Für Germán García
*Auf die Rückkehr*

Inhalt

*Dieser verlorene Reichtum, er ist unendlich.*

Edgar Bayley

# I. DER UNFALL

# Erstes Kapitel

## 1

Damals lebte ich mehr als ein Leben, bewegte mich in parallelen Welten: Es gab die Freunde, die Liebe, den Alkohol, die Politik, die Hunde, die Bars, die nächtlichen Spaziergänge. Ich schrieb Drehbücher, die keiner verfilmte, übersetzte die immer gleichen Kriminalromane, bearbeitete trockene philosophische (oder psychoanalytische!) Werke, unter die andere ihren Namen setzten. Ich fühlte mich verloren, vereinsamt, bis ich plötzlich an einer nordamerikanischen Universität landete und in eine Geschichte hineingezogen wurde, von der ich hier erzählen möchte.

Ich erhielt das Angebot, ein Semester als *visiting professor* an der elitären Taylor University zu unterrichten; ein Kandidat war abgesprungen, und weil sie mich von früher kannten und sich an mich erinnerten, schrieben sie mir. Wir einigten uns, machten einen Termin aus, aber mir kamen Zweifel, und ich schob meine Abreise immer wieder hinaus. Ich hatte keine Lust, ein halbes Jahr am Ende der Welt zu vergeuden. Etwas später, Mitte Dezember, erhielt ich eine Mail von Ida Brown, verfasst in der Syntax alter Telegramme: *Alles geregelt. Bitte senden Sie den Seminarplan. Erwarten Ihre Ankunft.* An dem Abend herrschte eine fürchterliche Hitze, ich nahm eine kalte Dusche, holte mir ein Bier aus dem Kühlschrank und machte es mir im Sessel vor dem Fenster bequem; die Stadt glich einer opaken Masse aus fernen Lichtern und disharmonischen Klängen.

Ich lebte getrennt von meiner zweiten Frau und wohnte in einer Wohnung in Almagro, die mir ein Freund für eine Weile überlassen hatte. Ich hatte derart lange nichts veröffentlicht, dass eine blonde Frau, die ich eines Abends am Ausgang eines Kinos unter irgendeinem Vorwand ansprach, völlig verblüfft reagierte, als sie erfuhr, wer ich war. Sie hatte geglaubt, ich sei tot. (»Oh, man hat mir erzählt, Sie wären in Barcelona gestorben.«)

Eine Zeitlang hielt ich mich mit der Arbeit an einem Buch über W. H. Hudsons Zeit in Argentinien über Wasser, aber das Projekt kam nicht voran; ich war erschöpft, lustlos, und ein paar Wochen tat ich überhaupt nichts, bis mich eines Morgens Ida Brown anrief. Wo ich steckte? In einem Monat begännen die Vorlesungen, ich müsse sofort aufbrechen. Alle warteten auf mich, übertrieb sie.

Ich gab dem Freund die Wohnungsschlüssel zurück, verstaute meine Sachen in einem Möbellager und reiste ab. Nach einer Woche in New York fuhr ich Mitte Januar mit einem Zug der New Jersey Transit in den ruhigen Vorort mit der Universität. Natürlich suchte ich Ida bei meiner Ankunft vergebens, aber immerhin hatte sie zwei Studenten geschickt, die mich auf dem Bahnsteig erwarteten, mit einem Schild, auf dem in roten Buchstaben mein falsch geschriebener Name stand.

Es hatte geschneit, und der Parkplatz glich einer weißen Wüste, mit Autos, die im eisigen Nebel versunken waren. Ich stieg in den Wagen, und im Schritttempo bewegten wir uns mitten am Nachmittag durch das gelbliche Licht der hohen Laternen. Wir hielten vor einem Haus in der Markham Road, unweit des Campus. Die Universität hatte es von einem Philosophieprofessor für mich gemietet, der gerade sein *sabbatical* in Deutschland verbrachte. Die beiden Studenten, Mike und John III. (ich sollte ihnen später in meinem Seminar wiederbegegnen), halfen mir still und fleißig beim Ausladen des Gepäcks, gaben mir ein paar praktische Tipps und zeigten mir, nachdem sie das Garagentor geöffnet hatten, den in der Miete enthaltenen Toyota von Professor Hubert. Zum Schluss erklärten sie mir noch, wie die Heizung funktionierte, und notierten mir eine Telefonnummer für den Fall, dass ich erfrieren sollte (»Zur Not rufen Sie einfach Public Safety an«).

Der Ort war herrlich und schien, obwohl New York gerade einmal sechzig Kilometer entfernt lag, nicht von dieser Welt zu sein. Villen mit riesigen Fenstern und großzügigen offenen Vorgärten, baumgesäumte Straßen, absolute Stille. Wie eine luxuriöse Nervenklinik, genau das, was ich im Moment brauchte. Nirgends ein Zaun, ein Wachhäuschen oder eine Mauer. Die Verteidigungsanlagen waren anderer Art. Die Gefahren des Lebens schienen weit entfernt, hinter den Wäldern und Seen, in Trenton, in New Brunswick, in den ausgebrannten Häusern und Ghettos von New Jersey.

Am ersten Abend blieb ich lange wach, besichtigte die Zimmer und betrachtete die Gärten im Mondlicht. Das Haus war gemütlich, aber dass ich wieder einmal in den Räumen eines anderen wohnte, rief erneut dieses seltsame Gefühl von Verlorenheit in mir hervor. Die Bilder an den Wänden, der Nippes auf dem Kaminsims, die akkurat in Plastikbeuteln verstaute Kleidung, all das gab mir das Gefühl, weniger ein Eindringling als ein Voyeur zu sein. Die Wände des Arbeitszimmers in der oberen Etage waren von oben bis unten mit Philosophiebüchern bedeckt, und als ich die Bibliothek betrachtete, kam mir der Gedanke, die Bände könnten aus demselben dichten Stoff gemacht sein, der mir stets erlaubt hat, mich von der Gegenwart abzuschotten und vor der Wirklichkeit zu fliehen.

In den Küchenschränken fand ich mexikanische Soßen, exotische Gewürze, Gläser mit getrockneten Pilzen und Tomaten, Büchsen mit Speiseöl und Marmeladengläser, als hätte sich jemand auf eine lange Belagerung vorbereitet. Konservendosen und Philosophiebücher, was konnte man sich mehr wünschen? Ich machte mir eine Campbell-Tomatensuppe warm, öffnete eine Büchse Sardinen, toastete ein paar Scheiben tiefgefrorenes Brot und entkorkte eine Flasche Chenin Blanc. Später kochte ich mir einen Kaffee, machte es mir auf dem Wohnzimmersofa bequem und schaltete den Fernseher ein. Wie immer, wenn ich an einem neuen Ort bin. Fernsehen ist überall gleich, die einzige Realität, die alle Veränderungen überdauert. Auf ESPN schlugen die Lakers die Celtics, in den *News* stellte Bill Clinton sein freundliches Lächeln zur Schau, in einer Honda-Werbung versank ein Auto im Meer, und auf HBQ lief *Possessed* von Curtis Bernhardt, einer meiner Lieblingsfilme. Joan Crawford lief mitten in der Nacht durch einen Stadtteil von Los Angeles. Ohne eine Vorstellung, wer sie war, ohne eine Erinnerung an ihr früheres Leben, irrte sie durch die seltsam beleuchteten Straßen wie durch ein leeres Aquarium.

Ich musste eingeschlafen sein, denn das Läuten des Telefons weckte mich. Es war kurz vor Mitternacht. Jemand, der meinen Namen kannte und mich beharrlich mit Professor anredete, bot mir Kokain an. Das alles war so ungewöhnlich, dass es wahr sein musste. Verwirrt legte ich auf. Entweder war es ein Witzbold, ein Spinner oder ein DEA-Agent, der das Privatleben der Ivy-League-Akademiker überprüfte. Woher kannte er meinen Namen?

Ehrlich gesagt, machte mich der Anruf ziemlich nervös. Ich leide unter leichten Panikattacken. Nicht mehr als jeder andere. Ich stellte mir vor, von draußen beobachtet zu werden, und löschte das Licht. Garten und Straße lagen im Dunkeln, die Blätter der Bäume bewegten sich im Wind; nebenan, hinter dem Holzzaun, sah man das hellerleuchtete Nachbarhaus und im Wohnzimmer eine schmächtige Frau im Jogginganzug, die mit langsamen, harmonischen Bewegungen, als schwebte sie durch die Nacht, Tai-Chi-Übungen machte.

# 2

Am nächsten Morgen fuhr ich zur Universität, stellte mich den Sekretärinnen und einigen Kollegen vor, erwähnte jedoch mit keinem Wort den seltsamen nächtlichen Anruf. Ich ließ Passfotos von mir machen, unterschrieb Formulare, erhielt einen Bibliotheksausweis und bezog ein sonniges Büro im dritten Stock des Fachbereichs, das auf die Kieswege und gotischen Gebäude des Campus hinausging. Das Semester begann, die Studenten trafen mit ihren Rucksäcken und Rollkoffern ein. Auf dem eisigen Weiß der breiten, von der Januarsonne beschienenen Wege herrschte reges Treiben.

Ich traf Ida Brown in der Professorenlounge, und wir gingen gemeinsam im Ferry House essen. Wir kannten uns von meinem ersten Aufenthalt vor drei Jahren, aber während es mit mir beständig bergab gegangen war, hatte sich ihre Situation deutlich verbessert. Sie wirkte vornehm in ihrem eleganten Cordblazer, mit ihren karmesinrot geschminkten Lippen, dem schlanken Körper und dieser leicht bissigen, sarkastischen Art. (»Willkommen auf dem Friedhof der sterbenden Schriftsteller.«)

Ida war eine Art Star der akademischen Welt, ihre Dissertation über Dickens hatte die Forschung über den Autor von *Oliver Twist* über zwanzig Jahre lang zum Erliegen gebracht. Ihr Gehalt glich einem Staatsgeheimnis, man munkelte, es würde alle sechs Monate angehoben, und ihre einzige Bedingung sei, dass sie hundert Dollar mehr verdiente als der bestbezahlte männliche Kollege (sie benutzte ein anderes Wort). Sie lebte allein, hatte nie geheiratet, wollte keine Kinder und war stets von einer Schar Studenten umringt. Nachts konnte man zu jeder Uhrzeit Licht in ihrem Büro brennen sehen und sich das leise Brummen ihres Computers vorstellen, auf dem sie ihre explosiven Thesen zu Politik und Kultur verfasste. Und auch ihr verstohlenes Lächeln bei dem Gedanken, welchen Skandal ihre neuesten Thesen unter den Kollegen hervorrufen würden, konnte man erahnen. Es hieß, sie sei ein Snob, der alle fünf Jahre eine neue Theorie vertrete, und jedes Buch von ihr sei anders, weil es die gerade aktuelle Mode aufgreife, aber es gab niemanden, der sie nicht um ihre Intelligenz und ihren Erfolg beneidet hätte.

Kaum hatten wir uns gesetzt, informierte sie mich über den aktuellen Stand am Fachbereich für Modern Culture and Film Studies, den sie selbst mitgegründet hatte. Sie habe die Filmwissenschaften mit aufgenommen, weil die Studenten keine Romane mehr lasen, nicht in die Oper gingen und sich weder für Rockmusik noch Konzeptkunst interessierten – aber Filme würde man sich *immer* anschauen.

Ida war offen, direkt und verstand es zu streiten und zu denken. (»Die beiden Verben gehören zusammen.«) Sie führte einen erbitterten Krieg gegen die *Derrida'schen Zellen*, die die literaturwissenschaftlichen Fachbereiche des Ostens kontrollierten, vor allem aber gegen das *Zentralkomitee* der Dekonstruktivisten in Yale. Dabei verteidigte sie nicht den Kanon, wie es Harold Bloom oder George Steiner taten (»diese kitschigen Ästheten der aufgeklärten Mittelschicht«), sondern attackierte sie von links, aus der großen Tradition der marxistischen Historiker heraus. (»Obwohl marxistische Historiker ein Pleonasmus ist, so wie amerikanisches Kino.«)

Sie arbeitete für und gegen die Elite und hasste ihr berufliches Umfeld. Sie hatte kein breites Publikum, nur Spezialisten lasen sie, übte aber einen großen Einfluss auf alle möglichen Minderheiten aus, die ihre extremen Thesen aufsaugten, umformten und verbreiteten, bis sie – Jahre später – zum Allgemeinwissen der Massenmedien gehörten.

Ida hatte meine Bücher gelesen, kannte meine Projekte. Sie wollte, dass ich ein Seminar über Hudson gab. »Ich brauche deine Perspektive«, sagte sie mit einem müden

Lächeln, als wäre diese Perspektive nicht besonders wichtig. Sie beschäftige sich mit dem Verhältnis zwischen Conrad und Hudson, erklärte sie, um von vornherein klarzustellen, dass dies ihr Gebiet war und ich dort nichts zu suchen hatte. (Es hieß, sie halte nichts von Privateigentum – außer wenn es um *ihre* Forschungsprojekte ging.)

Edward Gardner, der Verleger, der Conrad entdeckt hatte, hatte auch Hudsons Bücher herausgebracht. Auf diese Weise hatten sich die beiden Schriftsteller kennengelernt und Freundschaft geschlossen; sie waren die besten englischen Prosaautoren des späten 19. Jahrhunderts und beide in fernen exotischen Ländern zur Welt gekommen. Ida interessierte sich für die Tradition derjenigen, die den Kapitalismus von einer archaischen, vorindustriellen Warte aus kritisierten. Die russischen Sozialrevolutionäre, die Beat-Generation, die Hippies und neuerdings die Umweltschützer hätten den Mythos des natürlichen Lebens und der Landkommune wiederbelebt. Hudson, so Ida, habe dieser etwas infantilen Ideologie das Interesse für die Tiere hinzugefügt. Die Friedhöfe der reichen Vorortsiedlungen sind voll mit Katzen- und Hundegräbern, sagte sie, während die *homeless* auf der Straße erfrieren. Die Kindergeschichten von Tolkien seien das Einzige, was vom literarischen Kampf gegen die Auswirkungen des Industriekapitalismus übriggeblieben war. Aber was ich denn eigentlich in meinem Kurs vorhätte? Ich erklärte ihr den Seminarplan, und das weitere Gespräch drehte sich im Wesentlichen um dieses Thema. Sie war so schön und so intelligent, dass es fast ein bisschen künstlich wirkte, und ich hatte das Gefühl, sie bemühte sich, weniger attraktiv zu sein, als wäre Schönheit in ihren Augen ein Nachteil.

Nach dem Essen liefen wir durch die Witherspoon zur Nassau Street. In der Sonne hatte der Schnee zu schmelzen begonnen, und wir bewegten uns vorsichtig über die glatten Bürgersteige. Ich würde ein paar Tage freihaben, um mich einzugewöhnen, wenn ich etwas bräuchte, müsse ich nur Bescheid sagen. Die Sekretärinnen könnten sich um die bürokratischen Details kümmern, und die Studenten seien begeistert von meinem Kurs. Sie hoffe, dass ich es bequem hätte in meinem Büro im dritten Stock. Als wir uns an der Straßenecke schräg gegenüber dem Campus verabschiedeten, legte sie mir die Hand auf den Arm und sagte lächelnd:

»Im Herbst bin ich immer heiß.«

Ich war sprachlos, verwirrt. Sie sah mich mit einem seltsamen Ausdruck an, wartete ab, ob ich etwas erwidern würde, und machte sich dann entschlossen auf den Weg. Vielleicht hatte sie gar nicht gesagt, was ich zu hören geglaubt hatte (*»In the fall I'm always hot«*), vielleicht hatte sie *Im Fallen bin ich immer ein Falke* gesagt. *Hot/hawk*, gut möglich. Oder sie meinte *fall term*, das Semester, das im Herbst beginnt, doch gerade begann das andere. Natürlich konnte *hot* im Slang auch *speed* bedeuten, und im Dialekt von Harlem war *fall* ein Gefängnisaufenthalt. Unterhielt man sich mit einer Frau in einer fremden Sprache, nahmen die möglichen Bedeutungen noch zu. Es war ein weiteres Anzeichen für das Chaos in meinem Kopf, das sich in den nächsten Tagen noch verstärken sollte. Ich bin besessen von der Sprache, eine Berufskrankheit, mein Gehör ist geradezu vergiftet von Trubetzkoys Phonetik, und ich höre immer mehr als nötig. Es kann vorkommen, dass ich mich mit Anakoluthen oder adjektivierten Substantiven aufhalte und die wahre Bedeutung der Sätze aus den Augen verliere. Vor allem, wenn ich unterwegs bin, nicht geschlafen, zu viel getrunken oder mich verliebt habe. (Oder müsste es heißen: Vor allem, wenn ich reise, müde bin und mir eine Frau gefällt?)

In den nächsten Wochen kam es immer wieder zu solchen seltsamen Resonanzen. Das Englische beunruhigte mich, denn ich irrte mich öfter, als mir lieb war, und schrieb diese Fehler der bedrohlichen Bedeutung zu, die Wörter manchmal für mich haben. *Down in the street there are pizza huts to go to and the pavement is nice, bluish slate-gray.* Ich konnte einfach nicht auf Englisch denken und fing sofort an zu übersetzen. *Am Ende der Straße gibt es eine Pizzeria, und der Asphalt (das Pflaster) glitzert sanft im bläulichen Licht.*

Äußerlich betrachtet, verlief mein Leben ruhig und eintönig. Ich kaufte im Davidson's ein, kochte zu Hause oder ging im Professorenclub gegenüber dem Prospect House essen. Hin und wieder nahm ich Professor Huberts Toyota und besuchte die umliegenden Dörfer. Käffer mit Spuren von Schlachten aus der Zeit der Unabhängigkeitserklärung oder des grausamen Sezessionskriegs. Manchmal ging ich am Ufer des Delaware spazieren, einem Kanal, der im 19. Jahrhundert Philadelphia mit New York verbunden hatte und einst der bedeutendste Handelsweg der USA gewesen war. Irische Einwanderer hatten ihn mit Schaufeln ausgehoben, und er besaß ein komplexes System aus Schleusen und Dämmen, aber jetzt war er stillgelegt und in einen von Bäumen gesäumten Wanderweg verwandelt worden, mit luxuriösen Villen auf den Hügeln zu beiden Seiten, die das ruhige Gewässer überblickten. Um diese Jahreszeit war der Kanal zugefroren, und Kinder in gelben Daunenjacken und roten Mützen glitten auf ihren Schlittschuhen wie Vögel über die transparente Oberfläche.

Eine meiner Beschäftigungen war das Beobachten der Nachbarin. Sie war das einzige Bild des Friedens in meinen einsamen Morgenstunden. Eine winzige Gestalt, die sich inmitten von toter Erde um ihre Blumen kümmerte. Von meinem Zimmer im oberen Stock sah ich sie jeden Morgen in den kleinen Garten gehen. Vorsichtig schritt sie durch den Schnee und hob das gelbe Tuch hoch, mit dem sie die Blumen abdeckte, die sie in einer Ecke, im Schutz einer Steinmauer, züchtete. Sie tat alles, damit die

Knospen den Frost, die raue Winterluft und den Mangel an Sonnenlicht überstanden. Ich glaube, sie sprach sogar mit ihnen, ein sanftes Murmeln in einer fremden Sprache drang wie eine unbekannte, zarte Musik zu mir hoch. Manchmal hatte ich das Gefühl, sie pfeifen zu hören, was selten ist bei Frauen, aber eines Morgens vernahm ich ganz deutlich Mussorgskys *Bilder einer Ausstellung*. Die Wirklichkeit hat eine Hintergrundmusik, und in diesem Fall entsprach die – ziemlich leichte – russische Melodie der morgendlichen Stimmung und meinem Gemütszustand.

## 3

Ich hatte Hudson im Laufe meines Lebens viele Male gelesen, und einmal hatte ich sogar die Estancia besucht, auf der er geboren wurde – Los Veinticinco Ombúes. Sie lag in der Nähe meines Hauses in Androgué, und ich fuhr mit dem Fahrrad bis zum Kilometer 37, bog in die unbefestigte Allee ein und sah das Landgut vor mir. Wenn man jung ist, liebt man die Natur, aber wie bei vielen Schriftstellern, die dieses kindliche Gefühl in ihren Werken zum Ausdruck bringen, hielt diese Liebe auch bei Hudson ein Leben lang an. Viele Jahre später, 1918, als er in einem Haus am Meer in England sechs Wochen lang ans Krankenbett gefesselt war, machte er eine Art lange spirituelle Erfahrung, die ihn mit übernatürlicher Klarheit in seine glückliche Kindheit in der argentinischen Pampa zurückversetzte. Auf die Kissen gestützt, Notizbuch und Stift zur Hand, schrieb er ohne Unterlass, in einem Zustand fiebriger Glückseligkeit, *Fernab und vor langer Zeit*, seine wunderbare Autobiographie. Diese Verbindung von Krankheit und Gedächtnis hat etwas von Prousts spontanen Erinnerungen, »aber es war nicht«, wie Hudson selber klarstellt, »dieser allseits bekannte Geisteszustand, bei dem eine Farbe oder ein Geräusch oder, häufiger noch, der mit unseren ersten Lebensjahren assoziierte Duft einer Blume die Vergangenheit so unmittelbar und lebendig heraufbeschwört, dass es schon fast einer Sinnestäuschung gleicht.« Vielmehr war es eine Erleuchtung, als wäre er wieder dort und könnte gestochen scharf die Tage vor sich sehen, die er damals erlebt hatte. Die aus diesen Erinnerungen entstandene Prosa gehört zu den Sternstunden der englischsprachigen Literatur und ist paradoxerweise auch einer der strahlendsten Momente der farblosen argentinischen Schreibkunst.

Vielleicht schrieb er so, weil sich das Englisch mit dem Spanisch seiner Kindheit vermischte; in den ursprünglichen Fassungen seiner Schriften tauchen wiederholt Unklarheiten und Fehler auf, die von Hudsons geringer Vertrautheit mit der Sprache zeugen, in der er schrieb. Einer seiner Biographen erinnert daran, wie Hudson bisweilen innehielt, um nach einem Wort zu suchen, und unverzüglich auf das Spanische zurückgriff, um den Ausdruck zu ersetzen und fortzufahren. Als wäre die Sprache der Kindheit immer nah an seiner Literatur und eine Art Fundus, in dem die verlorenen Stimmen fortdauerten. Er schrieb auf Englisch, aber seine Syntax war spanisch und hatte sich die sanften Rhythmen der mündlichen Tradition des La-Plata-Beckens bewahrt.

1846 gaben die Hudsons ihr Landgut auf und zogen nach Chascomús, wo der Vater eine kleine Farm gepachtet hatte. Damals waren die Wege kaum befahrbar, und man kann sich gut vorstellen, wie beschwerlich die dreitägige Reise gewesen sein muss. An einem frühen Montagmorgen brachen sie in einem Ochsenkarren auf und folgten dem trostlosen Pfad nach Süden. Unter der Plane reisten die Eltern und Kinder und ein paar wenige Habseligkeiten, während Kleidung, Hunde, Geschirr und Bücher mit einem Kahn auf dem Fluss befördert wurden. Ächzend und schwankend bewegte sich der Karren durch die weite Landschaft, immer auf der Suche nach dem einzigen Weg. Über ihren Köpfen schaukelte eine Laterne, und vor ihnen war nichts als die Nacht.

Am frühen Abend verließ ich die Bibliothek und lief durch die Nassau Street nach Hause. Oft kehrte ich im Blue Point ein, einem Fischrestaurant auf halber Strecke. Auf dem Parkplatz des Lokals traf ich häufig einen Obdachlosen an. Er hatte ein Schild mit der Aufschrift »Ich bin vom Orion« und trug einen weißen, bis oben zugeknöpften Regenmantel. Von Weitem ähnelte er einem Krankenpfleger oder einem Wissenschaftler in seinem Laborkittel. Manchmal blieb ich stehen, um ein paar Worte mit ihm zu wechseln. Er hatte geschrieben, er sei vom Orion, falls jemand kam, der ebenfalls von dort war. Er suchte Gesellschaft, aber nicht jede Art von Gesellschaft. »Nur Leute vom Orion, Monsieur«, erklärte er. Er hielt mich für einen Franzosen, und ich widersprach nicht, um ihn nicht von seinem Thema abzulenken. Nach einer Weile verstummte er. Anschließend rollte er sich unter dem Vordach zusammen und schlief ein.

Zu Hause ordnete ich die Notizen, die ich mir in der Bibliothek gemacht hatte, und arbeitete bis spät in die Nacht. Ich kochte mir einen Tee, hörte Radio, tat alles, damit es nie Morgen würde.

Hudson erinnerte sich wehmütig an seine Zeit als Soldat bei den argentinischen Streitkräften und das Jahr 1854, als er an den Gefechtsübungen in der Nähe des Río Colorado in Patagonien teilnahm. »Beim Dienst in der Truppe lernte ich viel über das Leben des Gauchosoldaten, in dem es weder Frauen noch Erholung gab, und die Indios lehrten mich, im Sattel zu schlafen.«

In seinem Roman *A Crystal Age* verlegt Hudson diese raue, asketische Vorstellung in eine ferne Zukunft. »Der zentrale Gedanke meines Romans ist das sexuelle Verlangen«, schrieb Hudson in einem Brief, »die Idee, dass es weder Ruhe noch Frieden geben wird, solange diese Raserei nicht endet. Vielleicht haben wir uns wirklich geistig und moralisch weiterentwickelt, doch was das Gewaltpotential der uns verzehrenden sexuellen Raserei angeht, ist meiner Meinung nach weder eine Veränderung noch eine Abnahme festzustellen. Wir sind noch immer von derselben Leidenschaft besessen wie vor zehntausend Jahren. Wir dürfen auf eine Zeit hoffen, in der es keine Armut mehr gibt, doch das Ende der Prostitution werden wir nie erleben.«

## 4

Auch ich lebte in einer transparenten Welt, und obwohl ich mich täglich verwirrter fühlte, bemühte ich mich, angezogen von einer Art klösterlichem Ideal, um einen geregelten Alltag. Ich litt unter leichten Bewusstseinsstörungen, was merkwürdige Folgen nach sich zog. Ich kam nicht zur Ruhe und ging in den schlaflosen Nächten spazieren. Der Ort schien ausgestorben, und ich schlich wie ein Gespenst durch die dunklen Viertel. Ich sah die Häuser in der Finsternis, die offenen Vorgärten; ich hörte den Wind in den Bäumen, und manchmal drangen Stimmen und geheimnisvolle Geräusche an mein Ohr. Vielleicht waren die weißen Nächte, in denen ich durch die leeren Straßen streifte, in Wirklichkeit nur Träume, und tatsächlich wachte ich morgens erschöpft auf, ohne zu wissen, ob ich mich nicht die ganze Nacht bloß im Bett herumgewälzt und das Zimmer überhaupt nicht verlassen hatte.

Danach war ich jedes Mal wie geblendet, als hätte ich zu lange in ein grelles Licht gestarrt. Beim Aufstehen fühlte ich mich seltsam hellsichtig und erinnerte mich lebhaft an bestimmte Details – eine abgerissene Kette auf dem

Bürgersteig, ein toter Vogel. Es war das Gegenteil eines Gedächtnisverlusts: Die Bilder waren gestochen scharf, wie Fotos.

Vielleicht war alles auf einen Albtraum oder den Schlafmangel zurückzuführen, aber ich erzählte niemandem davon. Nur mein Arzt in Buenos Aires wusste Bescheid, er hatte mir von der Reise abgeraten, aber ich hatte nicht auf ihn gehört, überzeugt, das Leben auf einem abgelegenen Campus würde mir guttun. Es gibt nichts Besseres als ein ruhiges Dorf im Grünen.

»Es gibt nichts Schlimmeres«, unterbrach mich Dr. Ahrest und reichte mir ein Rezept. Er war ein großartiger Arzt und ein freundlicher, stets gutgelaunter Mann. Laut Ahrest machte mir ein seltenes Leiden zu schaffen, das er *verzweigte Kristallisation* nannte. Eine Folge von Übermüdung und übermäßigem Alkoholkonsum. Als litte ich plötzlich unter nervösen Erinnerungsschüben. Vielleicht war das mein Leiden, oder vielleicht war es das Gefühl von Verlorenheit, das schlimmer wurde an einem Ort, an dem ich vor Jahren schon einmal gewesen war und an den ich mich verschwommen erinnerte.

Wenn ich die Enge leid war, floh ich nach New York. Ohne jemanden anzurufen, ohne mich bei irgendwem zu melden, verbrachte ich die Tage in der Menschenmenge. Ich suchte anonyme Orte auf und mied den Central Park und allzu offene Plätze. Irgendwann entdeckte ich das Renzi's in der MacDougall Street und schloss Freundschaft mit dem Besitzer, aber warum das Café so hieß, konnte er mir auch nicht sagen. Ich stieg jedes Mal im Leo House ab, einem katholischen, von Nonnen geführten Wohnheim. Früher war es eine Pension für Leute gewesen, deren Angehörige in einem Krankenhaus um die Ecke lagen, aber jetzt diente es als kleines Hotel, das zwar für die Öffentlichkeit zugänglich war, aber in erster Linie von Priestern und Seminaristen genutzt wurde. Morgens sah ich sie – zölibatär und feierlich – beim Frühstück sitzen, wo sie wie kleine Kinder lachten oder mit betont zerstreutem Ausdruck in ihren religiösen Schriften lasen.

Wie in so mancher Nacht in Buenos Aires zog ich los und machte mich auf die Suche nach Abenteuern. Ich streifte durch das Village oder Chelsea, lief die vereisten Straßen entlang und betrachtete die jungen Frauen in ihren weiten Mänteln und hohen Stiefeln. Ich wurde langsam alt, hatte die fünfzig überschritten und fing an, für Frauen unsichtbar zu werden. Vielleicht war das der Grund, warum ich eines Abends Elizabeth Wustrin anrief. Sie hatte vor einigen Jahren in ihrem kleinen Verlag meine Erzählungen veröffentlicht. Und bei meinem ersten New York-Aufenthalt vor drei Jahren hatten wir ein paarmal miteinander geschlafen.

Elizabeth war zierlich und lebhaft, dunkelhäutig, eine halbe Mulattin, aber da ihre Mutter – eine Schwarze (sie sagte *Afro-American*) – sie zur Adoption freigegeben hatte, war sie bei einem eingewanderten deutschen Ehepaar aufgewachsen. Sie hatte ihre Mutter nie gesehen, und die Frau hatte jede erdenkliche Vorsichtsmaßnahme getroffen, um nicht gefunden zu werden. Schließlich hatte Elizabeth einen Detektiv beauftragt, aber als er ihr die Adresse ihrer Mutter mitteilte, fehlte ihr der Mut, sie zu besuchen. Die Frau hatte ihren Namen geändert, lebte im Zentrum von Saint Louis und arbeitete für eine Modezeitschrift. Elizabeth lernte ihre Mutter nie kennen, aber dafür freundete sie sich mit dem Detektiv an, und eines Nachmittags besuchten wir ihn. Er hieß Ralph Parker, war für die Ace Agency tätig und wohnte in einem apartment in der Nähe des Washington Square. Im Eingangsbereich des Hauses gab es einen Metalldetektor und Überwachungskameras. Als wir aus dem Fahrstuhl stiegen, erwartete uns Parker bereits. Er war um die vierzig, dunkle Brille, schmales Gesicht. Seine Wohnung bestand aus einem fast leeren Raum mit hoher Decke und großen Fenstern über der Stadt. Und vier Computern, die kreisförmig auf einem riesigen Schreibtisch angeordnet waren und pausenlos liefen, mit verschiedenen geöffneten Websites und Dateien. Es war das erste Mal, dass ich einen solchen Schaltkreis mit einer speziellen Suchmaschine sah, dem Web-Crawler, der gerade auf den Markt gekommen war. Der Browser suchte die Dateien, die Parker brauchte, und die gewünschte Information war auf der Stelle da. Wir *private eyes* müssen nicht mehr auf die Straße, sagte er. Alles, was wir suchen, ist hier. Einer der Monitore war mit einem Lagerhaus am Hafen verbunden, und wenn man den Cursor bewegte, sah man mehrere Männer um einen Tisch herum sitzen und konnte hören, was sie sagten. Parker stellte den Ton ab, ließ aber das Bild an, das weiterflimmerte wie in einem Traum. Die Männer tranken lachend Bier, und in einer Einstellung glaubte ich eine Waffe zu erkennen. Genau genommen gibt es auch keine Privatdetektive mehr, fuhr er fort, es gibt keine Privatleute, die Verbrechen untersuchen. So was existiert nur im Kino, in Fernsehserien, aber nicht im wahren Leben. Die reale Welt ist chaotisch, psychotisch, unlogisch, verflochten. Wenn du allein auf der Straße bist, überlebst du keine zwei Tage, sagte Parker grinsend. Er rauchte einen Joint nach dem anderen und trank dazu Ginger Ale. Die Ace Agency war eine Organisation zahlreicher miteinander verbundener, aber unabhängiger Mitglieder. Sie arbeiteten mit Informanten, mit der Polizei, rekrutierten Junkies, Nutten, Tunten, Soldaten, schleusten sich ein, agierten als Gruppe. Keiner kannte die anderen, alle tauschten sich nur per Internet aus. Besser, man kannte die anderen nicht, es gab zu viele miese Typen in der Branche. *Private shit.*

Er untersuchte den Tod von drei schwarzen Soldaten eines Infanteriebataillons im Golfkrieg, das mehrheitlich aus texanischen Offizieren und Unteroffizieren bestand. Eine Vereinigung afroamerikanischer Soldatenfamilien hatte ihn mit der Ermittlung beauftragt. Er war sicher, dass sie ermordet worden waren. Aus purem Rassismus. Einfach aus Spaß. Die Detektei hatte sich mit einigen Soldaten in Verbindung gesetzt, die noch in Kuwait stationiert waren, und sie wären es, die den Fall aufklären würden. Ich verarbeite bloß die Informationen, sagte er. Wenn er den Mord beweisen könnte, würden sie vor Gericht gehen, und er würde den Anwälten die Beweise liefern. Er zeigte uns das Foto einer Sandfläche mit drei jungen schwarzen Soldaten in voller Kampfmontur in der irakischen Wüste.

Später gingen wir in ein chinesisches Restaurant. Parker fuhr fort, mir die Wahrheit über seinen Beruf zu erzählen. 1846 hatte in Boston das erste Detektivbüro eröffnet, spezialisiert auf Industriespionage und die Überwachung streikender Arbeiter. (»Zur täglichen Arbeit gehörte die permanente Beschattung einzelner Personen, um sie einzuschüchtern, sowie die verdeckte Überwachung der gerade entstehenden Gewerkschaften.«) Parker pflegte eine Art romantischen Zynismus, als hätte nur er entdeckt, dass die Welt ein einziger Sumpf war. Sein Licht in dieser Dunkelheit schien Marion zu sein, seine Exfrau, die ihn von einem Tag auf den anderen sitzengelassen hatte und die er seitdem erfolglos zurückzuerobern versuchte. Sie arbeitete in einer Buchhandlung, und als Parker hörte, dass ich Schriftsteller war (oder es einmal gewesen war), bestand er darauf, sofort zu ihr zu fahren. Während er nervös in dem chinesischen Restaurant auf und ab ging, rief er sie an, um ihr mitzuteilen, dass wir unterwegs zu ihr seien und sie mich unbedingt kennenlernen müsse, weil ich ein guter Freund von Borges gewesen sei. Wir fuhren zu Labyrinth Books in der oberen 110. Straße, im Viertel der Columbia University. An einer Wand am Eingang der Buchhandlung stand tatsächlich ein Satz von Borges über Labyrinthe, aber in den Regalen konnte ich kein einziges Buch von ihm entdecken. Die junge Frau war ausgesprochen attraktiv, eine große, gelassene Rothaarige, die über Parker sprach, als wäre er gar nicht anwesend. Sie hatten einige Monate zusammen gewohnt, aber dann hatte sie ihn verlassen, weil sie seine ständige Eifersucht und sein unverschämtes Verhalten leid gewesen war, und jetzt ließ Parker sie von einem seiner Handlanger beschatten und hatte auf diese Weise herausgefunden, dass sie ein Verhältnis mit einem verheirateten Mann hatte. Parker stand nicht einen Moment still, unterbrach sie alle paar Sekunden und versuchte sie zu überreden, zusammen mit uns ins Algonquin zu gehen, aber sie hatte keine Lust und brachte ihm das mit klaren Argumenten und großer Behutsamkeit bei, als spräche sie mit einem Irren, den man gerade erst entlassen hatte. Am Ende gingen Elizabeth und ich allein. Parker blieb und blätterte in irgendwelchen Büchern, bestimmt wollte er warten, bis seine Ex Feierabend hätte.

Elizabeth hielt Parker für einen guten Detektiv, nur sein Privatleben sei ein einziges Chaos, er wisse einfach zu viel von der Welt, um nicht ständig eifersüchtig und allem gegenüber misstrauisch zu sein. Ich wurde das Gefühl nicht los, dass auch sie eine Affäre mit dem Detektiv gehabt hatte und danach ebenfalls von ihm beschattet worden war. Sein anderes Problem, sagte sie, als hätte sie meine Gedanken gelesen, ist sein Hang zur Gewalt und dass er nie ohne eine Waffe durch die Gegend läuft. Ich begleitete sie zu ihrer Wohnung, und obwohl sie nicht lockerließ, wollte ich nicht bleiben und lief zum Port Authority Terminal, um den Bus nach New Jersey zu nehmen, der unterwegs im Ort hielt.

Ich kam nach Mitternacht an, alles war verlassen und dunkel, nur die parkenden Autos verrieten, dass der Ort nicht unbewohnt war. Ich sah im Briefkasten nach, nichts Wichtiges, unbezahlte Rechnungen, Werbeprospekte. Als ich ins Haus gehen wollte, sah ich meine Nachbarin aus der Waschküche kommen. Auch sie könne nachts nicht schlafen und habe Wäsche gewaschen, sagte sie. Offenbar glaubte sie, ich sei spazieren gegangen, um etwas gegen meine Schlaflosigkeit zu unternehmen. Ihr Englisch hatte einen leichten europäischen Akzent, und sie erzählte mir, sie sei Russin, emeritierte Slawistikprofessorin, und dass ihr Mann vor zwei Jahren gestorben sei. Ich könne gern mit hinaufkommen, um einen Tee zu trinken und ein wenig zu plaudern. Sie war schon älter, von kleiner Statur, temperamentvoll und voller Energie. Mit feinen Gesichtszügen und sehr blauen, durchdringenden Augen. Eine dieser Frauen, die in jedem Alter attraktiv sind, mit einem verschmitzten Ausdruck, dem die Jahre nichts anhaben können. Sie sprach so lebhaft und mit so viel Witz, dass sie nicht wie eine ältere Frau wirkte, eher wie eine Schauspielerin, die eine in die Jahre gekommene Dame spielte. (»Frauen meines Alters werden nicht älter, mein Lieber, nur verrückter«, sagte sie eines Tages.)

## Zweites Kapitel

### 1

Die Kurse begannen Anfang Februar, ich unterrichtete drei Stunden wöchentlich, montagnachmittags, im Bibliotheksraum B-6-M, das Seminar war mäßig besucht (sechs Teilnehmer). Natürlich war es eine elitäre, gutgedrillte Gruppe, mit dieser konspirativen Atmosphäre, wie sie typisch ist für Doktoranden, die während ihrer Promotion viel Zeit miteinander verbringen. Es ist eine seltsame Art der Ausbildung, die man in Argentinien so nicht kennt. Sie erinnert eher an eine Boxschule in der Bronx, wo junge Sportler von ehemaligen Champions, die Schläge austeilen und Befehle in den Ring brüllen, trainiert werden und dabei ständig Gefahr laufen, zu Boden zu gehen. Mir kam das Ganze wie einer der wenigen Initiationsriten vor, die es in der westlichen Welt noch gibt; vielleicht herrschte in den mittelalterlichen Klöstern eine ähnliche Atmosphäre der Verschwiegenheit, der Privilegien und des Überdrusses, denn die Studenten in den USA ähneln Gefangenen und bewegen sich mit ihren Professoren in einem geschlossenen Kreis – wie die Überlebenden eines Schiffbruchs. Sie wissen, dass sich dort draußen in der Welt im Grunde kein Mensch für Literatur interessiert und sie die letzten verbliebenen Hüter einer glorreichen, in die Krise geratenen Tradition sind.

Die sechs Rekruten vor mir am Tisch blickten mich angespannt und voller Erwartung an wie junge, unerfahrene Mörder in einem *Bundesgefängnis*. Längst haben die Universitäten die Ghettos als Orte psychischer Gewalt verdrängt. Am Tag meiner Ankunft hatte sich ein junger *assistant professor* einer nahegelegenen Universität in seinem Haus in Connecticut verschanzt und einen Polizisten erschossen; nach zwölf Stunden rückte das FBI an. Seine Beförderung zum *associate professor* war abgelehnt worden, und er forderte eine Neuverhandlung der Angelegenheit, da die Absage in seinen Augen eine große Ungerechtigkeit und Missachtung seiner bisherigen Leistungen und Publikationen darstellte. Das Lustigste war, dass er versprach, sich zu ergeben, wenn man ihm zusicherte, im Gefängnis Waffen tragen zu dürfen. Er hatte Recht, wo sonst sollte man Waffen benutzen, wenn nicht im Gefängnis, aber das FBI ging nicht darauf ein, und der junge Mann brachte sich um.

Hochschulen sind friedliche, vornehme Orte, dazu gedacht, alle Leidenschaften und Erfahrungen draußen zu lassen, doch unter der Oberfläche brodelt eine verborgene Wut: die fürchterliche Gewalt gebildeter Menschen. *Chair* der Modern Culture and Film Studies war Don D'Amato, ein Veteran aus dem Koreakrieg, und alle behaupteten, das sei auch der Grund, warum er zum Dekan des neuen Fachbereichs gewählt worden war. Schon bald würden nur noch Professoren mit Gefängnis- oder Kriegserfahrung für die Verwaltung der Universitäten zuständig sein.

Vielleicht sehe ich die Dinge auch erst so nach allem, was passiert ist (der Unfall, *the mishap, the setback,* wie die Polizei hier sagt), als wären die Ereignisse auf die komplexe Ausbildung der akademischen Elite in diesem Land zurückzuführen. Doch als ich mich setzte und von Hudson zu erzählen begann, fühlte ich mich glücklich und befreit – wie jedes Mal, wenn ein neuer Kurs anfängt und ich förmlich aufblühe in diesem von intensiver Verbundenheit geprägten Umfeld, in dem sich das uralte Ritual wiederholt, einer neuen Generation die unterschiedlichen Lesarten eines Textes und das kulturelle Wissen – und die Vorurteile – der Epoche zu vermitteln.

Schon immer haben mich Schriftsteller mit einer doppelten Herkunft, zwei Sprachen und zwei Traditionen interessiert. Hudson erfüllte diese Kriterien zur Genüge. Der 1838 in Buenos Aires geborene Sohn amerikanischer Eltern war Mitte des 19. Jahrhunderts in der rauen argentinischen Pampa aufgewachsen und 1874 nach England gezogen, wo er bis zu seinem Tod im Jahr 1922 lebte. Ein gespaltener Mann, mit der richtigen Dosis Schrulligkeit, um ein guter Schriftsteller zu sein. »Ich bin in zwei Vaterländern, zwei Sehnsüchten, zwei Wesensarten zu Hause. Beiden muss ich Achtung zollen, und zwar genau mit den zwei Elementen, die mein doppeltes Dasein prägen: Sehnsucht und Angst.« Er verkörperte die klassischen Probleme eines Schriftstellers, der in einer Sprache aufwächst und in einer anderen schreibt. Wie Kipling, Doris Lessing oder auch V.S. Naipaul wurde Hudson in einem entlegenen Landstrich geboren, der zum fernen Zentrum seiner Literatur wurde. Sie alle konfrontieren ihre Protagonisten (und Erzähler) mit einer nichteuropäischen und oftmals vorkapitalistischen Erfahrung, die sie auf die Probe stellt. Hudson feierte diese gewalttätige, ländliche Welt mit seiner wunderbar elegischen Prosa, weil er in ihr eine Alternative zu einem England sah, das von der industriellen Revolution und ihren Spannungen zerrissen wurde.

Wir begannen mit einer Szene aus *Müßige Tage in Patagonien*, die man »Eine Lektion in Optik« nennen könnte. Die Episode spielt um 1851, zur Zeit von Hudsons Kindheit. In der eintönigen Landschaft kommt es (erzählt Hudson) zu einer Begegnung zwischen einem Engländer und einem Gaucho, der »sehen« lernt, der zum ersten Mal »sieht«, weshalb wir die Szene auch »Sichtweisen« nennen könnten. Der Gaucho macht sich über den Europäer lustig, weil er eine Brille trägt. Er findet es lächerlich, mit einem künstlichen Gerät auf der Nase herumzulaufen. Es kommt zu einer Art Duell, einer angespannten Situation, in der es darum geht zu definieren, wer das, was er sieht, richtig sieht. Nach und nach lässt sich der Gaucho auf das Spiel ein und ist schließlich bereit, die Brille des Engländers auszuprobieren.

Kaum hat er sich die Sehhilfe aufgesetzt (die, wie in einem Akt surrealen Zufalls, genau seine Stärke hat), sieht der Pampabewohner die Welt, wie sie ist. Er entdeckt, dass er bis dahin eine verschwommene Sicht der Natur gehabt und nichts als diffuse Flecken und vage Formen in der grauen Ebene wahrgenommen hat. Er setzt die Brille auf, und alles ist anders, er sieht die Farben und die gestochen scharfen Umrisse der Landschaft, erkennt die wahre Beschaffenheit des Fells seines gescheckten Pferdes und macht so etwas wie eine spirituelle optische Erfahrung.

»Ich sehe den Karren«, sagt der Gaucho, der nicht glauben kann, dass das Fuhrwerk so farbenfroh leuchtet, und dann geht er hin und berührt es, weil er denkt, es sei frisch gestrichen. Die Geste des Gauchos, das Gesehene zu berühren, ist wie eine Offenbarung und eine Begegnung mit der Wirklichkeit. Die Welt ist sichtbar und real geworden. (»Das Grün der Blätter, das Gelb der Weide.«) Der Gaucho begreift, dass die Natur nicht so natürlich ist oder dass die wirklich natürliche Natur für ihn nur mittels eines künstlichen Geräts sichtbar wird.

Es ist eine Art Bekehrungsszene, man könnte auch sagen, eine pädagogische Szene, aber natürlich ist es auch eine koloniale Szene: Der Eingeborene ist zivilisiert worden. Hudson ist vom selben Schlag wie Conrad, und das Kapitel heißt »Sight in Savages«. Der Gaucho trägt von da an eine Brille, und wahrscheinlich ist er der erste seiner Art, der mit Gläsern auf der Nase durch die Provinz Buenos Aires reitet.

Wer trug Mitte des 19. Jahrhunderts in Argentinien eine Brille? Ich ließ einige Abbildungen und Stiche herumgehen. Mit der Verbreitung gedruckter Bücher war die Nachfrage nach Brillen gestiegen, und um 1829 war sie ausreichend groß, um dem Verband der englischen

Brillenhersteller das Exportrecht nach Argentinien zu gewähren. In diesem Zusammenhang sollte man auch den Begriff der *Kulturbrille* des Ethnologen Franz Boas betrachten, der die Schwierigkeit eines jeden Erzählers betont, der eine andere Kultur studiert.

Hudson hörte auf, von sich selbst zu reden, um die tendenziöse Position des Zeugen einzunehmen, der dort gewesen war. Dieses Konstruktionsverfahren ähnelte dem anderer Erzähler, die wie er von fernen Welten fasziniert waren. Seit seiner Novelle *Jugend*, in der er den Erzähler Marlow einführte, hatte Conrad dieses Verfahren zur Perfektion gebracht. Ich bat meine Studenten, diese und auch Kiplings Erzählung »Mrs. Bathurst« zu lesen, in der neben dem gespaltenen Leben auch zum ersten Mal das Kino in der Literatur auftaucht. Ich nahm noch »Juan Darién« dazu, Horacio Quirogas Erzählung, in der ein Tiger, der sich in einen Menschen verwandelt, die Welt mit verblüffender Hellsicht und Distanz betrachtet, aber einen hohen Preis dafür bezahlen muss.

Ich verteilte die Literaturliste, vergab die Referate, und in den ersten Wochen lief alles bestens. Jeder las die Bücher von Hudson auf eine andere Art, als wären es Texte verschiedener Autoren. Statt die Sichtweisen in Einklang zu bringen, versuchte ich, die Unterschiede herauszuarbeiten.

## 2

Allmählich gewöhnte ich mich an den Alltag, das eintönige akademische Leben half mir, Ordnung in mein Leben zu bringen. Zwar ließen meine nächtlichen Halluzinationen nicht nach, aber zumindest war ich beschäftigt. Ich hatte begonnen, mir Notizen über meine Begegnungen mit Orion zu machen. Ich beobachtete ihn und studierte seine Gewohnheiten und die Orte, wohin er sich im Laufe des Tages zurückzog. Meistens tat er überhaupt nichts, blieb in der Sonne, als ginge es darum, Energie zu sparen. Er folgte dem Licht und machte es sich auf der Suche nach Helligkeit und Wärme auf den sonnigen Flecken bequem. Wie ein Stein, Monsieur, sagte er einmal zu mir, wir müssen versuchen, wie Steine zu sein, hart und fest. Seine andere wesentliche Beschäftigung war das Gehen, er bewegte sich durch den Ort wie ein Tourist, mit gleichmäßigem, ruhigem Schritt. Er nannte es mentales Marschieren. Er konnte nur nachdenken, wenn er irgendwohin unterwegs war. Sobald es dunkel wurde, ging er zu Natural, dem Bio-Supermarkt im unteren Teil des Ortes. Zwischen den Abfällen fand er alles, was er brauchte: Joghurt, Obst, Gemüse, Brot, Müsli, Kekse. Er nannte das »Essen retten«, und obwohl es eigentlich verboten war, hatte niemand etwas dagegen. Orion regte sich furchtbar auf und schimpfte, dass jeder Nahrungsmittel wegschmeißen dürfe, es aber verboten sei, sie sich zu nehmen.

Manchmal bestellte er sich eine warme Suppe in der Bar des Griechen gegenüber dem Campus oder einen Milchkaffee und einen Bagel im Studentencafé. Er zahlte stets mit einer Fünfundzwanzig-Cent-Münze, was alle akzeptierten. Seine Bezahlung richtete sich nach den Preisen der siebziger Jahre, als er, wie ich hörte, als Doktorand herkam, sich dem Müßiggang verschrieb und irgendwann in der Gosse landete. Er bettelte nie, fand Kleingeld auf der Straße, und das war eine seiner weiteren Beschäftigungen. Er lief dicht am Bordstein entlang und durchkämmte den kompletten Block, und jedes Mal entdeckte er irgendeine heruntergefallene Münze. Wenn es taute und der Schnee in der Sonne schmolz, hatte er am meisten Glück, er blieb vor einem Gully stehen und brauchte nichts weiter als ein Stück Stoff oder etwas Maschendraht, um das zu angeln, womit er dank seiner antiquierten Preisvorstellung mehrere Tage überleben konnte. Alle kannten ihn, keiner störte sich an ihm, und keiner ging ihm auf die Nerven. »Sie sind nett, wenn man nett ist, sie bekommen Angst, wenn man Angst hat, sie lächeln, wenn man lächelt.« So lautete eine seiner Schlussfolgerungen über das gesellschaftliche Zusammenleben.

Ich begriff schnell, dass es in meinem Seminar zwei klar voneinander abgegrenzte Gruppen gab. Die eine bestand aus zwei fleißigen, schüchternen Frauen, Yu-Yho-Lyn und Carol Murphy, und einem jungen Mann, Billy Sullivan, der grundsätzlich schlecht gelaunt schien. Weil es ihr erstes Jahr an dieser Uni war und ihr Aufbaustudium gerade erst begonnen hatte, war ihnen eine gewisse Unsicherheit anzumerken. Die andere Gruppe bildete ein Trio, bestehend aus John Russell III., Mike Trilling und Rachel Oleson, einer sportlichen und hochintelligenten jungen Frau schwedischer Abstammung. Sie befanden sich in der Endphase ihres Studiums, mit bereits bewilligten Dissertationsanträgen, und traten stets als Gruppe auf. Der brillanteste von ihnen war John III., Idas künftiger Thronfolger. Er sah aus wie ein typischer Oxford-Student (wo er tatsächlich herkam) und schrieb an einer Dissertation über *The Monkey Wrench Gang*, Edward Abbeys Roman mit Zeichnungen von Robert Crumb über eine Bande von Anarchisten, halben Punks, die sich für die Natur engagierten, indem sie Bagger, Bulldozer und Motorsägen zerstörten und Menschen umbrachten, die den Wald abholzten. Er besuchte mein Seminar, weil er in Hudsons Verherrlichung der argentinischen Pampa eine Art Vorwegnahme der modernen Umweltbewegung sah. Alle sagten, John III. sei Idas Liebling und gleichzeitig – prognostizierten sie mit Genugtuung – ihr künftiger Rivale. Es soll Differenzen und Streit gegeben haben, weil Ida Einwände gegen sein Dissertationsthema hatte (»Heutzutage eine Doktorarbeit über ein einziges Buch zu schreiben ist veraltet und dumm«), doch John III. blieb standhaft und verteidigte arrogant sein Vorhaben, über ein Beispiel von drastischer *gore fiction* zu schreiben, das seiner Meinung nach auf die Tradition der Countrymusic und der ländlichen Banditen zurückgriff. Mike dagegen war der klassische Amerikaner aus der unteren Mittelschicht, ein junger Mann aus Philadelphia mit Bürstenhaarschnitt und platter Nase. Er war ernster und rücksichtsvoller als die anderen und derart höflich, dass mir der Gedanke kam, seine steifen Manieren könnten darauf hinweisen, dass er schon einmal im Gefängnis gesessen hatte. Mike war Trucker gewesen (»Ja, ich gehöre zu denen, die auf der Highschool *On the Road* gelesen haben«), bis er beschloss, sich um ein Aufbaustudium zu bewerben. Weil er eine Erzählung in der Zeitschrift *Stories* veröffentlicht und eine glänzende Arbeit über die Tradition der Autobiographie in der amerikanischen Literatur eingereicht hatte, wurde er genommen. Inzwischen war er im dritten Jahr und schrieb an seiner Dissertation über die Arbeiterkultur innerhalb der Beat-Generation. Er war im Begriff, eine akademische Karriere zu machen, glaubte aber nicht an die Universität, höchstens als Ort, wo man ein bequemes Leben führen konnte. Er bewunderte Thomas Wolfe, Jack Kerouac und Ken Kesey, weil sie keine affektierten Ostküstenintellektuellen waren.

Rachel war die Tochter einer Professorin und eines Diplomaten – ihre Mutter stammte aus New York und lehrte französische Literatur am Vassar College, ihr Vater war schwedischer Kulturattaché in Washington gewesen – und ebenso attraktiv wie umtriebig. Sie schrieb über den weiblichen Bildungsroman, war *teaching assistant* in Idas Kursen und in John III. verliebt, der wiederum in Mike verliebt war, der natürlich Rachel liebte. Diese banale Verwicklungskomödie lenkte mich von meinen Sorgen ab, und ich verfolgte sie mit demselben nachdenklichen Interesse, mit dem Hudson die Vögel des argentinischen Litoral studiert hatte.

John III., Mike und Rachel gewöhnten sich an, am späten Nachmittag in mein Büro zu kommen, um mit mir über ihre Doktorarbeiten und andere Projekte zu reden. Sie warteten im Flur mit diesem fröhlich-kameradschaftlichen Gehabe junger Leute, die studieren und viel Zeit miteinander verbringen (eine Zeitlang stellte ich mir vor, dass sie auch zusammen ins Bett gingen). Ich plauderte eine Weile mit jedem von ihnen, danach gingen wir einen Kaffee im Chez Nana trinken, dem französischen Café am Palmer Square. Eines Nachmittags bestand John III. darauf, das Haus von Hermann Broch in der benachbarten College Street zu besuchen. Eine Art Sightseeingtour für Literaten, mit gemeinsamen Fotos im Garten. Im oberen Stock der Villa hatte Broch *Der Tod des Vergil* verfasst, bevor er im Krankenhaus des Ortes gestorben war. Der Roman erschien 1946 auf Englisch, und ich war überrascht, als ich hörte, dass die 1947 in Buenos Aires bei Ediciones Peuser veröffentlichte spanische Übersetzung die insgesamt erst zweite ausländische Ausgabe war. Das Buch stand bei mir zu Hause im Regal, und ich hatte es ein paarmal – erfolglos – zu kopieren versucht. (*Der Tod des Alberdi* war eins meiner grandios gescheiterten Projekte gewesen.) Broch hatte für die Veröffentlichung des Romans in Argentinien einen Vorschuss von dreitausend Dollar erhalten; man müsste einmal ausrechnen, was diese dreitausend Dollar von 1947 heute wert wären …

Auf dem Heimweg sah ich an der Kreuzung Nassau und Harrison Street einen Mann in Jeans und Holzfällerjacke stehen, der Wahlkampf machte und sich dabei die lange Rotphase der Ampel zunutze machte. Er hielt ein Schild zur Unterstützung des republikanischen Kandidaten bei den Parlamentswahlen im Mai in die Höhe. Außerdem hatte er eine US-amerikanische Flagge dabei, ein Zeichen, dass er zur patriotischen Rechten gehörte. Ich hatte noch nie einen einzelnen Menschen mit so viel Bekehrungseifer erlebt. In diesem Land ist alles individualisiert, dachte ich, hier gibt es keine sozialen Konflikte oder gewerkschaftlichen Auseinandersetzungen. Wird ein Postangestellter nach über zwanzig Jahren entlassen, kann sich keiner mit ihm solidarisieren und zu einem Streik oder einer Demonstration aufrufen. Deshalb steigen so viele, die ungerecht behandelt worden sind, mit einer automatischen Schusswaffe und ein paar Handgranaten auf das Gebäude ihres früheren Arbeitgebers und knallen jeden ab, der zufällig dort vorbeikommt. Den USA könnte ein bisschen Peronismus nicht schaden, dachte ich schmunzelnd, auf diese Weise würde sich die Zahl der von rebellierenden Individuen verübten Massenmorde deutlich verringern.

## 3

Hudsons Fähigkeit der Tierbeobachtung war eine Kunst für sich. Mit den Pampakreaturen, die in seinem Werk auftauchen, hätte man einen literarischen Zoo aufmachen können. Wie jeder gute Erzähler war er geduldig, verstand es zu warten und besaß das Talent, die flinken Bewegungen der unterschiedlichsten Lebensformen (einschließlich des Menschen) zu beschreiben. »Ein höchst interessantes Tier ist der *Ctenomys magellanicus*. Aufgrund seiner Laute wird er auch *Tucu-tucu* genannt, und weil er ein Bewohner des Untergrunds ist und sich wie der Maulwurf in der Erde bewegt, auch *Der Verborgene*. Seine Stimme ist laut und durchdringend, wie eine Folge von Hammerschlägen, die, erst kräftig und gemessen, dann sanft und schnell, in den Eingeweiden der Erde nachklingen, weshalb man ihn gut hört, aber nur selten zu Gesicht bekommt.«

Hudsons Blick ist nie statisch, er hat eine besondere Beziehung zu den Lebewesen, er versucht weder, sie zu fangen (Melville, Hemingway), noch sehnt er sich nach einer Natur ohne Tiere (Conrad). Er verhält sich eher wie ein extremer Voyeur, er tötet nicht, fängt nicht, beobachtet nur. Und manchmal erzählt er, wie die Tiere *ihn* beobachten. »Es gibt eine elegante Marderart mit schwarzem Rücken und grauem Kopf, den *Galictis barbara;* er setzt sich aufrecht hin und betrachtet mich hochmütig grinsend, wie ein kleiner Mönch mit schwarzem Umhang und grauer Kapuze; doch der Ausdruck seines spitzen Gesichts ist hämisch und verächtlich wie kein anderer in der Natur, und vielleicht sollte man ihn besser mit einem Dämon statt mit einem Menschen vergleichen.«

Wir haben verlernt, wie man Tiere beschreibt, es sei denn, sie sind domestiziert. An diesem Tag brachte das Fernsehen einen Bericht über einen Bären, der nicht weit von hier im Wald, am Rand einer Niederung, gesichtet worden war. Ein Fleck zwischen den Bäumen, wie ein roter Nebelschleier. Er bahnte sich seinen Weg durch das Unterholz und tauchte auf einer freien Fläche an der Mountain Avenue auf. Aufgerichtet, vom Motorenlärm verwirrt, in den Augen ein mörderischer Glanz, bewegte er sich im Kreis, bis er wieder im Dickicht verschwand. Er erinnerte mich an den Bären aus dem Wanderzirkus, der in meiner Kindheit sein Zelt auf einer Brache hinter unserem Haus in Adrogué aufgeschlagen hatte. Stundenlang stand ich hinter der Ligusterhecke und beobachtete den Bären. Er war angekettet und bewegte sich ebenfalls im Kreis, und nachts hörte ich ihn manchmal klägliche Laute von sich geben. Bevor der Zirkus weiterzog, gab er eine Theatervorstellung, eine Bearbeitung von volkstümlichen Possen und populären Hörspielen, und für die Dekoration liehen sich die Darsteller ein paar Möbel bei meiner Mutter aus. Als die Vorstellung begann und ich unsere hellen Gartenstühle in der Manege sah, konnte ich nicht glauben, was ich sah. Der in der Nähe des Campus umherstreifende Bär bewirkte genau das Gegenteil: Ich hielt alles für möglich.

Die Nacht war eisig, die Fensterscheiben beschlagen. Der Klavierspieler auf der anderen Straßenseite übte Schuberts letzte Sonate. Er spielte ein paar Noten, brach ab und begann wieder von vorn. Ich musste an ein Schiebefenster denken, das klemmt und sich erst nach mehreren Versuchen öffnen lässt. Etwas später sah ich den Mann im gelben Schein der Laterne vor seinem Auto stehen. Die Motorhaube war hochgeklappt. Ab und zu beugte er sich vor und horchte auf die Geräusche des laufenden Motors. Dann richtete er sich wieder auf und verharrte reglos, in unergründlicher Erwartung.

Was Orion wohl zu dieser Stunde tat? Wahrscheinlich hatte er sich bereits in eins seiner Gemächer zurückgezogen, wie er seine Schlafplätze manchmal nannte. Er hatte alles vergessen und lebte in den Tag hinein, in der reinen Gegenwart. Er litt unter einer diffusen Krankheit, die sein Zeitgefühl beeinträchtigte. Er war verwirrt, in ständiger Bewegung, die ihn dazu zwang, pausenlos zu denken, damit das Chaos in seinem Kopf nachließ. Denken war etwas anderes als erinnern, auch wenn man sein Gedächtnis verloren hatte, konnte man denken. Zumindest hatte er die Sprache nicht verloren, und was er wissen wollte, fand er seinen Worten nach in der Bibliothek. Erkenntnis gehörte nicht mehr zu seinem Leben.

Der *Weather Channel* kündigte für den frühen Morgen ein Unwetter an. Ich nahm den Wagen und fuhr auf der Route One bis zur Mall unter der Brücke. Die endlose Autoschlange aus New York weckte den Eindruck einer feindlichen Invasion. Auto an Auto, eins nach dem anderen, alle mit derselben Geschwindigkeit, demselben Abstand. Mit eingeschalteten Lichtern bewegten sie sich in eine einzige Richtung, als leite sie ein gemeinsames Ziel, und so fuhren sie und fuhren sie, über Stunden hinweg. Nachdem ich Junction hinter mir gelassen hatte, verließ ich den Highway in südlicher Richtung, überquerte eine Brücke und bog zum Hauptplatz ab. Ich drehte ein paar

Runden, bis ich die Filiale von Home Depot fand. Es war ein riesiger Baumarkt mit Werkzeugen, Geräten und Maschinen jeder Art und Größe, die den Raum wie in einer endlosen Werkstatt oder einem Kfz-Betrieb mit neu gelieferten Ersatzteilen bedeckten. Es gab weder Kunden noch Angestellte, alles war verwaist. Ich lief die nummerierten Gänge entlang, vorbei an großen roten Gegenständen und Akkubohrern. Ich kam mir vor wie in einem Museum, dem Nachbau eines Geräteschuppens, wie man sie im Garten alter Häuser findet, nur dass hier alles nagelneu war und glänzte.

Die Kassen waren geschlossen und mit Planen abgedeckt. An der Seite des Gangs bediente eine einzige Mitarbeiterin die einzige Kasse, die in Betrieb war. Ich kaufte eine Schneeschaufel, ein Paar Arbeitshandschuhe und eine Zange (zum Öffnen und Schließen der Fenster). Ein Schneesturm war im Anzug, vielleicht der letzte des Winters.

## 4

Am nächsten Tag teilte mir die Sekretärin des *chair* mit, dass mich D'Amato sehen wolle und auf ein Glas Wein zu sich nach Hause einlade. Er wohnte in einer Villa an der Prospect Avenue, und ich besuchte ihn am späten Nachmittag. Don D'Amato war eine sehr amerikanische Mischung aus Gelehrtem und Mann der Tat. Mit achtzehn hatte ihn im Koreakrieg, an einem Grenzposten nahe des 38. Breitengrades, beim Verlassen der Latrine eine Mine erwischt, und seitdem hatte er ein Holzbein. Beim Öffnen der Tür drehte er sich, als wäre sein linkes Bein der Mast eines Bootes. Er war groß, kräftig gebaut, und seine weiße, schulterlange Mähne erinnerte an die Takelage eines Segelschiffs.

Sein Buch über Melville war in den siebziger Jahren ein großes Ereignis in der akademischen Welt gewesen, doch dann hatte sein Stern zu sinken begonnen. In der oberen Etage seines Hauses hatte er Melville einen Raum gewidmet, wo er persönliche Gegenstände des Schriftstellers – darunter ein Reiseschreibtisch, eine Rarität aus dem 19. Jahrhundert – und eine gutsortierte, auf den Autor des *Benito Cereno* spezialisierte Bibliothek zusammengetragen hatte. Über D'Amato kursierten die verrücktesten Geschichten, was ihn mir gleich sympathisch machte. Er war offen und direkt, und es hieß, er bereite sich schon lange nicht mehr auf seinen Unterricht vor; in seinem Kurs (dem legendären Seminar über *Moby Dick*) verlangte er von seinen Studenten nichts anderes, als dass sie ihre Fragen auf Zettel schrieben, die er dann vorlas und spontan beantwortete. An diesem Abend – und den anderen Abenden unter der Woche – war er allein zu Hause. Seine Frau und die Kinder hielten das Leben im Ort nicht aus und verbrachten die meiste Zeit in New York. D'Amato sah sie nur am Wochenende, was seinen Ruf als Schürzenjäger noch verstärkte.

Sein Arbeitszimmer war bis unter die Decke gefüllt mit Gegenständen aus der Welt des Walfangs, die er als Ergänzung zu seinem Melville-Museum sammelte. Er zeigte mir eine Nachbildung von Queequegs Harpune und das Original-Schreibpult aus Zedernholz, an dem Melville – »immer im Stehen« – seine trockenen Berichte verfasst hatte, als er noch als Schreibkraft für die New Yorker Zollbehörde gearbeitet hatte. Sogar die Shakespeare-Gesamtausgabe von 1789, auf die Melville für seinen Roman zurückgegriffen hatte, schleppte er an. Offensichtlich hatte die Begegnung mit den Werken des *Barden* zu Kapitän Ahab und dem barocken, tragischen Ton geführt, den der Roman nach seinem eher traditionellen Beginn annimmt. Er fängt wie ein Buch über den Walfang an und endet als Werk von der Größe des *Macbeth*.

D'Amatos Bibliothek war die kompletteste Privatsammlung über Melville in den Vereinigten Staaten. Er hatte Angebote erhalten, sie zu verkaufen, aber jedes Mal lächelnd abgelehnt. Sollte ich mich eines Tages von diesen Büchern trennen, meinte er, werde ich mich entsetzlich langweilen. Er war an diesem Abend ausgesprochen nett zu mir, wenn man bedachte, dass ich ein unbekannter südamerikanischer Literat und er ein *scholar* in der dritten Generation war, ein Freund von Lionel Trilling und Harry Levin.

Mit einem Glas Brandy in der Hand machten wir es uns in den Ledersesseln seines Arbeitszimmers bequem, und unser Gespräch kreiste noch eine Weile um das Verhältnis zwischen Hudson und Melville; *Müßige Tage in Patagonien* enthielt ein langes Kapitel über das Weiß von Melvilles Wal. Die Werke der beiden Schriftsteller, sagte D'Amato, zeichneten sich durch endloses Grasland oder das weite Meer aus, während wir Geschichten schrieben, die sich in winzigen Räumen und geschlossenen Zimmern abspielten. Die Romanfiguren zum Verlassen des Hauses zu bewegen sei das Schwierigste überhaupt, und Melville lasse sie auf einem Walfänger gleich die ganze Welt umrunden. Er lachte schallend auf, während er sich wie ein Seeräuber Brandy nachschenkte.

Später wechselten wir ins Speisezimmer, bestellten eine Pizza, die per Motorrad kam, und öffneten den argentinischen Wein, den ich mitgebracht hatte. D'Amato erkundigte sich nach meinen Projekten. Sollte ich die Absicht haben, in den USA zu bleiben, würde der Fachbereich meinen Vertrag gerne um ein Jahr verlängern. Die Kollegen und Studenten und nicht zuletzt Professorin Brown seien sehr zufrieden mit meiner Arbeit. Ich hatte keine Pläne, außer dass ich nicht nach Buenos Aires zurückwollte. Ich bedankte mich für das Angebot und gab eine ausweichende Antwort. D'Amato fand, ich müsse unbedingt die alten Häfen von Massachusetts besuchen. Ich solle nach Nantucket fahren, in der Nähe von Concord, die gesamte amerikanische Literatur sei dort entstanden. Ich erzählte ihm, Sarmiento, unser größter Autor des 19. Jahrhunderts – unser Melville, fügte ich hinzu, damit er sich ein Bild machen konnte –, sei ein guter Freund von Mary Mann, geborene Peabody, gewesen, der Schwester von Hawthornes Frau. Er war ein häufiger Gast von Emerson, und dort hatte er Hawthorne kennengelernt, und bei seinen Besuchen im Haus von Horace und Mary Mann war er vielleicht auch Melville begegnet. Ob es einen Brief von Sarmiento an Melville gab? D'Amato sah mich an, eher gleichgültig als befremdet. Ich weiß, dass mir die nordamerikanischen *scholars*, sobald ich auf meine südamerikanischen Lieblingsschriftsteller zu sprechen komme, jedes Mal mit höflichem Desinteresse begegnen, als würde ich ihnen von einer Art patriotischer Version von Salgari oder von Büchern im Stil von *Onkel Toms Hütte* erzählen. Ja, ja, natürlich, die Meere des Südens, sagte er nachsichtig, die *Pequod* hat Kap Hoorn umschifft. Wir unterhielten uns noch eine Weile, das Gespräch verlief immer schleppender, bis er mich einlud, seinen Keller zu besichtigen.

In der amerikanischen Kultur haben die *basements* eine große Tradition. Wenn in einem Horrorfilm jemand in den Keller hinuntersteigt, muss man auf das Schlimmste gefasst sein, die Mörder auf dem Lande verstecken sich meist dort, um dann kaltblütig ein Familienmitglied nach dem anderen abzuschlachten, und viele Jugendliche machen ihre ersten sexuellen Erfahrungen in den Tiefen des Hauses. Doch was mich in D'Amatos Keller erwartete, übertraf meine kühnsten Vorstellungen.

D'Amato hatte die Heizkessel, die Waschmaschine und den Trockner, den Bereich mit der Alarmanlage und den Lichtschaltern und eine Nische mit Kartons und altem Gerümpel durch eine Metallwand vom Rest des langen Kellers abgetrennt. Den hinteren Teil hatte er leergeräumt und in ein Aquarium mit Glaswänden und einem gläsernen Schiebedach verwandelt. Auf einem Holzsteg konnte man über das gewaltige Becken gehen.

In dem riesigen Aquarium schwamm ein weißer Hai. Wie ein Schatten glitt er durch das klare Wasser und zerschnitt mit seiner Flosse die Luft. Ein Hundshai, sagte D'Amato, ein Jungtier, in Gefangenschaft leben sie nicht lange. Der Hai bewegte sich mit kühler Eleganz, er war wunderschön und unheimlich zugleich. Und womit füttern Sie ihn? Mit *visiting professors!*, sagte er und tat so, als wolle er mich schubsen, legte mir aber nur die Hand auf die Schulter. Dann schaltete er das Licht an, was der Schatten nicht zu mögen schien, denn er tauchte ab, blieb eine Weile unsichtbar, sodass nur das Rauschen des Wassers zu hören war, bis er wie eine wütende Erscheinung an der Oberfläche auftauchte und die Rückenflosse wieder leise das Wasser zerfurchte, eine glatte graue Linie in der transparenten Luft. Er füttere ihn mit Fleischstücken und lebenden Mollusken, aber er gebe ihm weder neugeborene Katzen noch Hunde zu essen, wie die Nachbarn behaupteten.

Wir betrachteten noch einen Moment die unheimlichen Bewegungen des stolzen Fisches, dann stiegen wir die Treppe nach oben und verabschiedeten uns fröhlich, schon leicht benebelt vom Alkohol.

Ich ging zu Fuß nach Hause, es war absolut still, die Blätter zitterten kaum merklich im leichten Märzwind, am Himmel leuchtete der Mond. Nicht weit entfernt, im Keller eines viktorianischen Hauses, glitt lautlos der weiße Hai durch das Wasser.

## Drittes Kapitel

### 1

Ich traf Ida bei den Konferenzen oder auf dem Flur, sie schien immer in Eile zu sein, wir müssen reden, sagte sie – allein?, dachte ich –, bis sie an einem Freitag, ich wartete auf die Abfahrt meines Zuges nach New York, in denselben Waggon stieg und sich, wunderschön, freudestrahlend, neben mich setzte. Es gebe viel, über das sie mit mir reden wolle, falls ich nichts Besseres zu tun hätte, könnten wir die Zeit nutzen, um uns auf den neuesten Stand zu bringen. Ihre Augen waren gerötet, als hätte sie Fieber oder nicht geschlafen. Natürlich war sie unterrichtet, was wir in meinem Seminar behandelt hatten. Die Studenten seien sehr zufrieden. Hatte sie mit John III. geredet? Er war der Brillanteste, aber auch der Schwierigste. Er hatte immer noch die lächerliche Idee, eine Doktorarbeit über ein einziges Buch zu schreiben. Man schreibt heute keine Dissertationen mehr über ein einziges Buch, erklärte sie kategorisch, als spräche sie von einem offensichtlichen Wandel, der alle Zugreisenden nach New York betraf. Aber was ich denn eigentlich in New York wolle? Nichts Besonderes, sagte ich, ein bisschen spazieren gehen. Sie fliehe so oft wie möglich in die Stadt, um nicht auf dem Campus zu versauern. Sie müsse atmen, in New York sei sie eine andere. Sie war in Manhattan aufgewachsen, erzählte sie, kannte sich aus in der Stadt, ihr Vater war Arzt gewesen, einer von der alten Schule, einer, der noch Hausbesuche machte. Als sie klein war, hatte er sie einmal mitgenommen, und während er bei den Kranken war, hatte sie im Auto gewartet. Er hatte immer nach Trockeneis gerochen, und wenn er den Motor startete und zum nächsten Patienten fuhr, hatte sie den kühlen Hauch des Alkohols auf seinen schneeweißen Händen gespürt. Sie schien diese Geschichte schon oft erzählt zu haben, und es war ihr gelungen, dem Bild des im Auto auf ihren Vater wartenden Mädchens eine so persönliche Note zu verleihen, dass der Zuhörer sofort eine glückliche Kindheit vor Augen hatte. Selbstsicherheit und Selbstvertrauen waren ihr von Kindheit an gegeben, genau das war es, was Ida einen glauben machen wollte. Sie selbst führte ihren Charakter auf die Erziehung eines Vater zurück, der seine Tochter über alles liebte, der stark und männlich war, der mit Frauen umzugehen verstand und immer als Beschützer zur Stelle war. Sie sprach von sich selbst in dramatischen Bildern, es war das Epos einer jungen Frau aus New York, die sich jeden Wunsch erfüllt, allein über ihr Leben bestimmt und sich nie darum geschert hat, was andere von ihr wollen. Im Grunde bin ich gar keine Frau, sagte sie, aber auch kein Mann. Sie sprach im Scherz, versuchte mich zu provozieren. Aber sie sei traurig, dass ihr Vater gestorben war, ohne sie triumphieren zu sehen. Triumphieren? Klar, wenn er noch erlebt hätte, dass ich an dieser Uni gelandet bin, wäre er begeistert gewesen. Damals hatten Frauen hier noch keinen Zugang, sagte sie, als ginge es um die Vorhut eines Heeres, dem es gelungen ist, eine feindliche Stellung einzunehmen. Sie lächelte provokant, eine junge Frau, der es Spaß machte, ältere Menschen zu überraschen. Ich war zehn Jahre älter als sie, aber sie wirkte deutlich jünger, als sie war. Sie hatte dieses unbestimmbare Alter von Frauen, bei denen man nicht weiß, ob sie gerade erst ihre Jugend hinter sich gelassen oder schon zu altern begonnen haben.

In Junction stiegen wir um und suchten den Raucherwagen, den es damals noch gab. Man sieht immer weniger Männer auf der Straße rauchen, sagte sie. Die Frauen aus den Büros gehen noch zum Rauchen auf die Straße, auch wenn sie schiefe Blicke ernten. Sucht hat etwas Anmutiges, sie ist ein *gift*. Ein kleines Laster, wenn man so will, sagte sie. Noch verstecken sich die Junkies. Vielleicht ist es gar nicht so dumm, sich zu verstecken, um seine Sünden auszuleben. Sie war so schön, dass es schwerfiel, diese Frau mit ihrer schnellen, überraschenden Redeweise in Verbindung zu bringen. Sie trug ein dunkelviolettes, engsitzendes Kleid, das ihre Figur betonte und dazu führte, dass ich immer wieder auf ihr tiefes Dekolleté starren musste. Trug sie keinen BH? Ich beugte mich leicht vor, um der Sache auf den Grund zu gehen, aber sie rückte sofort ihr Halstuch zurecht. Ida war attraktiv, sie war sexy, aber sie fand sich nicht schön wie andere Frauen, die sich attraktiv finden – oder es sind –, was sie oft verdirbt. Schönheit war für sie etwas Oberflächliches, und wenn ein Mann sie mit Blicken auszog – so wie ich gerade –, lächelte sie nur resigniert. Sie sprach meist im Präsens, und die Ironie ihrer Worte machte sie nur umso reizvoller. Sie schien bestimmte Wörter in Anführungszeichen zu setzen, und manchmal formte sie sogar zwei Finger jeder Hand zu Häkchen, um eine gewisse Distanz gegenüber dem gerade Gesagten zum Ausdruck zu bringen.

Als wir die Penn Station erreichten, zog sie ihren langen Tweedmantel an und setzte sich eine Wollmütze auf. Vor dem Aussteigen warf sie noch einen Blick in ihren Taschenspiegel und schminkte sich die Lippen nach. Ich lud sie zu einem Drink ein. Wir gingen ins Dublin, einen Pub im oberen Teil von Manhattan, den ich auf einem meiner Streifzüge entdeckt hatte. Wir setzten uns an den Tresen und sahen im Spiegel einen kaum beleuchteten Bereich im hinteren Teil der Bar, mit einigen Paaren, die im Halbdunkel saßen. Zerstreut blickte Ida sich um, als wäre der Pub eine Landschaft, der verwilderte Garten eines verlassenen Hauses. Ein niedergeschlagen aussehender Typ unterhielt sich mit dem Barkeeper über den Fluch einer

Frau, von der er sich nicht trennen konnte. Er war betrunken, zumindest schien es so, und sprach mit einer Mischung aus Leidenschaft und Verbitterung von der Frau. Ich kann nicht einfach gehen, sagte er, ich habe eine Werkstatt im Keller und verbringe dort die schönsten Stunden meines Lebens. Der Barkeeper stimmte dem Mann mit einer so unscheinbaren Geste zu, dass es als Blinzeln hätte durchgehen können, während er uns den Whisky auf amerikanische Art mit viel Eis in kleinen Gläsern servierte. Barkeeper können selbst mit einem Stummen ein anregendes Gespräch führen. Nachdenklich nahm Ida einen Schluck. Als sie ihren Doktor in Berkeley machte, hatte sie sich das Zimmer mit einer schwarzen Aktivistin aus dem Umfeld der Black Panthers geteilt, einer hübschen jungen Frau aus Alabama, die sich innerhalb kürzester Zeit allen Revolutionen ihrer Zeit angeschlossen hatte: der sexuellen, der feministischen, der maoistischen, der schwarzen; sie unterzog sich einer Psychoanalyse, vertrat die Négritude, nahm die Pille, schrieb ihre Dissertation über Joe Brown, einen Revolutionär und Gegner der Sklaverei aus dem 19. Jahrhundert, hatte ein Verhältnis mit dem schwarzen Dichter LeRoi Jones und wollte zum Islam übertreten. Mit neunzehn wurde sie bei einer Demonstration gegen den Vietnamkrieg erschossen. Sie hieß Assia Morgan und hatte mit dem Gedanken gespielt, ihren Namen in Sherezade Baraka zu ändern, aber dafür war ihr keine Zeit geblieben. Ida hatte Assias Sachen packen müssen, bevor die Polizei das Wohnheim stürmte. Sie wusste nicht recht, was sie damit anfangen sollte, und als sie in einer Schachtel einen Revolver fand, steckte sie ihn in die Handtasche und nahm ein Taxi zum Hauptsitz der Panthers in San Francisco, ein festungsartiges Gebäude mit kleinen, runden Luken und einer schweren Eisentür. Sie klingelte ein paarmal, bis ein Wachposten auftauchte, dem sie den Koffer in die Hand drückte und die Adresse nannte, wo er den Rest von Assias Sachen finden konnte.

Der Mann dankte ihr und sah sie streng an, als wäre sie schuld daran, weiß zu sein. Alles, was dieses Mädchen anfasste, sagte Ida, wurde schöner, sie war für die Liebe geboren und hatte ihr erzählt, von ägyptischen Königen abzustammen. Manchmal begleitete sie sie in die Spelunken der schwarzen Musiker in Boston, wo Assia politisch aktiv war, und in diesen Bars hatte sie begriffen, dass es in diesem Land mehrere Länder mit gegensätzlichen Kulturen gab. Plötzlich verstummte sie, ließ die Worte im Raum schweben, sah sich noch einmal um und lächelte. Findest du es hier nicht auch traurig?, fragte sie. Es war traurig. Lass uns gehen, sagte sie.

Ida hatte eine Wohnung im Village, in der Bleecker Street. Ein helles Studio mit zwei Zimmern, wohin sie sich zurückzog, um ihr Leben einer unabhängigen Frau zu führen. Als wir eintraten, umarmte ich sie, aber sie befreite sich mit einer sanften Geste. Nicht so hastig, *man*, sagte sie. Wir haben noch unser ganzes Leben vor uns. Das stimmte nicht, aber wir verbrachten diese und die folgende Nacht, als wären ihre Worte eher eine Drohung als ein Omen.

Sie öffnete eine silberne Dose mit rosa Pillen, ich weiß nicht, ob es Ecstasy oder LSD war oder Poppers, jedenfalls fühlte ich mich in den nächsten Stunden wie ein Affe, der am Ventilator hing und zwei nackten Körpern dabei zusah, wie sie im Bett lagen oder vor dem Spiegel standen und Fantasien auslebten, die sie sich bis dahin nicht einmal hatten vorstellen können.

Um miteinander reden zu können, muss man zuerst ins Bett gehen, hatte sie gesagt. Sie besaß die Gabe, sofort ein Gefühl von Intimität und Vertrautheit zu erzeugen, das über das rein Körperliche hinausging. Ich fragte sie nach dem Satz, den sie kurz nach meiner Ankunft gesagt hatte. Ich war geil auf dich, sagte sie. Sie sei es leid gewesen, dass ich die ganze Zeit von der Trennung von meiner Frau und meiner Einsamkeit erzählt habe. Wir sind alle einsam, falls es das ist, was dir Sorgen macht, und wir alle haben uns von irgendeiner Frau getrennt.

Die Zeit verging, als wären wir uns früher schon begegnet oder ineinander verliebt gewesen und hätten uns plötzlich in dieser unbekannten Wohnung in New York wiedergetroffen. Auf Spanisch war ihr Name eine Handlung, »der Hinweg« *(la ida)*, die Reise ohne Wiederkehr. Er bezeichnete jemanden, der geht, aber auch eine seltsame Frau (*está ida* – »die spinnt doch« –, oder *es medio ida* – »die hat sie nicht mehr alle«). Und so unglaublich es klingen mag, sie hieß wie meine Mutter ... Es war das erste Wort, das ich lesen konnte. »Siehst du: Ida«, sagte meine Mutter und buchstabierte ihren Namen an der Haustür meiner Großeltern.

Am Sonntagabend erreichten wir den letzten Zug und setzten uns in verschiedene Wagen, weil sie keinen Stress wollte. Was für Stress? Ich will nicht, dass im Fachbereich über uns geredet wird. Ich solle sie unter keinen Umständen anrufen oder ihr persönliche Mails schicken. Sie sei eine alleinstehende Frau und wolle es bleiben. Kein häuslicher Blödsinn oder falsche Vertrautheiten. Besser so, sagte sie, wir werden ein heimliches Liebespaar sein. Sie sprach ständig im Scherz (genau wie meine Mutter) und trennte die geheimen Laster von ihrem Berufsleben. In Junction stieg ich aus und sah ihr vom Bahnsteig aus nach; im hellerleuchteten Fenster betrachtete sie sich im Taschenspiegel, brachte ihr Haar in Ordnung und strich sich die Augenbrauen glatt.

## 2

Am nächsten Tag begegnete ich ihr im Professorenzimmer, und wir begrüßten uns wie zwei gewöhnliche Kollegen, die sich im Fachbereich über den Weg laufen. Keiner von uns machte eine Anspielung auf die gemeinsamen Nächte in ihrem vergessenen Apartment im Village. Freundlich, ironisch, gleichgültig gab sie mir zu verstehen, dass ich mich an den akademischen Code des herzlichen und distanzierten Umgangs anpassen und alles außerhalb des Campus vergessen sollte.

Es war ein trüber, regnerischer Nachmittag, in der Lounge gab es Kaffee und Scones, und man konnte Zeitung lesen. Am Fenster saß der Experte für russisches Kino, ein ehemaliger Experimentalfilmer, der ein paar Super-8-Filme in den psychiatrischen Anstalten der Sowjetunion gedreht hatte, und las in einer alten Ausgabe von *Sight and Sound*. Nachdem uns Kalamazow mit einer flüchtigen Geste gegrüßt hatte, ging Ida zu dem jungen Mann und erzählte ihm, dass zwei ihrer Studenten von seinem Seminar über die Dunkelheit in Tarkowskis Filmen begeistert seien. Sofort gesellten sich der unsichtbare Slawistikprofessor und mehrere von Idas Doktoranden zu uns. Kurze Zeit später war aus dem zufälligen Treffen eine Art kulturpolitische Versammlung geworden. Wir tranken Kaffee und diskutierten über den Fall des Eisernen Vorhangs und die esoterische Tradition der polnischen Kultur, während wir darauf warteten, dass es Abend wurde, um nach Hause zu gehen. Gelangweilt, aber auch gebannt von der unangenehmen Lage, in der ich mich befand, blieb ich bis zum Ende. Ich hatte ähnlich heikle Momente erlebt, auf Gesellschaften mit einer Frau, die ich heimlich traf und mit der ich über belanglose Dinge plauderte, während ihr Ehemann umherlief und Weißweinbowle ausschenkte. Natürlich gab es hier keine Ehemänner, wenn man davon absah, dass Ida mit der Universität verheiratet war wie eine Nonne mit Jesus Christus. Kurz und gut, alles drehte sich darum, Idas Privatleben vor fremden Blicken zu schützen, als würde ihr jemand nachspionieren und sie müsste sich die ganze Zeit verstellen. Und tatsächlich, sie stand unter Beobachtung. Sie war eine ledige junge Frau, die sich um ihr Ansehen sorgte und wusste, dass sexuelle Belästigung und politische Inkorrektheiten auch eine weibliche Karriere ruinieren konnten. Aber vielleicht wollte sie auch genau das: nachts als Femme fatale verkleidet losziehen und sich mit einem fast fremden Mann in einem dunklen Park treffen. Doppelleben waren Teil der Kultur dieses Landes, ständig wurde irgendein Senator in Frauenkleidung in einem Darkroom erwischt; die Helden waren triviale Gestalten, die sich nachts in Königinnen – oder Sklavinnen – der Unterwelt oder in einen unbesiegbaren Superhelden (oh, Batman) verwandelten.

Ich rief sie nicht an, schrieb ihr nicht, wir richteten uns nicht einmal geheime E-Mail-Accounts ein. Das war unser Pakt. Es ging nicht um Worte, um Dinge, die wir gesagt hatten – wir erfüllten die Vereinbarung, die sie forderte, indem sie die Bedingungen für unsere Beziehung und die Grenzen unserer Leidenschaft bestimmte.

Dieses Verhalten, diese erfundenen Identitäten und extremen Spiele hatten etwas Theatralisches, wie eine von zwei Unbekannten gelebte Fiktion. Zusammenhanglose Worte an einem regnerischen Abend, abstrakte Interpretationen von realen Situationen. Als ich in der hellen *Lounge* mit den beschlagenen Scheiben saß und irgendwelche Bemerkungen und Witze mit den Kollegen austauschte, überlegte ich, ob das Ganze nicht der Versuch war, sich ein intensiveres, wirklicheres Leben zu erfinden. Das akademische Leben war eine geschlossene Welt, die nur wenig Raum für andere Erfahrungen ließ. Um ihren Zwängen zu entkommen, brauchte es Fluchtmöglichkeiten, ein verborgenes Leben. Deshalb wurde abweichendes Verhalten auch so streng kontrolliert, gab es eine Barriere aus moralischen und puritanischen Verboten. Je größer ihr beruflicher Erfolg, sagte Ida eines Abends, desto stärker sei ihr Wunsch nach Unterwerfung und Erniedrigung. Es waren Spiele mit dem Feuer im Raucherzimmer der universitären Festungen.

Wir sahen uns auf den Gängen und sprachen über alles Mögliche, ohne uns heimliche Blicke zuzuwerfen oder verschwörerische Gesten auszutauschen. Auch Ida schien in parallelen Welten zu leben – Freunde, Kollegen, Liebhaber, Studenten, Bekannte aus der Universität –, und keiner dieser Bereiche hatte etwas mit den anderen zu tun. Sie war typisch amerikanisch: intelligent, begeisterungsfähig und sehr ordentlich, eine junge Frau, die frühmorgens durch die Alleen joggte und dabei ihren Puls und Atemrhythmus mit dem Messgerät an ihrem linken Handgelenk kontrollierte. Sie besaß die natürliche Fähigkeit, eine Distanz zwischen sich und den anderen zu schaffen, und es war unmöglich, die unsichtbare Mauer, die sie vom Rest der Welt trennte, zu durchdringen. Sie führte ein Leben im Verborgenen und hielt sich an die Sicherheitsvorschriften; in ihrem anderen Leben war sie eine Professorin, die sich auf den Partys des Fachbereichs langweilte.

Ich kann mich gut an einen dieser Abende erinnern. Das leere Lächeln und die Verbitterung der Gäste kreuzten sich wie Blitze, während wir kalifornischen Wein tranken und in kleinen Grüppchen um die Tabletts mit Hühnchencurry und Thunfischsandwiches standen. Ida trug einen engen Strickrock und eine Art weißes Hemd mit Maokragen und unterhielt sich angeregt mit einem Kollegen. Ich ging zu ihnen und nickte ihr zur Begrüßung zu. Ich hatte ein paar Gläschen zu viel getrunken und befand mich in dieser Verfassung, in der man anfängt, sich gefährlich nah am Abgrund zu bewegen, doch Ida ließ mich einfach bei dem traurigen unbekannten Mann mit der gelben Krawatte stehen und wandte sich D'Amato zu, um sich nach den Tiefseefischen in seinem Keller zu erkundigen. Ich beobachtete Ida von meiner Ecke aus und begehrte sie. Wie hätte ich sie auch nicht begehren sollen, wenn mir unsere gemeinsamen Nächte nicht aus dem Kopf gingen.

Ein gespanntes Warten lag in der Luft, als wären die vielen blinden Zeichen ein düsteres Omen. Ich kannte diese Ungewissheit, diesen Zustand oder diese Überzeugung, die mehr einer Hoffnung als einem Glauben ähnelt. Es ist das magische Denken der Liebe, des Verliebten im Zustand der Verblendung, der sich mit verzweifelter, idiotischer Besessenheit nach der geliebten Frau sehnt. Um diesen Gedanken zu entkommen, verbrachte ich die Nachmittage in der Bibliothek. Es war die beste Art, mich abzulenken. (»Da wir das Thema nicht wechseln können, müssen wir die Realität verändern«, wie mein Freund Junior einmal sagte.) Aber immer wieder tauchte Idas Bild vor mir auf, und am Ende packte ich die Bücher ein und ging. Ida beherrschte die Kunst des Störens, mit einer winzigen Handbewegung verrückte sie die Dinge. Sie war wie eine Romanheldin, die in der Handlung gefangen ist. Natürlich war sie keine Romanheldin, auch wenn ich mir das gewünscht hätte, um ihr Schicksal zu ändern.

Ich setzte mich in den Wagen und fuhr ziellos durch die Straßen. Worüber hatte sie mit D'Amato geredet? Sie war bei ihm zu Hause gewesen, schließlich kannte sie sein dämliches Aquarium. Ich war unfähig, die Natur anderer Beziehungen zu begreifen, das Einzige, was mich interessierte, war die Haltung, die andere mir gegenüber einnahmen. Ich erinnere mich, wie ich dem Lauf des Delaware folgte und sogar die Küste von New Jersey abklapperte und in kleinen Bars am Meer haltmachte. Einmal hielt ich irgendwo in einem Vorort von Atlantic City, ging ins Casino und gewann einen Haufen Geld beim Roulette. Später fuhr ich durch die heruntergekommenen Straßen abseits der Uferpromenade und der großen Hotels. Die Gegend sah aus wie nach einem Bombenangriff, mit ausgebrannten, geplünderten Häusern, qualmenden Müllbergen und Obdachlosen, die unter einer Brücke schliefen. Vor einem *drugstore* saßen Jugendliche mit weiten, ausgebeulten Hosen und Kapuzenshirts, die laut Hip-Hop hörten und dabei kifften oder vor sich hin dösten. Im Barrio Latino stieß ich auf eine Boxschule, den Sandy Saddler Boxing Club.

Das Geräusch der Boxhandschuhe, wenn sie gegen den Sandsack klatschten, der Harzgeruch, die rhythmischen Bewegungen der Boxer und ihrer Schatten riefen Erinnerungen an die Zeit in mir wach, als ich zweimal wöchentlich in der Federación de Box in der Calle Barros trainierte, damals, als ich neu in Buenos Aires war und im Hotel Almagro wohnte. Beim Boxen werden die Kategorien nicht nach Alter, sondern nach Gewicht bestimmt. Erst war ich Leichtgewichtler (62,3 kg), später Weltergewichtler (66 kg), und jetzt wäre ich bestimmt Mittelgewichtler (72 kg).

Die Boxer waren Jungen von vierzehn, fünfzehn Jahren, die sich auf eine Jugendmeisterschaft vorbereiteten. Einige stärkten auch nur ihre Armmuskeln, um beim Baseball härter werfen zu können. Sie übten Jabs und Geraden gegen den Sandsack und trainierten so den Schulterschwung und die richtige Körperdrehung, um den Ball mit achtzig Meilen pro Stunde zu schleudern, ohne sich dabei zu zerren. Die Übungen entsprachen dem Wettkampfrhythmus: drei Minuten hartes Training, eine Minute Pause. Als sie mich sahen, dachten sie, ich wolle eine Reportage über Boxschulen schreiben, und fingen an, mir ihre Lebensgeschichten zu erzählen. Sie sagten, sie seien Freunde von Joyce Carol Oates, die in New Jersey lebte, ein Buch über das Boxen geschrieben hatte und wegen ihrer Ähnlichkeit mit Popeyes Frau von allen nur Olivia genannt wurde.

Ihr Trainer war ein alter Exilkubaner, der behauptete, bei irgendwelchen sozialistischen Meisterschaften in Moskau Champion im Federgewicht gewesen zu sein. Er war Mulatte, ein ruhiger Typ, der Kid Gavilán und Sugar Ray Leonard bewunderte. Der Stil beim Faustkampf, sagte er, hänge vom Auge und von der Schnelligkeit ab, also von dem, was er, »wissenschaftlich gesehen«, das Erfassen des Moments nannte. Ich wünschte, ich könnte dieses intuitive Erfassen des Moments erlernen, um Idas dunkle Seiten zu begreifen. Was tat sie, wenn sie nicht mit mir zusammen war, was dachte sie, wenn wir uns im Flur begegneten und sie mit mir redete wie mit einem Fremden aus einem seltsam fernen Land?

Ich gab weiter mein Seminar, aß im Restaurant des Prospect House zu Mittag, und manchmal verbrachte ich ein paar Stunden im Small World, las an einem der Tische am Fenster und hoffte, sie vielleicht zufällig vorbeigehen zu sehen. Und tatsächlich, eines Nachmittags kam sie auf dem Weg zum Campus am Café vorbei, machte mir im Gehen ein Zeichen und gab mir mit lautlosen Lippenbewegungen hinter der Scheibe zu verstehen, dass sie in mein Büro kommen würde. Wenig später war sie da und schlug mit leiser Stimme vor, uns am Freitagabend um neun im Hyatt Hotel am Highway nach New York zu treffen und die Nacht miteinander zu verbringen.

Wir würden mit dem Auto fahren, jeder für sich, und uns in der Bar treffen, wo ein schwarzer Pianist leise Stücke von Ellington spielte. Das Hotel war riesig und leer, vielleicht wurde es hauptsächlich für Kongresse genutzt oder von Reisenden, die im nahen Newark ihren Flug verpasst hatten – oder von Liebespaaren, die sich heimlich hier trafen.

Ich hatte ein Zimmer auf den Namen Mr und Mrs Andrade reserviert und brauchte an der Rezeption bloß eine Hundert-Dollar-Note zusammen mit meinem Führerschein über den Tresen zu schieben, damit mich der Empfangsangestellte im Gästebuch eintrug und mir zwei Magnetkarten für die Zimmertür aushändigte. Ich erklärte, auf meine Frau zu warten, und ging in die Bar zurück. Eine Weile später betrat sie in ihrem grauen Regenmantel die Lobby, und wir fuhren zum Zimmer hoch. Es war ungemütlich, steril, mit weißen Möbeln, ein Zimmer für Manager oder Selbstmörder, aber kaum hatten wir die Tür hinter uns zugezogen, kam es mir vor, als wäre die Zeit stehengeblieben, denn sofort war alles wieder so intim und intensiv wie in ihrer New Yorker Höhle.

Ida liebte das Geheimnis, sie liebte heimliche Treffen in einem Hotel am Highway. Am frühen Morgen ging sie als Erste, und ich wartete, bis ich sie den Parkplatz überqueren und in ihren Wagen steigen sah. Eine Weile später verließ ich das Hotel und fuhr auf der leeren Straße nach Hause. Über den Feldern begann es zu dämmern, und die ersten Sonnenstrahlen tauchten die hohen Kolonialhäuser am Ortseingang in rotes Licht.

Wir wiederholten dieses Spiel noch zwei-, dreimal, als hielte sie sich treu an die Punkte unseres Abkommens, die leidenschaftlichen Nächte, die Wand aus Schweigen, die uns von der Welt trennte, die ersehnte Wiederholung von Gesten, die Worte, die präzisen Forderungen, die strenge, minutiös ausgearbeitete Liste von Vorschriften und Verpflichtungen, denen sie sich begeistert hingab. Vielleicht könnten wir jemanden mit aufs Zimmer nehmen, einen Unbekannten, den ich in der Hotelbar oder an einer Bushaltestelle an einer Kehre des *freeway* aufgabele, jemanden, der die Nacht mit uns verbringen würde. In New York gebe es ein paar Clubs, wo wir uns mit Unbekannten treffen könnten, sagte sie. Nächtliche Fantasien – einsam und entrückt sehnte sie sich danach, sich treiben zu lassen.

Später, draußen, war wieder alles leidenschaftslos und distanziert. Die Treffen waren alle gleich, doch ihre Sprache und ihre Rituale änderten sich. Nicht nur mir gegenüber, wie ich später begriff. Alles an ihr war geheimnisvoll, alles hatte eine Kehrseite, eine parallele Wirklichkeit, als müsste sie jede Erfahrung erst einer allgegenwärtigen feindlichen Macht abringen.

Und doch kam mir der Pakt in einer Hinsicht entgegen: Ich konnte der einsame Mann bleiben, der ich sein wollte, ohne Kompromisse und mit der Hoffnung auf weitere wunderbare Nächte. Auf sporadische Begegnungen in einem Straßenhotel, immer mit der Intensität des ersten Mals. Ich wollte nichts anderes mehr, ich hatte keine Lust mehr auf die Banalität der alltäglichen Gefühle. Sie hatte Recht, wenn wir sie dem grellen Licht der Realität aussetzten, würde diese sofortige Vertrautheit nicht lange halten.

Begegneten wir uns bei einer Versammlung oder auf dem Gang, löste das jedes Mal ein seltsames Glücksgefühl in mir aus, als käme unser persönlicher Pakt verschwommen in dem gleichgültigen Verhalten zum Ausdruck, sobald wir mit anderen zusammen waren, oder in einzelnen Wörtern und Sätzen – Treffen, Vorrichtung, Fesseln, einsame Insel –, die mitten in einer Besprechung und scheinbar nur an mich gerichtet fielen.

Die erste Semesterhälfte ging zu Ende, und der *spring break* stand bevor. Natürlich kam mir damals alles wie ein einziges langes Warten auf die Nächte mit Ida in einem hellen, anonymen Hotelzimmer an der Straße nach New York vor. Wie ein Verrückter glaubte ich, dass alles, was ich hörte, mit meinem heimlichen Leben zu tun hatte.

Am nächsten Montag hielt John III. ein Referat über *A Crystal Age*. Seiner Meinung nach bestand die Utopie in Hudsons Roman in einer gläsernen, neutralen, entsexualisierten Welt, einer Kopie des irdischen Paradieses, frei von geschlechtlichen Unterschieden und sexueller Begierde. Die verschiedenen Utopien wüssten alle nicht, was sie mit dem Körper anfangen sollten, sie neigten zu einer Welt ohne Begierde, denn der Sexualtrieb funktioniere unabhängig von kollektiven Bedürfnissen und Interessen, ohne Berücksichtigung der Gleichheit und oft sogar auf ihre Kosten. Genuss kann nicht vergesellschaftet werden und nimmt keine Rücksicht auf Gleichheit, sagte John III. Er entzieht sich der ökonomischen Logik. Deshalb neigen Utopien dazu, die Sexualität von vornherein zu leugnen, weil sie sie nicht auf demokratische Weise kontrollieren können. Natürlich gab es auch sexuelle Utopien, aber sie waren immer arrogant und despotisch. Die manipulierten Auslosungen in Platons *Staat*, um die Wahl des Sexualpartners zu regeln und die Rasse aufzuwerten; die von Justine ersehnte philosophische Sklaverei in Sades Roman; die Bordelle im Leben von Bataille; die als lebende Währung benutzten Körper in Klossowskis aristokratischen Tauschhandlungen. Kann man diese von Sex beherrschten Regimes als Utopien bezeichnen? Mit dieser rhetorischen Frage schloss John III. seinen brillanten Vortrag.

Rachel brachte diese Form von Askese sofort mit dem Verzicht auf materielle Güter in Verbindung und las aus einem Brief von Hudson aus dem Jahr 1884 vor: »Ich teile Ihre Gefühle nicht, was die Dauerhaftigkeit des Besitzes betrifft. Bringt man mir eine Tasse und einen Unterteller, um die kaputten zu ersetzen, bedaure ich das. Je weniger ich an einen Ort gebunden bin und je weniger ich besitze, desto freier und leichter fühle ich mich. Eine solche Leichtigkeit wünsche ich mir auch für meinen Stil: Ich strebe nach derselben Entsagung und derselben Klarheit.«

Sich von jeglichem Besitz lösen, den Körper ausblenden; die großen Propheten – man müsse nur an Tolstoi denken – wählten ein Leben in Armut, Askese und Gewaltlosigkeit. Sie stellten das gesellschaftliche Zeichenregime auf den Kopf, schloss Rachel, indem sie sich, ohne es zu sagen, auf ihre französische Lektüre bezog.

Die Diskussion weitete sich auf andere Themen aus, und während die Studenten ihre Argumente vorbrachten, dachte ich an das nächste Treffen mit Ida und sah einzelne Bilder – die weißen Gardinen des Zimmers, das aussah wie alle anderen – mit dem gleichen Glücksgefühl vor mir, mit dem ich nachts über die Landstraße fuhr, in der Ferne das Neonschild des Hyatt auftauchen sah und mir dabei Ida vorstellte, wie sie sich zu Hause umzog, den grauen Regenmantel überstreifte und auf die Straße hinaustrat.

Ich konnte nichts dagegen tun, meine Gedanken kreisten pausenlos um Ida. Es waren Erleuchtungen, Visionen, als würde ein Projektor verbrannte Bilder, auf denen wir Protagonisten und Beobachter zugleich waren, gegen meine Schädeldecke werfen. Die Bilder tauchten unvermittelt auf und spielten immer in der Zukunft, und aus dem gleichen leuchtenden, zerbrechlichen Material besteht auch meine Erinnerung an diese Tage.

Als ich eines Nachmittags – ich war in meinem Büro, hatte den Anrufbeantworter abgehört und E-Mails beantwortet – meine Post im Sekretariat abholen wollte, begegnete ich Ida auf dem Flur. Sie blieb stehen, als hätte sie auf mich gewartet, und betrat mein Zimmer. Ich glaube, wir redeten fast nicht, ich umarmte sie, wir küssten uns, und wie zwei Flüchtlinge, die sich im Wartesaal eines Vorortbahnhofs treffen, vereinbarten wir in aller Eile einen Termin für Freitag. Es hatte etwas Lächerliches, dass wir alles persönlich besprachen, von Angesicht zu Angesicht, ohne andere Kommunikationsmittel (nicht einmal handschriftliche Notizen). »Verwisch die Spuren!«, wie es bei Brecht heißt. Am Freitag begann der *break*, und in der nächsten Woche fanden keine Seminare statt. Wir könnten also ein paar Tage im Hotel verbringen und den Rest der Woche nach New York fahren. Sie hatte ein Buch und eine Mappe auf meinen Schreibtisch gelegt und suchte etwas in ihrer Jackentasche, als es an der Tür klopfte. Schnell entfernte sie sich ein paar Schritte von mir. Es war John III. Er grüßte seelenruhig und entschuldigte sich dann für die Störung, aber Ida sagte, dass sie ohnehin gerade gehen wolle, und machte sich auf den Weg. Wir sehen uns morgen beim Fachbereichstreffen, rief sie mir von Weitem zu. Ich unterhielt mich eine Weile mit John über die Vorstellung seiner Arbeit im Seminar, als mir auffiel, dass Ida ihre Sachen auf dem Schreibtisch vergessen hatte. Ich tat alles, um John davon abzulenken, als verwiesen das Buch und die Mappe auf etwas Verbotenes. Aber es war nur ein Buch von Joseph Conrad und eine Mappe mit den Seminarplänen für die zweite Semesterhälfte und dem Brief eines Studenten mit der Entschuldigung für sein Fehlen in einem von Idas Seminaren und einem ärztlichen Attest.

Am nächsten Tag fand die Fachbereichsversammlung statt. Als ich den Raum mit den großen Fenstern betrat, war Ida schon da – entspannt und abwesend wie immer. Insgesamt waren wir sechs Professoren. Wir setzten uns an den langen Tisch aus Eichenholz. Kurz darauf erschien Don D'Amato, und die Besprechung begann. Wir diskutierten über Examenstermine und die eine oder andere Budgetfrage, und alles verlief problemlos. Meine Kollegen waren es gewohnt, ihren Ärger zu verbergen – wenn auch nicht die Langeweile –, sodass es eine ganz normale Sitzung war. Nachdem Ida erreicht hatte, was sie wollte (zusätzliche Mittel für das Einladungsprogramm ihres Lehrstuhls), entschuldigte sie sich und ging noch vor dem Ende. Eine Minute später folgte ich ihr. Ich hatte ihr Buch und die Mappe dabei, aber eigentlich war das nur ein Vorwand, um ihr die Nummer des Hotelzimmers zu sagen, das ich für uns reserviert hatte. Du hast etwas auf meinem Schreibtisch vergessen. Sie war überrascht. Gestern. Was denn? Ein Buch und eine Mappe. Gib es mir nächstes Mal, jetzt ist es schlecht. Sie hatte ihre Post abgeholt und hielt mir die Briefe und Päckchen hin, um mir zu zeigen, dass sie nicht noch mehr tragen konnte. Sie hatte es eilig. Ich sah ihr nach, wie sie zum Aufzug ging und zum Parkplatz hinunterfuhr.

Die Versammlung zog sich noch eine ganze Weile hin, und als sie zu Ende war, war es bereits nach sieben. Ich brachte meine Sachen ins Büro und nahm statt des Fahrstuhls die Treppe, um keinem Kollegen zu begegnen und mit ihm reden zu müssen. Ich war erschöpft und hatte keine Ahnung, was ich mit dem Abend anfangen sollte. Der Schneesturm wurde stärker. Ich überquerte den Campus und nahm den Ausgang am Palmer Square. Auf einer

Bank neben dem Taxistand sah ich Orion sitzen, eingewickelt in eine Plane und von einem kleinen Dach vor dem Schnee geschützt. Er hatte ein altes Kofferradio mit großen Lautsprechern dabei. Das Ohr dicht am Apparat, lauschte er gebannt der Musik. Sobald eine Stimme ertönte, wurde er nervös und wechselte den Sender. Manchmal stand er auf oder schwenkte das Radio hin und her, um die richtige Frequenz zu finden. Ich blieb stehen, aber er sah mich nur gleichgültig an; auch er hatte seine speziellen Momente und Lebensphasen.

# Viertes Kapitel

## 1

Am nächsten Morgen weckte mich ein Anruf aus dem Fachbereich. Ob ich zu einer Besprechung mit dem *chair* kommen könne? Der gesamte Lehrkörper hatte sich im Hauptbüro versammelt. Es herrschte eine angespannte, nervöse Stimmung. Mit ernster Stimme, als läse er ein ärztliches Kommuniqué vor, fasste D'Amato, der an Gewicht zugenommen zu haben, aber auch von der Schwere der Situation überfordert zu sein schien, die offizielle Version der Ereignisse zusammen.

Ida war vom Parkplatz gefahren, der *traffic alert* wegen des Unwetters hatte sie veranlasst, die gewohnte Strecke zu verlassen und stattdessen die südlicher verlaufende Bayard Lane zu nehmen. Keiner hatte etwas gesehen, aber dort musste es geschehen sein. Ihr Wagen war am Ende der Nassau Street gefunden worden, vor der Ampel mit dem Schild, das den Abzweig zur Route 609 anzeigt. Sie war noch angeschnallt, in einer seltsamen, seitlich geneigten Haltung, den rechten Arm ausgestreckt, die Hand verbrannt, als hätte sie Feuer gefangen, als sie etwas auf dem Boden suchte. Der Aufprall – oder was immer es gewesen war – hatte sie getötet. Die Verbrennungen waren das Merkwürdigste an dem Fall. Keiner hatte etwas gesehen, keiner etwas gehört. Bis auf die Alarmanlage, die noch lange zu hören war, da die Polizisten alles so lassen wollten wie zum Zeitpunkt ihres Todes. Aber konnte man überhaupt »ihr Tod« sagen, wenn jemand zufällig stirbt? (»Wir sterben alle zufällig«, hätte Ida ironisch bemerkt.)

Die Nachricht war ein Schock. Ich sah nur noch D'Amatos Tick. Ein nervöses Blinzeln, das seine gleichmütige Art störte. Ein leichtes, idiotisches Zucken des rechten Augenlids. Das Unwirkliche besteht aus Details, und während ich versuchte, meine Bestürzung zu verbergen, drang der träge Schwall von Informationen und sinnlosen Beschreibungen, die stets das Unfassbare begleiten, wie eine Hintergrundmusik an mein Ohr. Auf dem Beifahrersitz lagen mehrere ungeöffnete Briefe. Hatte außer ihr noch jemand im Wagen gesessen? Hatte sie jemand angegriffen und war dann geflohen? Oder war sie ohnmächtig geworden und hatte die Kontrolle über das Auto verloren? Der Unfall hatte sich am Donnerstag, den 14. März ereignet, um neunzehn Uhr. Zu diesem Zeitpunkt war ihre Uhr stehengeblieben. Die Sekretärin hatte noch gesehen, wie sie ihre Post abgeholt hatte und mit dem Fahrstuhl nach unten gefahren war.

Die Studenten mussten informiert werden. Die Seminare würden ausfallen, zum Glück stand der *spring break* bevor. Die Abendzeitungen und Nachrichtensendungen würden die Meldung verbreiten, der Skandal war unvermeidlich. D'Amato bat um Diskretion. Keine Erklärungen gegenüber Journalisten, er wolle nicht, dass die Universität in einen Skandal hineingezogen werde. Die Sache solle auf den Fachbereich für Modern Culture and Film Studies begrenzt bleiben. Die Verwaltung gehe selbstverständlich von einem Unfall aus, der noch untersucht werde. Er machte eine Pause. Ich muss Ihnen mitteilen, dass Sie heute noch Besuch von der Polizei bekommen. Wir sollten uns in unseren Büros zur Verfügung halten (besonders diejenigen, deren Räume im selben Stock wie das der Professorin Brown lagen).

Kurz darauf erschien der *dean of the faculty*, Dr. Humphry vom Fachbereich für Physik, ein sympathischer, offener Mann, der den Spleen – oder die Umsicht – hatte, jeden zu fotografieren, der in sein Büro kam. Vielleicht um sich später zu erinnern oder um eine Ausstellung mit Porträts zu machen, wenn er eines Tages in den Ruhestand ging. Für ihn waren die Kollegen aus den literaturwissenschaftlichen Fachbereichen allesamt verschrobene Käuze und Exzentriker, die ständig irgendwelche klugen Köpfe aus dem Ausland einluden, obwohl sie kein Mensch verstand. Er sprach wie in den Ausschusssitzungen, wo er das Budget für die Geisteswissenschaften kürzen musste. Auf subtile Weise fing er an, das Opfer zu verdächtigen. Was diese Professorin, diese Frau, diese unverheiratete junge Dame eigentlich getrieben habe? Immer von Studenten umringt. Ihre akademische Laufbahn sei außergewöhnlich, aber was wisse man über ihr Privatleben? Er bat um unsere Mithilfe, damit der Lehrplan nach den Ferien normal weitergehen könne und die Ruhe gewahrt bliebe. Dabei war er es, der mir nervös vorkam.

## 2

Als die beiden Polizisten mein Büro betraten, war es elf Uhr vormittags. Trotz meines Misstrauens empfing ich sie freundlich. Sie lehnten es ab, Platz zu nehmen. Sie waren höflich (zu höflich, wie ich fand, mit dieser aufgesetzten Höflichkeit, hinter der sich oft extreme Gewaltbereitschaft verbirgt). Sie sahen völlig gleich aus, nur dass der eine das Haar sehr kurz trug und der andere nach der aktuellen Mode (die Ohren bedeckt); beide hatten sie einen schwarzen Anzug, ein weißes Hemd und eine rote Krawatte mit Spange an, doch während der eine äußerst elegant wirkte, hatte der andere mehr Ähnlichkeit mit einem Bibelverkäufer. Wie ich später erfahren sollte, war der Elegantere Special Agent Menéndez vom FBI, und der andere, derjenige, der als Erster sprach, stellte sich als

Inspektor O'Connor vom Hauptsitz der New Jersey State Police in Trenton vor. Wegen meines schlechten Englisch fühlte ich mich unsicher und nicht sehr überzeugend. Soweit ich weiß, Dr. *Rinzai* – O'Connor sprach meinen Nachnamen englisch aus –, kommen Sie aus Buenos Aires ... Auf Einladung von Dr. Brown. Wir haben hier ein paar E-Mails, die Sie sich geschrieben haben. Offenbar hatten sie unsere gesamten Mails geprüft und wahrscheinlich auch unsere Telefonate und die Nachrichten auf dem Anrufbeantworter abgehört. Ich nickte. Danke für Ihre Mithilfe, sagte O'Connor. Ich kannte das Genre gut, es beginnt mit einer Reihe Fragen, um die »Schraube zu ölen«, wie es im Jargon heißt. Der Polizist macht dem Befragten deutlich, dass er alles über ihn weiß, und dieser bekommt kaum eine Möglichkeit, Stellung zu nehmen. O'Connor schien es ganz normal zu finden, meine private Korrespondenz in Händen zu halten, aber ich ließ mich nicht nervös machen, denn wir hatten nie über etwas anderes geschrieben als unsere Arbeit.

»Sie waren ein Freund von ihr ...«

»Freund, Kollege und Bewunderer«, sagte ich. Auf Englisch klingt es besser: *friend, fellow and fan.*

Sie sammelten Informationen über einen Unfall, der den zuständigen Behörden Sorgen machte, weil es keine Zeugen gab. Es war ein gewaltsamer Tod, und sie wollten nichts ausschließen. Sie zeigten mir ein Foto des Autos. Ich begriff sofort, dass die Idee eines Unfalls viel zu vage war und die Polizisten eine viel konspirativere Vorstellung von der Sache hatten. Indirekt sagten sie, dass es auch Selbstmord oder Mord gewesen sein könne. Grinsend erklärte O'Connor, er sei überrascht, dass die Kollegen keine besonders große Sympathie für Professorin Brown zu empfinden schienen. Hatten sie schlecht über sie geredet? Einen Tag nach ihrem Tod? Natürlich ging er nicht näher darauf ein, er streute nur eine Information ein, die ein gewisses Vertrauen mir gegenüber bewies.

Alles, was er sage, sei höchst vertraulich (ich misstraute dem Wort). Der FBI-Agent ging in meinem Büro herum, betrachtete die Bücher und überflog gleichgültig die Notizen und Zettel an der Korkpinnwand gegenüber meinem Schreibtisch. Er wollte wissen, ob ich eine Kontaktperson (der Ausdruck überraschte mich) von Professorin Brown kenne, die uns bei der Ermittlung helfen könne. Natürlich sagte er nicht, was für eine Art von Kontakt er meinte, und natürlich entgegnete ich, dass ich mich nicht mit dem Privatleben anderer Leute beschäftige. Damit schien er nicht gerechnet zu haben. So leicht würde ich mich nicht einschüchtern lassen, ich kam aus Argentinien und wusste, wie man mit der Polizei umging. Aber der andere schlug eine härtere Gangart an.

»Herr Doktor«, sagte er abschätzig, »uns ist bekannt, dass Sie sich nachts im Ort herumtreiben.«

»Ich kann manchmal nicht schlafen. Aber das ist belanglos und außerdem privat.«

»Privat vielleicht, aber nicht belanglos«, sagte O'Connor. Er warf einen Blick in sein Notizbuch. »Nichts ist unter diesen Umständen belanglos.«

Sie erhöhten den Druck. Ich kannte das. Er notierte nicht mehr, was ich sagte, sondern las seine Notizen vor und stellte Fragen, um zu sehen, ob ich seine Informationen bestätigte.

»Sie leiden häufig an Schlaflosigkeit ...« Er sah mich lächelnd an. »Ich habe gehört, Sie leiden unter gewissen ... Vorkommnissen ... Ihr Arzt in Buenos Aires« – er schaute in seine Notizen –, »Dr. Ahrest, hat das bestätigt.«

Sie hatten mit ihm gesprochen. O'Connor zog die Schraube weiter an: Soweit er verstanden habe, könnte ich mich in jener Nacht in der Nähe des Hauses von Professorin Brown aufgehalten haben. Es war nur eine Behauptung, also ging ich nicht darauf ein. Lächelnd fuhr er fort, dass man mich um ihr Haus habe schleichen sehen. Ich erklärte, in der Markham Road zu wohnen, wie er sicher wüsste, und dass sich das Haus von Professorin Brown in der Harrison Street befände, weshalb es ziemlich logisch sei, dass ich bei meinen Spaziergängen hin und wieder dort vorbeikäme.

Er sagte nichts. Betrachtete nur seine Notizen. Er war ein Profi, er zeigte mir, dass sie alles über mich wussten. Eventuell, sagte er, müsse ich mich einer Untersuchung unterziehen, um zu prüfen, ob die Diagnose wegen dieser Vorkommnisse oder angeblichen nächtlichen Streifzüge stimmte. Ich dachte, das sei alles, aber in der Tür blieben sie noch einmal stehen.

»Sie sind oft in New York.«

»Sooft es geht.«

»Und übernachten im Leo House …« O'Connor schaute in sein Notizbuch, als müsste er sich diese Tatsache in Erinnerung rufen. Am Wochenende um den 20. Februar hätte ich ein Zimmer reserviert, es dann aber nicht in Anspruch genommen. Ob ich etwas dazu sagen wolle? Ich sah ihn an. Instinktiv hatte ich die Treffen mit Ida verschwiegen, aber offenbar wussten sie, dass ich an jenem Wochenende mit ihr in New York gewesen war. Ob sie auch im Hyatt Nachforschungen angestellt hatten?

»Es wäre gut, wenn Sie die Gegend in den nächsten Tagen nicht verlassen«, sagte O'Connor. »Vielleicht brauchen wir Sie noch.«

Ich schaltete den Computer ein und sah meine E-Mails durch, eine Nachricht informierte über den Gedenkgottesdienst in der Campuskirche:

> *Dear Friends: I write to share some very sad news. Ida Brown passed away earlier this week. There will be a memorial service this Thursday, 3.22, at 1:30 pm at the Presbyterian Church on the Campus. Best, Don D'Amato*

*Passed away:* von uns gegangen, in ein besseres Leben geschieden. In diesem Moment verlor ich die Beherrschung und brach zusammen. Das Licht im Fenster. Die Bücher. War das möglich? Ich konnte mir ihren entstellten Körper nicht vorstellen. Die verbrannte Hand, die Haut an ihrem Hals, oh ja, die Schwäne der Nacht …

Ich schloss das Büro ab, ging bis zum Ende des Flurs und verließ das Gebäude über die Treppe, die zum Fachbereich für Klassische Philologie führt. Es war ein strahlender Tag, einer dieser winterlichen Nachmittage nach einem Unwetter, wenn die Luft zu leuchten scheint. Ich ging über den Campus in Richtung Wald. Auf dem Weg kam ich an Tennisplätzen mit hübschen Mädchen in weißen Miniröcken und weißen Socken vorbei. Ich weiß nicht, ob man eine Frau kennen kann (oder sagen kann, dass man sie kennt), nur weil man ein paar Nächte mit ihr verbracht hat, aber ich kannte Idas Willensstärke, das war alles. Den Wunsch, eine bestimmte Richtung einzuschlagen, ohne an den Rückweg oder die möglichen Konsequenzen zu denken. Sie würde keines ihrer Projekte mehr beenden können, alles war mit einem Schlag vorbei. Sie war so jung gewesen, das machte alles noch viel trauriger. Es müsste einen Hinweis geben, ein Zeichen, das verrät, wer vorzeitig stirbt. Ich ließ mich auf einer Bank unter einer Eiche nieder. Plötzlich erinnerte ich mich an eine Geste von ihr, eine flüchtige Handbewegung, die Finger auf dem Tisch, nicht einmal das, die Fingerkuppen, eine leise, mechanische Geste, wenn sie nervös war, und es tat weh, und ich schloss die Augen. Sie hatte unglaublich schlanke Hände. Ich spürte, wie meine Tränen in der eisigen Luft gefroren. Weinte ich wirklich? Als sie mich sahen, hielten die Tennisspielerinnen inne. Dann schlugen sie mit der Faust gegen die Bespannung ihrer Schläger, feuerten sich an und nahmen das Match wieder auf. Der gelbe Ball flog durch die Luft, während sie sich geschickt hin und her bewegten. Wie viele Jahre hatte ich nicht mehr geweint?

Wie ein düsteres Vorzeichen landete auf einem Ast über mir eine Krähe, ein schwarzer Punkt im hellen Weiß des Nachmittags. Plötzlich breitete der Vogel seine Flügel aus, und die lautlos auf mein Gesicht fallenden Schneeflocken machten mir wieder Mut, als wollten sie mich an einem schmerzhaften Tag retten oder zumindest trösten. Es war nicht Poes Rabe, es war Frosts Krähe. Das Leiden bleibt sinnlos, aber die Reime und der sanfte Rhythmus der Verse, an die ich mich zu erinnern begann, ließen mich wieder ruhiger atmen. *The way a crow / Shook down on me / The dust of snow / From a hemlock tree // Has given my heart / A change of mood / And saved some part / Of a day I had rued.* Ich konnte nur in fremden Worten an sie denken. *Der Schnee / Flößte meinem Herzen / Neuen Mut ein.*

Ich verließ den Campus und ging am mexikanischen Viertel entlang, das vorher ein schwarzes und davor ein italienisches und davor ein irisches gewesen war. Die alten Häuser im traditionellen Stil sahen schön aus mit ihren großen Fenstern und offenen Veranden. Noch lebten ein paar alte Afroamerikaner hier, nicht mehr viele, sie waren weggezogen, und jetzt war die Gegend hauptsächlich von guatemaltekischen, dominikanischen und puertoricanischen Einwanderern bewohnt. Sogar die Schilder vor der Kirche, die auf den nächsten Gottesdienst verwiesen, waren auf Spanisch, und in den Liedern und Gebeten konnte man einen mexikanischen Akzent heraushören. Oh Maria, Mutter Gottes. Ich betrat die Kapelle und kniete mich hin, um zu beten. Maria, voll der Gnade. Seitlich von mir, auf einer Holzbank, saßen drei dunkelhäutige Frauen und beteten mit leiser Stimme den Rosenkranz, als wäre es ein Trauergesang. Der Herr ist mit dir, du bist gebenedeit unter den Frauen. Der musikalische Klang ihrer Stimmen beruhigte mich. Eine der Frauen sprach eine Zeile aus dem Ave Maria, und die beiden anderen antworteten ihr im Chor. Die Struktur der Tragödie: ein Rezitator und ein Chor. Was verband das Ritual der Eucharistiefeier mit der Tradition der griechischen Tragödie? Ich konnte nur auf diese Weise denken, wie ein Kriegsversehrter, der nicht von sich selbst reden kann. Der Altar war bescheiden, ein hölzerner Christus und ein paar weiße, bestickte Tücher auf einem Metalltisch. Ich stand auf und kehrte zurück ins Tageslicht.

Ein paar Meter entfernt befand sich Pelusa Travel, ein mexikanischer Laden für Geldüberweisungen nach Mittelamerika, wo es Telefonkarten für Ferngespräche und Fotos von Maradona von der Weltmeisterschaft 1986 zu kaufen gab. Ein junger Chicano unterhielt sich mit einer Frau. Er trug eine ausgebeulte, tiefsitzende Hose, eine Sonnenbrille und eine Baseballmütze der New York Yankees. Das Mädchen – sie hatte einen roten Irokesenschnitt und trug einen gelben Regenmantel und Cowboystiefel – lachte laut und machte witzige Bemerkungen. Ihre sanfte Stimme erinnerte mich an Ida. Das Erste, was man vergisst, wenn jemand stirbt, ist der Klang seiner Stimme, und an diesem Nachmittag rief ich mehrmals von einem öffentlichen Telefon bei Ida an, um ihre Stimme auf dem Anrufbeantworter zu hören. »Hier ist Ida Brown. Wir sind nicht zu Hause, und ich kann Ihren Anruf nicht entgegennehmen. Hinterlassen Sie bitte eine Nachricht, oder rufen Sie später wieder an!« Mir gefiel der Plural und dann der Übergang zur ersten Person (*I can't answer you*). Die Stimme war noch da, ich wünschte, sie hätte einen Satz nur für mich aufgenommen, ein paar Abschiedsworte, einen letzten Gruß, der bis in alle Ewigkeit die Anrufe desjenigen beantwortet, der sie geliebt hat.

Ich erinnere mich, wie sie sich einmal fürchterlich aufgeregt hatte, weil es in den Latino Studies zwar eine Lehrveranstaltung über Salsa und Rancheras und die Graffiti der Chicanos gab, sich aber keiner für die Menschen dahinter interessierte. Als hätte das, was wir lehrten, überhaupt keinen Bezug zum realen Leben. Meine Kollegen reden über Junot Díaz oder über die Auftritte von La Raza, hatte sie damals gesagt, aber kaum haben sie den Hörsaal verlassen, sind die *Greasers* oder *Spics* oder *Beaners* wieder unsichtbar. Die Latinos werden mit Essen oder Abfällen gleichgesetzt, sagte sie, sie sind die Fettigen, die Schmutzigen. (»Meine schmutzigen Kinder«, fielen mir Evita Peróns Worte ein.) Sie erledigen die Drecksarbeit, sie schuften in den Küchen der französischen Restaurants, im Keller der irischen Pubs oder an den Tankstellen, sie putzen in den Bibliotheken die Toiletten und räumen im Winter die Straßen. Genau das hatte sie damals gesagt. »Hier ist Ida Brown. Wir sind nicht zu Hause, und ich kann Ihren Anruf nicht entgegennehmen.« Eine klare, resolute, aber gleichzeitig warme Stimme, die ich bereits zu vergessen begann.

Gegenüber, oberhalb der Witherspoon Street, sah man den Friedhof mit seinen fast bis zum Gehsteig reichenden Gräbern aus der Zeit des Bürgerkriegs oder den Jahren davor. *Wo sind Elmer, Herman, Bert, Tom und Charley, der Willensschwache, der mit den starken Armen, der Clown, der Betrunkene, der Raufbold?* Das stand auf den Grabsteinen, dazu der jeweilige Todestag (X-2-1798). Und auf den Kameen und kleinen Glasurnen sah man Fotografien, Abbildungen, Daguerreotypien oder Zeichnungen von ihnen. Jugendliche Züge, staunende Gesichter, ein friedliches Lächeln auf weißen, golden eingefassten Ovalen neben Metallbechern mit frischen Blumen. *Wo sind Ella, Kate, Mag, Lizzie und Edith, die Sanftmütige, die Schlichte, die Lautstarke, die Hochmütige, die Glückliche?* Ein großer, ernst aussehender Mann in Overall und Gummistiefeln fegte Schnee von den Wegen und harkte die Gräber. Wie ein Gespenst bewegte ich mich im fahlen Licht, das durch die Bäume fiel. *Wo ist der Geiger Jones, wer spielte mit seinem Leben, seinen neunzig Jahren, und forderte mit nackter Brust den Frost heraus?* (X-7-1912).

Die Uhr mit den römischen Ziffern des Juwelierladens an der Ecke Nassau und Witherspoon Street zeigte Punkt vier Uhr an. Auf den Straßen wimmelte es von Studenten. Das Gefühl von Normalität entsetzte mich, als wäre ich der einzige Verwirrte im ganzen Ort. Ich würde die Augen nicht schließen können aus Angst vor dem, was ich sehen könnte. Das leere Hotelzimmer, wo wir uns diese Nacht hatten treffen wollen, verfolgte mich. Sie war tot, und trotzdem … Das Verlangen taucht überall auf und bringt das Leben durcheinander. Mit keiner war es so gewesen wie mit ihr. War es das? Ich hatte sie verloren. Und das Hotelzimmer an diesem Abend? Der massige Klotz des beleuchteten Hyatt, irgendwo am leeren Highway.

Als ich nach Hause kam, war es bereits Abend, die Dunkelheit legte sich wie ein schwerer Stoff über die Fenster. Ich schaltete den Fernseher an. Eine Werbung für Schmuck, man sah bloß Hände und den billigen Klunker. Die Leute riefen an und machten Angebote. Um halb sieben begannen die lokalen Nachrichten. Man sah die Harrison Street und Idas Haus. Eine renommierte Professorin war bei einem Verkehrsunfall ums Leben gekommen … In diesem Moment hörte ich jemanden ans Fenster klopfen. Es war Nina, meine russische Nachbarin. Sie besaß keinen Fernseher und wollte wissen, was es mit dieser verunglückten jungen Frau auf sich habe. Sie hatte nicht viel mit Ida zu tun gehabt, kannte sie aber. Eine Weile sahen wir uns die landesweiten Nachrichten an. Dort wurde der Hergang ausführlicher geschilderte, und man sprach von einer Reihe ungelöster Fragen. Die Polizei sei dabei, im privaten Umfeld der Professorin zu ermitteln. Vorläufig gehe man von einem Unfall aus. Im Auto sei Gas ausgeströmt und ein Funken habe eine Explosion ausgelöst. Es gab aber auch Beobachter, die den Vorfall mit den rätselhaften Anschlägen in Verbindung brachten, die mehrere *scholars* und Akademiker an verschiedenen Orten im Land das Leben gekostet hatten. Die Polizei wollte nichts ausschließen. Ich schaltete den Fernseher ab und stand auf, um Nina ein Glas Wein zu holen.

»Die Polizei war hier und hat sich nach Ihnen erkundigt. Die wollen Sie unter Druck setzen. Sie haben sie doch nicht umgebracht, oder, mein Lieber?«, fragte sie lächelnd, um die Stimmung aufzulockern.

Ich hätte das Gefühl, in Gefahr zu sein, sagte ich.

»Gefahr? Was für eine Gefahr?«

»Wenn ich es erklären könnte, wäre es keine Gefahr.«

Sie lachte, und plötzlich, ermuntert von ihrer fröhlichen Gelassenheit, erzählte ich ihr die Wahrheit.

»Ich hatte eine Affäre mit ihr, in New York, aber wir haben es geheim gehalten. Ich glaube, die Polizei weiß von der Sache.«

»Jemand hat Sie zusammen gesehen, vielleicht im Zug … Aber die werden Sie schon nicht gleich verhaften, nur weil Sie mit ihr geschlafen haben. Vielleicht wurden Ihre Telefone überwacht. Die Polizei weiß alles über jeden, und das sollen wir auch wissen.« Sie brach in ein herzhaftes Lachen aus. Sie sei es gewohnt, dass die Polizei die seltsamsten Gründe nannte, um zu erklären, was niemand verstand. Sie war 1929 in Moskau geboren worden und hatte Russland Ende 1938, kurz bevor ihr Vater verhaftet wurde, verlassen. Weil er ein großer Bewunderer fernöstlicher Kunst war, wurde er verdächtigt, ein japanischer Spion zu sein, und von Stalin in ein Konzentrationslager verbannt.

Nina hielt es für möglich, dass es ein Anschlag war, der aussehen sollte wie ein Unfall. Der KGB hatte auf diese Weise Exilrussen und im Ausland lebende Dissidenten aus dem Weg geräumt. Aber wer hätte Ida umbringen wollen? Am Institute of Experimental Studies kursierten seit Monaten Gerüchte über eine Mordserie an Universitäten. Vor ein paar Wochen hatte eine Briefbombe einen Biologen aus Yale getötet. Es herrschte große Sorge, aber niemand wusste etwas Genaueres. Offenbar wollte das FBI nicht, dass die Nachricht durchsickerte und Panik auslöste. Die Informationen in den Nachrichten waren sehr vage. Es könnte sein, man sagt, man gehe davon aus. Nichts Konkretes.

Nina hatte lange Zeit gesprochen und bemerkte meine Zerstreutheit. Sie brauchen etwas Ruhe, wenn Sie reden wollen, können Sie jederzeit zu mir kommen, sagte sie mit einem freundlichen Lächeln und machte sich mit ihren grazilen Bewegungen und kurzen Schritten auf den Weg. Ich wisse ja, sie sei Witwe und verbringe viel Zeit allein, es wäre ihr immer ein großes Vergnügen, mit mir zu plaudern und eine Tasse Tee zu trinken.

Das Motto meiner Jugend hatte gelautet, in der dritten Person zu leben, doch jetzt verstrickte ich mich immer mehr in den hässlichen Fängen der persönlichen Erinnerung. Ich sollte lieber eine Dusche nehmen und mich an den Schreibtisch setzen und eine Weile arbeiten. Da begriff ich, dass ich mit mir selbst redete. Und nicht nur das, ich betrachtete mich dabei auch noch im Badezimmerspiegel. Ein nackter, übernächtigter Clown. Die Dusche hatte einen Griff, den man für heißes Wasser nach rechts und für kaltes nach links drehte, aber ich schaffte es nicht, die richtige Temperatur einzustellen. Entweder verbrannte ich mich oder erlitt beinahe einen Kälteschock, also stieg ich aus der Badewanne und trocknete mich mit kräftigen Bewegungen ab, als spielte ich einen starken Mann, der sich vor dem Spiegel mit dem Handtuch abreibt. Ich war etwas durcheinander, das stimmt. Ich zog mich um, denn saubere Kleidung gab mir ein besseres Gefühl. Weiche Socken, gebügelte Unterhosen, makellose Hemden. Die Frau, die zweimal die Woche zum Putzen kam, war eine sogenannte *espalda mojada*, ein Nassrücken, sie hatte illegal, ohne Papiere, den Grenzfluss durchquert. Sie kam aus Mexiko, hieß Encarnación und sagte, das Leben hier, »im Norden«, sei wie ein goldener Käfig. Ihre Eltern lebten in Oaxaca, und an Weihnachten kehrte sie jedes Mal in ihr Dorf zurück und überquerte später wieder heimlich die Grenze. Manchmal vertraute sie sich einem *coyote* an, einem Schleuser, und einmal war sie über Kalifornien eingereist. Ihre Gedanken kreisten ständig um die Polizisten der United States Border Patrol, die die Grenze gegen illegale Einwanderer absicherten, und sie sprach von der *Migra* wie von einer Hexe mit wirrem Haar und bösem Blick, die sie nicht in Ruhe ließ. Eines Tages war sie heulend aufgetaucht, weil die Hausherrin – »die Gringa« –, für die sie ansonsten arbeitete, sie vor den anderen Bediensteten gedemütigt hatte. Während sie mir das erzählte, wischte sie sich mit der Handfläche die Tränen weg. Ihr Alter war schwer zu bestimmen, sie konnte ebensogut vierundzwanzig wie zweiundvierzig sein, je nachdem, ob sie lächelte oder nicht. Nachdem sie sich die Tränen getrocknet hatte, schien sie sich wieder gefangen zu haben. Auch sie habe ihren Stolz, sagte sie, knöpfte sich mit einem Lächeln den Arbeitskittel auf und zeigte mir ihr T-Shirt, auf dem das Porträt von Che Guevara im poppigen Stil der mexikanischen *Lucha Libre*-Stars aufgestickt war. Eine Weile stand die pummelige Frau mit dem undefinierbaren Alter, dem Gesicht einer aztekischen Statue und dem Bild von Che Guevara unter dem Kittel vor mir. Das T-Shirt sei Handarbeit, sagte sie, aus einer Maquiladora in Monterrey, ein Freund von ihr, der an einer Tankstelle in Lawrenceville arbeitet, habe es ihr verkauft.

Ich erinnerte mich an diese Geschichte, weil auch ich Mut brauchte, um die nächste Zeit zu überstehen. Ich musste nach vorne schauen, die Tränen unterdrücken, die immer gleichen Bilder aus meinem Kopf bekommen: Idas Wagen hinter den gelben Absperrbändern an der Kreuzung Bayard Lane, in der Nähe des Palmer House. Die Art, wie sie einen Raum betrat. Die sanfte Bewegung, wenn sie den Mantel öffnete, um mir zu zeigen, was sie an dem

Abend trug. Ich musste das Denken lassen und fing an, ein Gedicht von Robert Frost zu übersetzen. Vielleicht konnte ich durch den Rhythmus der Verse wieder besser atmen. *Frost* hieß Frost, Raureif, Kälte in den Knochen, kalt wie Stein, kalt wie Marmor, kalt wie der Tod. *Frost* hieß auch zerbrechlich, brüchig, gesprungen, zart, eine rissige Eisschicht, unsichtbar. *Dust of snow,* Schneeflocken oder Kristalle, Schneestaub klingt nicht gut, Schneekristalle, staubige Diamanten, Schneenadeln, *a snow crystal,* winzige Schneekristalle, eisige Nebel, *Schneestaub. The way a crow,* die Art, die Weise, wie die Krähe, Die Art wie eine Krähe / *Shook down on me,* auf mich fallen ließ, auf mich herunterfallen ließ, Auf mich herabschüttelte / *The dust of snow,* Den Schneestaub / *From a hemlock tree,* von diesem Baum da, von der Tanne, Von einer Tanne // *Has given my heart,* gab meinem Herzen, flößte dem Herzen, Hat meinem Herzen eingeflößt / *A change of mood,* einen Stimmungswechsel, eine andere Stimmung, Neuen Mut / *And saved some part,* und bewahrte einen Teil, Und rettete einen Teil / *Of a day I had rued,* eines traurigen Tages, eines trüben Tages, Eines Tages, den ich bereute. Vielleicht wäre es in der dritten Person besser. Die Schneeflocken, die eine Krähe vom Baum schüttelte, fielen auf ihn herab und flößten seinem Herzen neuen Mut ein, auch wenn sein Leben ruiniert war.

Ich ließ mich ins Bett fallen. Plötzlich erinnerte ich mich, was ich empfunden hatte, als mein Vater starb. Was ich gemacht hatte, als mein Vater starb. Die Opernsängerin, die ihre Stimme verloren hatte. *A change of mood.* Hoffentlich würde ich nicht die ganze Nacht wach liegen. Hoffentlich rief der Dealer wieder an. *Dust / sniff.* Das Hotelzimmer, die zugezogenen Gardinen. An der Rezeption halten die Männer in dunklen Anzügen ihre Ausweise hoch, stellen Fragen. Das Zimmer ist reserviert. Ich bräuchte ein Alibi. Wer braucht das nicht? Die Leuchtziffern der Uhr auf dem Nachttisch zeigten fast Mitternacht an. Es war eiskalt, wie am Grund des Meeres. Ganz tief unten, sagen die Spieler, wenn sie alles verloren haben. Hatte das Hotel ein Casino? Ida in der Ecke des Zimmers, in ihrem grauen Mantel, rauchend, als sie sich bewegte, sah ich ihre Oberschenkel. Ich konnte weder schlafen, noch hielt ich das Warten länger aus. Ich ging in die Garage und holte den Wagen, die Straßen waren leer, eine Geisterstadt, ein Verkehrspolizist patrouillierte in einem winzigen Streifenwagen, ich ließ ihn hinter mir, und nach einigen ziellosen Runden durch den Ort bog ich auf die Autobahn nach New York. Eine trostlose Landschaft, die fernen Lichter einer Bar, eine Leuchtreklame an der Straße, ein Taco-Restaurant, ein leeres Wachhäuschen, kein einziges Fahrzeug weit und breit. Exit Route One, nach einer Meile musste man abbiegen und eine Brücke überqueren, bis man den Holland Park erreichte und etwas später das Parkhaus des Hotels. Ich hatte die Bestätigung für die Zimmerreservierung und tippte die Nummer 341 am Automaten ein. Die Schranke hob sich. Ich fuhr nach oben und parkte den Wagen in der dritten Etage, zwischen zwei weißen, an die Wand gemalten Pfeilen und der Zimmernummer.

Am Empfang überprüfte ein schwarzgekleideter Mann die Reservierung, betrachtete lustlos meinen Pass und händigte mir den Schlüssel aus. Keine Magnetkarte diesmal. Ich bat den Barkeeper, mir eine Flasche Whisky aufs Zimmer bringen zu lassen. Der Raum war nicht derselbe wie beim letzten Mal, er wirkte altmodischer, eleganter, mit roten Samtvorhängen vor den Fenstern. Mit Jagdszenen dekorierte Wände, unpersönliche Möbel; klimatisierte Gräber. Der Fernseher, ein Tresor, eine winzige Minibar mit winzigen Fläschchen, ein *Kingsize-Bett* mit roter Tagesdecke. Alles da, wo es immer ist. Offenbar befolgen alle Architekten dieselbe Raumaufteilung, damit die Stammgäste sich zurechtfinden und auch im Dunkeln wissen, wo sich das Bad oder der Lichtschalter befindet. Der Page brachte den Whisky und zwei Gläser. Sind Sie allein, Partner?, fragte er; seine vertrauliche Art gefiel mir nicht. Wir haben einen Escort-Service. Ich gab ihm zwanzig Dollar, und er nannte mir eine Telefonnummer. Eine Frau nahm ab, misstrauisch. Wer soll es sein?, fragte sie. Egal, wer gerade Zeit hat, sagte ich. Alle haben Zeit. Eine Blonde, sagte ich. Auf unserer Webseite finden Sie Fotos, suchen Sie sich eine aus, ich gebe Ihnen das Passwort. Nicht nötig, sagte ich, irgendeine Blonde. Justine, sagte sie. Wie bitte? Justa, eigentlich heißt sie Justa. Ein Name, ich werde auf sie warten. Aus der Wand drang lautes Rauschen, als würde die Heizung auf Hochtouren laufen. Eine Weile später klingelte es. Die junge Frau hatte platinblond gefärbtes Haar, war schwarz gekleidet und trug hohe Absätze. Ein halbasiatisches Gesicht mit weißschimmerndem Haar. Ich bin Justa, *the blonde,* danke, dass Sie sich für mich entschieden haben, sagte sie und strich mir mit zwei Fingern über den Mund, als wollte sie meine Lippen nachzeichnen. Sie sprach mit heller, kindlicher Stimme. Ihre dunklen Augen waren schön, eins war *lebendig,* das andere aus Glas. Ihre rechte Hand schien aus weißem Metall zu sein, sie versteckte sie unter dem Ärmel ihrer Seidenbluse, an dessen Bund ein Knopf fehlte. Ich wäre schneller da gewesen, hätte der Typ nicht so lange gebraucht, die Abfahrt vom *freeway* zu finden. Sie benutzte eine seltsame Syntax und spanische Zeitformen, die es im Englischen nicht gab. Die es im Englischen nicht gab? Wenn wir uns noch länger unterhalten, dachte ich, würde es noch schlimmer werden. In dem Moment ging sie ins Bad, »um sich ein wenig frisch zu machen«, wie sie auf eine lächerliche und zugleich erhabene Weise sagte. Ich hatte noch nie eine Frau bezahlt. Ich könnte der Polizei sagen, dass ich im Hotel gewesen war, um ein *sweetheart* für die Nacht zu finden, und dass ich die Male davor aus demselben Grund hier war. Es wäre ein Alibi wie jedes andere. Ich habe mich einsam gefühlt, könnte ich sagen, ich bin Ausländer. Ich komme aus Buenos Aires. Aber das wussten sie bereits. Die Hitze machte mich schläfrig. Die Badezimmertür ging auf, und das Mädchen stand nackt – aber in High Heels – im grellen Licht des Türrahmens. Gefalle ich dir?, fragte sie auf Spanisch. Auf ihrem Bauch war eine rote Narbe, und sie hatte das Schamhaar rasiert. Ich stand auf und ging zu ihr. Auf der Kommode saß ein *lebendiger* Rabe. Er steckte den Schnabel unter den Flügel und starrte mich mit einem Auge an … Der Leuchtwecker zeigte *5.03 am* an. Wenigstens kann ich schlafen, dachte ich und wachte, verschwitzt und auf dem Rücken liegend, in meinem Bett auf. Hatte ich von ihr geträumt? Ich konnte mich an so gut wie nichts erinnern, nur einzelne Bruchstücke, das Zimmer 341, eine blonde Frau. Was tat sie dort? Der Traum hatte sich verflüchtigt, aber ein Gefühl von Schmutz und Furcht war geblieben. Ich ging zum Fenster, es dämmerte bereits. Im Garten nebenan sah ich Nina, die sich um ihre Pflanzen kümmerte, in der klaren Luft war ihr Atemhauch wie Nebel. Ich spürte, wie der Rabe auf dem Tisch hinter mir die Flügel ausbreitete.

# II. DIE RUSSISCHE NACHBARIN

# Fünftes Kapitel

## 1

Wenn ich heute an jene Monate zurückdenke, glaube ich, dass ich nur dank Nina Andropowa nicht völlig den Verstand verlor. Die Gespräche mit meiner russischen Nachbarin beruhigten mich, als bewegte sich Nina mit einer anderen Geschwindigkeit, ohne die drängenden Verpflichtungen des Moments. Immer wieder kam ich auf meine Treffen mit Ida zu sprechen und den Nachmittag, an dem ich sie zum letzten Mal gesehen hatte und sie mit einer Stofftasche über der Schulter und ihrer Post in der linken Hand auf dem Flur des Fachbereichs davongegangen war. War es die linke gewesen? Aber wenn sie Linkshänderin war, warum hatte sie dann laut Polizeibericht die rechte Hand ausgestreckt, um etwas auf dem Boden des Wagens zu suchen? Ach, mein Lieber, sagte Nina, auf diese Weise wirst du nie verstehen, was passiert ist.

Die Gespräche mit Nina schienen dazu da zu sein, mich aus der Dostojewski'schen Finsternis zu reißen, in die ich abgetaucht war. Als erinnerten mich ihre Lebensgeschichte, die sie mir nach und nach erzählte, und ihre eloquente Art an die alten Zeiten, an die Versammlungen, als wir in verrauchten Räumen über Politik stritten, an die jungen Frauen, die sich voller Leidenschaft in den Arbeitervierteln engagierten und Revolutionen planten, die die Welt von allem Übel befreien würden; dieser Glanz schien in ihrer ruhigen, musikalischen Stimme überlebt zu haben.

In jenen Tagen hörte ich einen Satz auf der Straße und dachte, er habe mit mir zu tun (»Sie war blau gekleidet«).

Ich lebte in einer Welt, wo alles einen verborgenen Sinn besaß und jede Geste, jedes Detail einen Raum einnahm, der nur für mich eine Bedeutung hatte. Nina hörte mir geduldig zu und wechselte das Thema, als wollte sie nichts anderes als mir dabei helfen, meine Wunden zu heilen und zu überleben. Immer wieder kam sie auf ihre Zeit in Russland zu sprechen, wie um zu sagen: *Wir* haben damals wirklich ruhmreiche Zeiten und große Tragödien erlebt, flammende Reden und die grausame Unterdrückung der Massen durch unsere revolutionären Helden; private Fragen waren kein Grund zum Leiden, denn sie hatten keinen Platz mehr im Herzen. Ihre Mutter war in ein armes sibirisches Dorf gezogen, um näher am Arbeitslager zu sein, in dem ihr Vater später sterben sollte. Ich könne gut verstehen, wovon sie rede, sagte ich, auch wir wären von der Geschichte und dem Horror mitgerissen worden. Oh ja, man kann alles verstehen, bis auf die revolutionäre Gewalt und die Euphorie des Sieges, erwiderte sie, während sie behutsam eine Zigarette in die weiße Zigarettenspitze steckte. Als hätte es noch Sinn, auf diese Weise ihre Lungen zu schonen. Sie war fast achtzig, dem Tod näher, als ich gedacht hatte, und trotzdem sprühte sie vor Begeisterung und Lebensmut.

Nina hatte den Krieg und die deutsche Besatzung in Frankreich als Kindermädchen im Schriftstellerkreis der *NRF* überlebt (sie hatte die Kinder von Jean Paulhan betreut und unterrichtet), während sie, protegiert von Nikolai Berdjajew, an ihrer Dissertation über Tolstois Jugendjahre schrieb. 1950 verließ sie Paris und ging in die Vereinigten Staaten. Das intellektuelle Klima nach der Befreiung war unerträglich, mit Sartre, Aragon und all den anderen Tyrannen der französischen Linken, die die Unterdrückung in Russland mit der Behauptung verteidigten, objektiv gesehen, hätten die alten Bolschewiken dem Feind entgegen ihren Absichten zur Seite gestanden, erzählte Nina. Sartre hatte am Ende des *Saint Genet* geschrieben, dass Nikolai Bucharin, der brillante kosmopolitische Intellektuelle und Theoretiker der Kommunistischen Partei, kein Opfer Stalins, sondern ein Verräter der Revolution sei, den man nach seinem Geständnis völlig zu Recht bestraft habe. Sie hatten Menschen gefoltert, hingerichtet oder gezwungen, völlig absurde Verbrechen zu gestehen. Es war damals schwer, links zu sein, und das ist es immer noch, sagte Nina. Aber ich bin Russin, mein Lieber, und könnte niemals Reformist sein, und sie betonte das Wort Reformist, das sie russisch aussprach. (*I'm a Russian, dear, and it's impossible for me to be a* reformist.) Sie war nach wie vor der Meinung, dass der Zar und sein Hof für die russische Katastrophe verantwortlich waren und dass die Revolution wie ein Feuer gewütet hatte, das zuerst ihre Helden vernichtet und danach das ganze Volk terrorisiert hatte. Am Morgen, als Nina in den Zug nach Finnland gestiegen war, hatte sie gewusst, dass sie nicht nur das Bild ihrer Eltern im trüben Licht des leeren Bahnsteigs zurücklassen würde, sondern eine ganze Welt. Seit sie Russland verlassen hatte, spürte sie den Aschegeschmack des Exils im Mund.

Mit nichts als fünfundsiebzig Dollar in der Tasche, einem Exemplar des ersten Bands ihrer Tolstoi-Biographie und dem Entschluss, noch einmal von vorn zu beginnen, war sie in New York angekommen. Während sie ungeduldig hinter dem Zaun wartete, die Beamten der Einwanderungsbehörde sie mit beleidigenden Fragen belästigten und der Kai sich immer mehr leerte, hatte sich Nina an Alexandra Tolstoi erinnert, die großartige Tochter des Grafen, die eine Stiftung zur Unterstützung sowjetischer Exilanten in Amerika ins Leben gerufen hatte, bis sie endlich, den Koffer mit den wenigen Habseligkeiten, die ihr geblieben waren, hinter sich herziehend, die Absperrung passieren durfte.

Nina hatte jede denkbare Arbeit angenommen und zwei lange Jahre gelitten, bevor ihr schließlich eine Stelle als Russischlehrerin an einem College in New Jersey angeboten wurde. 1960 veröffentlichte sie den zweiten Teil ihrer monumentalen Biographie *(Der Schriftsteller Tolstoi)* und erhielt eine Professur am Fachbereich für Slawistik. Dort hatte sie auch ihren Mann kennengelernt, den russischen Geographen Albert Ostrow, der am legendären Institute of Experimental Studies an einer kartographischen Erfassung der Mondvulkane arbeitete. Ihr geliebter Albert war gestorben, und jetzt war sie allein, emeritiert und versunken in ihrem endlosen Buch über die letzten Jahre Tolstois.

Wir waren bei ihr zu Hause, im Arbeitszimmer mit den hohen Fenstern zum Garten. Nina ging zwischen den Tischen, auf denen sich Papiere und Bücher stapelten, den Ikonen an den Wänden und den antiken Möbeln auf und ab. Das Schlimmste war, dass sie niemanden mehr hatte, mit dem sie Russisch sprechen konnte. Sie führte Selbstgespräche, und manchmal trug sie den stummen Fischen, deren lange Schwänze sich im runden Aquarium langsam hin- und herbewegten, Puschkins Verse vor. Vor einiger Zeit war ein russischer Mathematiker ans Institut gekommen, erzählte sie. Aber er weigerte sich, Russisch zu sprechen, und unterhielt sich nur in seinem rudimentären Englisch. Nina hatte die Idee gehabt, ihn ins Restaurant der Universität einzuladen, und sich auf das Gespräch gefreut, aber der Mathematiker hatte so beharrlich geschwiegen, dass sie sich die ganze Zeit wie eine Idiotin vorgekommen war. Am Ende war der Mathematiker aufgestanden und hatte mit erregter Stimme auf Russisch gefragt: »Glauben Sie an Geister?« Dann hatte er mit großen Schritten das Restaurant verlassen.

Die Tendenz, jedes Problem durch eine *expression mystique* vom Bereich des Verständlichen auf eine höhere Ebene zu heben, war für Nina etwas zutiefst Russisches. Vielleicht ist es diese spirituelle Gabe, die ich am meisten vermisse, sagte sie lachend. Endlose unverständliche, pseudophilosophische, aber leidenschaftliche Absätze oder ein einziges unerwartetes Wort, das den trivialen Sinn der Aussage ins Gegenteil verkehrt. Hat man länger nicht mehr Russisch gesprochen und hört Russen miteinander reden, versteht man zunächst gar nichts. Selbst in der konkretesten Bemerkung schwinge immer eine rätselhafte Nebenbedeutung mit. Die Bedeutung einer solchen Botschaft – egal, wie präzise formuliert – sei so weit vom täglichen Sprachgebrauch entfernt, dass sie überhaupt keinen Sinn mehr ergebe. Das erkläre auch die Neigung der russischen Schriftsteller – von Gogol bis Dostojewski und Solschenizyn – zum Predigen und zu religiösen Abschweifungen. Die Sprache selbst verleiht ihnen diese Tiefe, bemerkte Nina lächelnd.

Der Hang der russischen Sprache zum Mystischen sei eine Form von ontologischer Unvollkommenheit, die es bei anderen indogermanischen Sprachen so nicht gebe. Das größte Problem sei, dass es im Russischen keine Ausdrücke für die unterschiedlichen Arten der westlichen Gedanken und Gefühle gebe. Alles ist leidenschaftlich und extrem. Man kann nicht Guten Abend sagen, ohne dass es wie eine Bedrohung klingt. Deshalb ist es so schwer, aus dem Russischen zu übersetzen. Und deshalb ist Nabokov mit seiner Puschkin-Übersetzung auch so grandios gescheitert. Er war arrogant und sentimental und glaubte, eine wörtliche Übersetzung des *Eugen Onegin* könne den emotionalen Ton der russischen Poesie vermitteln. Unmöglich! Um den Klang dieser mysteriösen mystischen Musik zu vernehmen, muss man Russisch lesen können.

Der größte unserer Schriftsteller, fuhr sie fort, ist Tolstoi, denn er kämpfte gegen diese sprachliche Schwäche an und entdeckte dabei die *ostranenie*. Für dieses kleine magische Wort gibt es keine Übersetzung, wir können es mit Verfremden oder Verfremdung wiedergeben, sogar mit *unheimlich,* wie es Freud tat. Eine Störung, die den trivialen Sinn verändert, um das helle Licht der russischen Sprache sichtbar zu machen. Tolstoi hat dieses Verfahren benutzt. Er war ein außergewöhnlicher Erzähler, und sein Stil steckt voller Schwierigkeiten. Er hat nichts Elegantes an sich und wurde dafür kritisiert, und viele warfen ihm vor, schlecht zu schreiben, und er schrieb schlecht – er war nicht Turgenjew –, denn er wollte die metaphysische Krankheit seiner Landessprache überwinden. Er schuf eine neue Art, auf Russisch zu schreiben. Ohne Tolstoi kann man weder Mandelstam noch Achmatowa noch Schklowski verstehen. Er gab dieser Methode Gestalt, diesem Licht, diesem genauen Blick, dem visuellen Detail, das ohne die spirituelle Last auskommt.

Als er sich gegen die Todesstrafe einsetzte, schrieb Tolstoi eine Reportage über die Hinrichtung eines Bauern, der Brandstiftung begangen hatte. Der Galgen, der Henker, das fahle Gesicht des Verurteilten, die Tragik der Situation. Im Gegensatz zu jedem anderen Berichterstatter verweilte Tolstoi bei der Beschreibung des Helfers, der einen Kübel mit Seifenlauge trug. Die Lauge diente dazu, den Strick zu befeuchten, damit er sich leichter um den Hals des Opfers legen ließ. Dieses Detail eliminierte jede Metaphysik und brachte den bürokratischen Horror der Hinrichtung besser zum Ausdruck als alle emotionalen Stoßgebete à la Dostojewski über die Erniedrigten und Beleidigten.

Nina rauchte und trank Tee dazu. Eine Zigarette nach der anderen, ein grünliches Glas nach dem anderen aus dem silbernen Samowar. Sie stand am Fenster, das Licht fiel auf ihr bläuliches Haar. Tolstoi kämpfte gegen die dämonische Tiefe seiner Muttersprache, indem er die winzigsten Details unter der metaphysischen Kruste beschrieb und auf diese Weise die Falle der dunklen Religiosität der Sprache vermied. Sein wahrer Schüler war Wittgenstein! Wovon man nicht sprechen kann, darüber muss man schweigen.

Sie verstummte, als wollte sie mit ihrem Schweigen ausdrücken, was sie mir zu sagen versuchte. Das Winterlicht fiel sanft durchs Fenster. Im Garten huschten Eichhörnchen über den gefrorenen Boden und suchten Nahrung.

»Hier wimmelt es von Eichhörnchen, weil es keine streunenden Hunde gibt«, sagte Nina. »Man müsste ein paar Straßenhunde importieren.«

## 2

Das leere Hotelzimmer, die sterile Ordnung der Möbel und Gegenstände, Idas Halstuch, das wie ein rötlicher Schatten über der Nachttischlampe lag, gingen mir nicht mehr aus dem Kopf. Eine Hotelobsession! Sie trat nackt aus dem Bad, die jugendliche Scham, die weichen Schenkel. Besessen von diesen mit der Klarheit eines Traums wiederkehrenden Bildern holte ich eines Abends das Auto aus der Garage, drehte ein paar Runden durch den Ort, ließ den Wald hinter mir und folgte der Route One, um noch einmal ins Hyatt zu fahren. In der Bar spielte der Pianist wie üblich Stücke von Ellington (*Sweet Georgia Brown*), und ich fuhr in den fünften Stock und verbrachte die Nacht in einem Zimmer, das aussah wie alle anderen. Es gab nur diesen Ort, wo ich mich sicher fühlte, und vielleicht konnte ich in diesem seelenlosen Zimmer, so wie früher, als ich oft in anonymen Pensionen wohnte, die Geschichte zu Papier bringen, die mir so große Mühe bereitete. Dort fing ich mit diesen Aufzeichnungen an und versuchte, die Lücken zu füllen und mich an die Einzelheiten zu erinnern, um meinem Leben jener Tage irgendeine Struktur zu geben. (Die anonyme, unpersönliche Struktur eines Hotelzimmers.) Abgesehen davon könnte es ein mögliches Alibi sein – ein beruhigender Gedanke. Falls die Polizei mich nach den Reservierungen fragen sollte, würde ich antworten, dass ich gelegentlich hierherkam und mich zum Schreiben einschloss.

Und das tat ich. Ich rückte den Tisch vor das Fenster, sah die Autos auf dem Highway unter mir vorbeigleiten, als wären es Glühwürmchen in der Nacht. Alles war so intensiv mit Ida verbunden, mit der Erinnerung an unsere gemeinsamen Nächte und Gespräche, dass ich manchmal ihre Stimme zu hören und ihren nackten Körper im Spiegel zu sehen glaubte; es waren die Bilder, die mich seit Wochen verfolgten. Ich schrieb über ihren ersten Anruf, im Dezember, als sie mich in Buenos Aires aufgespürt hatte.

Am Morgen kehrte ich still und heimlich in den Ort zurück. Ich nahm den Highway bis zur Ausfahrt Washington Road mit demselben eigenartigen Gefühl, das ich nach meinen Treffen mit Ida empfunden hatte. Man kann ein Spinnennetz um sich ziehen im Versuch, seine Handlungen zu rechtfertigen, und am Ende ist es genau dieses Netz, das einen erstickt.

Mitte März, nach der freien Woche des *midterm*, hatten die Kurse wieder begonnen. Alles blieb auf seltsame Art irreal, als müssten wir wegen Idas Abwesenheit so tun, als wäre nichts geschehen. Auf Initiative von John III. hatte eine Gruppe von Studenten einen Brief an die Universitätsleitung geschrieben und Erklärungen im Fall der Professorin Brown verlangt, aber die Antwort hatte gelautet, dass alles in den Händen der Justiz liege und die Polizei den Fall mit dem Hinweis »zweifelhafter Unfalltod« für abgeschlossen erklärt habe. Das hieß, dass die Ermittlungen jederzeit wieder aufgenommen werden konnten, falls es neue Hinweise gab, aber es ließ auch den Schluss zu, dass es tatsächlich Selbstmord gewesen sein könnte. Die Erklärung hatte die Studenten, aber auch die Kollegen empört. Keiner konnte sich vorstellen, warum sich Ida hätte umbringen sollen, und ich war mir absolut sicher, dass diese Andeutung nichts mit der Wahrheit zu tun hatte. Auf den Gängen kursierten alle möglichen Gerüchte, aber es war Nina, die als Erste ahnte, was wirklich geschehen war, wie ich beim neuerlichen Lesen meiner Notizen feststelle. Bis dahin hatten nur ein paar verstreute Zeitungsmeldungen darauf hingedeutet, dass Idas Tod ein weiteres Glied in einer Kette seltsamer Ereignisse sein könnte.

Nina erzählte mir, dass vor wenigen Wochen ein bekannter Molekularbiologe und Professor aus Yale unter rätselhaften Umständen ums Leben gekommen war. (Welchen Zusammenhang konnte es zwischen diesem Todesfall und dem Unfall einer Anglistikprofessorin und Conrad-Expertin geben?)

Vielleicht bringen die Professoren sich ja schon gegenseitig um, bemerkte Nina ironisch. In Russland hatte sie den Sarkasmus schätzen gelernt. Nina kannte die akademische Welt, für sie war es ein Dschungel, gefährlicher als die Sümpfe Vietnams. Kluge, gebildete Köpfe, die nachts von fürchterlicher Rache träumen. Sie hatte alle Stufen der akademischen Laufbahn erklommen und kannte den Neid und den Hass an den Fachbereichen, wo die Professoren oft jahrzehntelang miteinander auskommen mussten. Was konnte passiert sein? Man müsse abwarten, der einzige sichere Hinweis seien die Briefe, die Ida aus ihrem Fach geholt hatte. Ob man an eine Liste mit der Post kommen könnte, die an jenem Tag in der Universität eingegangen war? Wenn wir diese Information hätten, sagte Nina, könnten wir herausfinden, wer ihr geschrieben hat. Hatte sie ein Päckchen in den Händen, ein Paket? Konnte ich mich an etwas erinnern? Vielleicht einen Umschlag von UPS oder FedEx? Aufgeregt stellte Nina Vermutungen über den Zeitraum an, während dem Ida die Sitzung verlassen hatte, in ihr Büro gegangen war, mit der Sekretärin gesprochen und mich auf dem Flur getroffen hatte. Wie spät war es da gewesen? Wenn sich der Unfall um neunzehn Uhr ereignet hatte, musste alles innerhalb von zwanzig Minuten passiert sein. Zeitbomben, sagte Nina, explodieren oft beim Öffnen des Pakets oder des präparierten Buchs, in dem sie versteckt sind.

Aber manchmal schlug ihre Stimmung auch um. Was kann ein Einzelner schon wissen, fragte sie, egal wie klug er ist? Wir sind in einem Geflecht aus absichtlich falschen Informationen, einem Raum aus Versionen und Gegenversionen gefangen und stellen uns vor, was wir nicht verstehen können. Unser Schicksal wird längst nicht mehr von Göttern gelenkt, mein Lieber, ganz andere Kräfte spinnen die Intrigen, die über unser Leben entscheiden. Aber denk nicht, dass es ein verborgenes Geheimnis gibt, alles liegt offen vor uns.

## 3

Ich hatte den Kontakt zu meiner Heimat abgebrochen, als hätte ich dort nichts mehr verloren. Hin und wieder ging ich in die Bibliothek und stöberte in alten Zeitungen, um den verlorenen Klang meiner Tage in Buenos Aires wiederzuentdecken. Ich schaute, welche Filme liefen, welche Ausstellungen, ich informierte mich über das Wetter, die politischen Veränderungen, aber alles mit großer Gleichgültigkeit, als spielte sich das Gelesene in einer fernen Vergangenheit ab oder als lebte ich in einer parallelen Zeit. Einige Monate vor dem Militärputsch hatte ich meine Stelle bei *El Mundo* gekündigt, mich für ein paar Jahre in einer Wohnung in der Calle Sarmiento vergraben und einen mäßig erfolgreichen Roman geschrieben (mäßig erfolgreich, wie es normal ist in Buenos Aires), doch danach war mein Leben in eine Sackgasse geraten. Einmal war ich an einen weiten, menschenleeren Strand im Süden der Provinz Buenos Aires gefahren, und der Wagen war im feuchten Sand steckengeblieben. Es war unmöglich, ihn zu befreien, denn beim Graben umspülte das Wasser die Räder, während die Flut immer weiter stieg. Als mich am Ende ein Bauer mit seinen Pferden herauszog, hatte ich das Gefühl, in einem Boot zu sitzen, das mitten im Ozean auf Grund gelaufen war.

Manchmal stellte ich mir vor, was aus meinem Leben geworden wäre, wenn ich in Buenos Aires geblieben wäre. Vielleicht hätte ich mich mit meiner Exfrau versöhnt, vielleicht hätte sich Margarita, die Nachbarin von oben, doch noch in mich verliebt, aber auf jeden Fall hätte ich mich weiter im Kreis gedreht, Artikel für Literaturbeilagen geschrieben, meine Freunde im Café La Paz getroffen.

Es gab Verbindungen, Verknüpfungen, Beziehungen und Parallelen zwischen dem einen und dem anderen Leben, und diese doppelte Bindung schützte mich vor den wahren Erinnerungen. Manchmal holten mich die Nachrichten meiner Freunde in die Wirklichkeit zurück, obwohl ich ihnen nie antwortete; sie schrieben Mails oder sprachen auf den Anrufbeantworter in meinem Büro, dessen Telefonnummer sie bestimmt auf der Webseite der Universität gefunden hatten. *Che,* Emilio, was treibst du so? Hier ist Junior, meld dich doch mal. Seltsam, warum wollte er mich sprechen? Ich wunderte mich, rief aber nicht zurück. Einige der Freunde – Anita, Geraldo, Germán – griffen sogar auf die altmodische Methode des Briefeschreibens zurück, um zu sehen, ob ich ihnen antwortete. Aber ich öffnete die Briefe nicht einmal. Auch Clara, meine Exfrau, schrieb mir, aber ihr antwortete ich, ebenfalls ohne die Briefe zu öffnen, indem ich mir vorstellte, was sie mir sagen wollte und welche Antworten sie erwartete, obwohl ich bereits ein Fremder für sie war und sie eine Fremde für mich (trotz der langen Zeit, die wir miteinander verbracht hatten).

Ein paarmal rief ich meine Mutter an, die mit meinem Bruder und seiner Familie in Kanada lebte. Ich versprach, sie zu besuchen, obwohl wir beide wussten, dass es nie dazu kommen würde, aber es war ein Ritual, längst vergangene Gefühle auszudrücken. Bei meinem zweiten Anruf erzählte ich, dass ich eine Frau kennengelernt habe, die genauso hieß wie sie. Meine Mutter lachte, und ich glaube, sie antwortete das Gleiche wie Ida: Lächerlich, bei so vielen Frauen, die dort rumlaufen. Keiner heißt gerne wie ein anderer, auch ich bin irritiert, wenn ich plötzlich einem anderen Renzi begegne. Das ist doch nicht möglich, sagte sie, und das gefällt mir nicht, und dann wechselte sie das Thema. Deinem Bruder geht's gut, er hat sich ein Haus am Meer gekauft, die Kinder lernen Flöte und Geige, an der Schule haben sie mit Fußball angefangen, und ständig fragen sie nach dir.

## 4

Als ich auf dem Weg zum Hörsaal das leise Flüstern und Lachen auf den Flur dringen hörte, kam mir der Gedanke, dass die Studenten über ein perfekt funktionierendes Informationsnetz verfügten und genau wussten, was ich dachte. Lachten sie über mich? Ich verband völlig unabhängige Ereignisse, als wäre der Gedanke, dass alles miteinander verbunden war, ein Zeichen von Scharfsinn. Verrückte argumentieren so, dachte ich, während das Abendlicht auf die Gänge der Bibliothek fiel, in der alle Bücher der Welt in einem endlosen Gebäude zusammentrafen wie in einer Erzählung von Borges, für den ebenfalls alles mit allem zusammenzuhängen schien und die Welt auf die teuflische Logik einer phantasierenden Gottheit antwortete.

So stand es um mich, als eines Nachmittags, wie um meine Ahnungen zu bestätigen, Inspektor O'Connor und der Beamte mit dem blassen Gesicht, der dunklen Sonnenbrille und dem glatten Haar, Menéndez, der ihn schon beim letzten Mal begleitet hatte, bei mir auftauchten. Sie warteten vor dem Seminarraum, wie um zu zeigen, dass ich nach wie vor zu den Verdächtigen gehörte. Mich störte, dass jeder sie dort sehen konnte, aber genau das wollten sie. Der Fall sei zu den Akten gelegt worden, sagte O'Connor, ich könne mich wieder frei bewegen, aber es gebe da noch ein paar offene Fragen. Dann blickte er in sein Notizbuch und erklärte, dass sie tatsächlich eine Attentatsserie an verschiedenen Universitäten untersuchten. Der Tod von Professorin Brown schien ein Unfall gewesen zu sein, und ihnen lägen keinerlei Hinweise vor, dass er etwas mit den Anschlägen zu tun haben könnte, trotzdem würden sie gerne ein paar Fragen mit mir klären. Soviel sie wüssten, sei Professorin Brown ein häufiger Gast im Hyatt gewesen. Ich wusste, was sie mit solchen Andeutungen bezwecken wollten, also schwieg ich. Ende letzten Jahres und in diesem Januar sei Professorin Brown mehrmals in dem Hotel gewesen. Haben Sie nichts davon gewusst? Da war ich noch in Argentinien. Ja, das wüssten sie, aber ob sie nie darüber gesprochen habe? Nein, jedenfalls nicht mit mir. Ich hielt mich bedeckt. Wussten sie von unseren Treffen und verschwiegen es, um meine Reaktion zu testen? Wir glauben, sagte O'Connor, dass sie immer in diesem Hotel übernachtet hat, wenn sie am nächsten Morgen einen Flug von Newark aus hatte. Ist das alles? Eins noch, am Tag des Unfalls, als Sie sich im Flur getroffen haben, haben Sie da Professorin Brown etwas gegeben? Die Sekretärin hatte uns miteinander reden sehen. Nein, nichts, sagte ich, wir hatten eine Besprechung, und als ich gegangen bin, sind wir uns auf dem Flur begegnet. Sie hatte ihre Post dabei. Ob sie wüssten, von wem sie an dem Tag Post bekommen habe? Wir stellen hier die Fragen, belehrte mich Menéndez leise, fast flüsternd. Gut, sagte ich, aber jetzt entschuldigen Sie mich bitte, ich muss weitermachen. Natürlich, sagte O'Connor, und bevor er sich verabschiedete, riet er mir noch, mit jemandem über meine Schlafstörungen zu reden, eine kleine Untersuchung könne nie schaden. Sie verabschiedeten sich und entfernten sich über den Flur wie zwei Totengräber. Seltsam, ich hatte den Eindruck, als ob sie mich darüber informieren wollten, dass sie über meine Besuche im Hyatt Bescheid wussten. Konnte das sein? Und warum sollte Ida schon vor unserer Zeit dorthin gefahren sein? Jetzt begriff ich, wie die Polizei Verdächtige einschüchterte und sie verunsicherte. War Ida tatsächlich schon vorher im Hyatt gewesen? Oder wollten sie mir nur zeigen, dass sie von unseren Treffen wussten? Sie hatten mich nervös gemacht, und bevor ich heimfuhr, drehte ich ein paar Runden durch den Ort. Autofahren beruhigt mich. Ich fuhr über Nebenstraßen Richtung Philadelphia, vorbei an Wäldern und Farmen. Ich schaltete das Radio ein und hörte die Nachrichten und den Wetterbericht. Im Anschluss brachten sie Songs von Bob Dylan. In Lawrenceville, einem kleinen Dorf, ging ich essen, dann machte ich kehrt und fuhr über die Nassau Street zurück. Als ich in die Markham Road bog, sah ich in meinem Haus Licht brennen. Ich hielt in der Garageneinfahrt und lief zum Seiteneingang. Er war abgeschlossen, genau wie die Haustür. Hatte ich bloß vergessen, das Licht auszuschalten? Oder war jemand im Haus gewesen? Alles sah aus wie immer, nur ein paar Blätter mit Notizen aus dem Seminar schienen bewegt worden zu sein. Meine Notizbücher lagen geöffnet auf dem Schreibtisch.

Es gab nichts, was mich belasten könnte, statt Namen benutzte ich Anfangsbuchstaben, und die Ortsnamen hatte ich geändert. Ich mache mir seit Jahren Notizen und war immer bestrebt, dass sie keiner außer mir entziffern kann. Was sollte ein Polizist mit diesen Seiten anfangen? Der Gedanke, das FBI könnte sich für meine Aufzeichnungen interessieren, war lächerlich. Oder waren sie doch hier gewesen? Ich sah mich im Haus um, alles war unverändert. Aber natürlich konnte genau das der Beweis sein, dass sie heimlich hier gewesen waren. Hatten sie etwas mitgenommen? Auf einem Nierentisch in Huberts Bibliothek lag eine Ausgabe der Zeitschrift *Partisan Review* von 1988. Sie war auf den Seiten mit dem Essay »The Fictional Terrorist« von Martin Jay aufgeschlagen. Hatte ich die Zeitschrift dort liegen lassen? Allmählich machte ich mir Sorgen. Ich musste dringend wissen, was hier los war.

Ich beschloss, Ralph Parker anzurufen, Elizabeths Bekannten, den Detektiv. Die Sekretärin der Ace Agency nahm ab. Hier ist Emilio Renzi, ein Freund von Miss Wustrin. Ich hätte gerne einen Rat von Mr Parker. Eine Beratung kostet dreihundert Dollar, sagte die Frau, egal ob er den Fall übernimmt oder nicht. Wenn ja, würden die dreihundert Dollar vom Honorar abgezogen. Der Tagessatz hänge von der Art der Ermittlung ab. Ich machte einen Termin mit Parker für die nächste Woche aus.

# Sechstes Kapitel

## 1

Parker empfing mich, als würde er mich nicht kennen oder als hätte er vergessen, wer ich war. Um das Treffen professioneller aussehen zu lassen, schrieb eine Sekretärin unser Gespräch mit. Es war eine junge Blondine, sie hieß Ginger und trug eine Zahnspange wie ein Teenager, der frisch von der Highschool kam. Sie schenkte mir eine Tasse grünen Tee ein und bot mir Ingwerkekse an, die nach Katzenpisse schmeckten. Auf ihrem Computer lief ein Stück mit Zithermusik des großen Ravi Shankar; wir waren in Indien, auch wenn draußen Polizeisirenen und das imposante Rauschen New Yorks zu hören waren. Ich schilderte meine Situation: Ich war besorgt, eine Kollegin aus dem Fachbereich, Professorin Brown, war bei einem seltsamen Unfall ums Leben gekommen, und ich hatte das Gefühl, vom FBI überwacht zu werden.

»Ich glaube, sie waren heimlich bei mir im Haus, als ich nicht da war.«

»Logisch, wenn Sie zu Hause gewesen wären, wäre es ja auch schwieriger für sie gewesen«, bemerkte Parker, und die Sekretärin feierte den Witz mit einem trockenen Husten.

Das FBI begehe ständig Hausfriedensbruch, meistens nachts und ohne Durchsuchungsbefehl. Kein Grund, sich Sorgen zu machen, es könnte eine reine Routinedurchsuchung bei allen Leuten gewesen sein, die mit Ida Brown zu tun gehabt hatten.

Soweit er wisse, beschäftige sich das FBI tatsächlich mit einer Attentatsserie an Universitäten. Die ersten Anschläge lagen lange zurück, aber sie fingen gerade erst an, die einzelnen Taten miteinander in Beziehung zu setzen. Was diese Ereignisse miteinander zu tun hätten? Man wusste es nicht. Idas Tod könnte Teil dieser Serie sein, vielleicht wollte sich das FBI diese Möglichkeit offenlassen für den Fall, dass jemand auspackte. Vielleicht glaubten sie an ein Attentat. Oder dass Ida ums Leben gekommen war, als sie mit einer Bombe hantiert hatte. Sie wollten nichts ausschließen. Parker bat mich um mehr Informationen, alles könne hilfreich sein, selbst der kleinste, scheinbar völlig unbedeutende Hinweis. Als ich loslegte, bat er das Mädchen, uns allein zu lassen, und hielt meine Aussagen in einem Notizbuch fest. Ich fasste die Ereignisse seit Januar zusammen, als ich meine Stelle angetreten hatte, und erzählte, dass ich wie alle Professoren am Fachbereich Besuch von der Polizei bekommen hatte. Und gestern hätten mich Inspektor O'Connor von der Polizei in Trenton und eine Art Latino-Agent vom FBI vor dem Seminarraum abgefangen, und als ich nach Hause gekommen sei, hätte ich Anzeichen entdeckt, dass jemand in meinen Papieren gestöbert hatte. Parker schien nur die Erwähnung des Latinos zu interessieren, und er wollte mehr Details über ihn hören. Ich erzählte, dass er so gut wie nicht geredet hatte. Er hatte bloß dagestanden und mir und O'Connor zugehört. Und am Ende hatte er mich darauf hingewiesen, dass sie es wären, die die Fragen stellten. Parker notierte sich ein paar Sätze und fasste die Situation zusammen: Die Polizei hatte keinen Plan, sie wussten nicht, ob die Attentate etwas miteinander zu tun hatten oder alles bloßer Zufall war. Die Opfer waren zumeist bedeutende *scholars*, auf Biologie oder Mathematik spezialisierte Wissenschaftler. Ida schien nicht in dieses *target* zu passen. Aber man weiß nie, schloss er. Es könne reiner Zufall gewesen sein oder die Tat eines Irren.

Parker hatte vor, sich Zugang zu den FBI-Archiven zu verschaffen. Dafür brauche er eine Vollmacht von mir. Ohne die Mitwirkung der staatlichen Organe werde seine Arbeit nicht funktionieren. Es gibt zwei Amerikas, sagte er. Ein für alle sichtbares Land, die demokratische Republik der Gründerväter, in der er ein wahlberechtigter Bürger ist. Und ein anderes, verborgenes, mit einer zentralen Macht, die niemand kontrolliert und die jeden aus dem Weg räumt, der eine Gefahr für die nationale Sicherheit darstellt. Mit dieser Macht musste er verhandeln und zusammenarbeiten, wenn nicht, würden sie ihn wie eine Fliege zerquetschen. Sie wussten, dass er den Fall der im Irak ermordeten schwarzen Soldaten untersuchte, aber das war ihnen egal: Die Armee war eine andere Welt, sie waren die Jungs für die interne Arbeit. Ich komme aus Argentinien, sagte ich, ich weiß, wie das läuft. Die eine Bevölkerungshälfte wird überwacht, die andere arbeitet für den Geheimdienst.

Er wolle versuchen, an vertrauliche Informationen und Abschriften von Telefongesprächen heranzukommen und die Akten einzusehen, aber ich müsse ihm sagen, warum mir die Sache so am Herzen lag und warum ich ihn engagiert hatte.

Natürlich konnte ich es ihm nicht erklären. Ich war besessen von dieser Frau, und darum hatte ich mich an einen Privatdetektiv gewandt. Ohne ins Detail zu gehen, erzählte ich ihm, dass Ida eine Freundin gewesen war, eine namhafte Intellektuelle, deren Ruf auf dem Spiel stand, und dass die Universitätsleitung einen Schlussstrich unter die Sache gezogen hatte, es für mich aber einen großen Unterschied machte, ob sie bei einem dämlichen Verkehrsunfall oder auf eine andere Art ums Leben gekommen war.

»Einen großen Unterschied? Für wen? Für den Lebenslauf der Professorin?« Er sah mich grinsend an. Da musste es noch mehr geben.

»Wir hatten eine Affäre, aber das habe ich der Polizei verschwiegen.«

Ah, okay, sagte er und machte sich eine Notiz. Und sie wissen es natürlich. War sie verheiratet? Nein, sie war nicht verheiratet. Wussten die Kollegen davon? Ich glaube, nicht. Und warum haben Sie die Affäre verschwiegen? Sie wollte nicht, dass es rauskommt, und ich habe das respektiert.

»O là là«, sagte er amüsiert.

Plötzlich begriff ich, Parker war der Inbegriff des amerikanischen Exbullen, patriotisch, rücksichtslos und zynisch. Als er fragte, ob es noch etwas gebe, das er wissen müsse, beschloss ich, vorsichtiger zu sein und mich von nun an mit Informationen und Vermutungen zurückzuhalten.

»Sie haben mit meinem Arzt in Buenos Aires gesprochen.« Diesmal schien er überrascht.

Er würde der Sache nachgehen, eine seiner Kontaktpersonen konsultieren. Aber er könne mir gleich sagen, dass er lediglich tote Akten einsehen dürfe, also keine Informationen über unmittelbare Zeugen erhalten würde (das heißt, über lebende Personen). Man wolle nicht, dass die Informationen für irgendeine Art von Erpressung benutzt werden.

Laut Parker nahmen die Behörden den Fall sehr ernst. John Menéndez, der Latino, war Leiter der Behavioral Analysis Unit des FBI. Er war ein Ass, der Beste, und dass er sich persönlich um den Fall kümmerte, war seltsam. Offenbar glaubte Menéndez an irgendeine Verbindung zwischen Ida und den Attentaten. Kurz und gut, er würde sich der Sache annehmen und mich auf dem Laufenden halten. Ich bräuchte ihm keinen Vorschuss zu geben, sagte Parker, es wäre ihm lieber, wenn ich ihn wöchentlich bezahlte.

## 2

Als ich ging, war es bereits nach Mittag. Ich hatte mich mit Elizabeth im Central Park verabredet – und nicht bei ihr zu Hause –, als fürchtete ich, beschattet zu werden, und müsste daher Vorsichtsmaßnahmen ergreifen. Damals hatten das in Argentinien alle getan, selbst die Leichtsinnigsten; der Terror zwang einen, die Überwacher nachzuahmen und sich unsichtbar zu machen. Feste Verabredungen an offenen Orten, von wo man schnell fliehen konnte, nie länger als drei Minuten warten, einmal um den Block gehen und sich versichern, dass keiner einem folgte, nie eine Telefonnummer notieren, nach Möglichkeit die U-Bahn benutzen. Es hatte alles nichts geholfen. Die bedeutendste Aktion der argentinischen Stadtguerilla – die Stürmung eines Waffenlagers in Monte Chingolo – wurde von einem Spitzel des Geheimdiensts geleitet, den seine Freunde El Oso, den Bären, nannten …

Ich stieg nicht mehr im Leo House ab, als könnte ich die Ermittler dadurch täuschen. Ich sah sie überall; blieb jemand an einer Ecke stehen, glaubte ich, er würde mich beschatten. Auch Elizabeth hatten sie nach mir gefragt. Reine Routine. Als der FBI-Beamte wissen wollte, ob ich schon einmal in Kuba war, hatte sie herausfordernd geantwortet, na klar, sein erstes Buch ist schließlich in Havanna erschienen, aber das ist schon eine halbe Ewigkeit her … Schweigend hatten sich die zwei freundlichen, korrekten Beamten jedes Wort notiert. Sie haben im Stehen geschrieben, sagte Elizabeth, sie müssen Stenographie beherrschen, oder sie haben irgendeinen Blödsinn hingekritzelt, nur um zu zeigen, dass sie seriös arbeiten.

Elizabeth ließ sich nichts gefallen. Sie wohnte in einem der teuersten Viertel der Stadt, und ihre Art zu reden und sich zu kleiden verriet ihren sozialen Stand. Sie war bei ihren Adoptiveltern in Brooklyn aufgewachsen, hatte aber dank eines Stipendiums an der Columbia University studieren können und so Zugang zur intellektuellen Elite New Yorks erhalten. Es gibt keinen längeren Weg in die intellektuellen Zirkel von Manhattan, sagte sie eines Tages zu mir, als den aus den Armenvierteln Brooklyns.

Ich setzte mich auf eine Parkbank, um einen Hotdog zu essen, und fing an, die Vögel mit Brotkrümeln zu füttern. Es war März, in der Luft lag bereits ein Duft von Frühling. Ein etwa fünfjähriger Junge blieb vor mir stehen und sah mich an. Ob Vögel von Ketchup nicht Bauchschmerzen bekämen. Ich glaube nicht, sagte ich. Die essen alles. Im Winter picken sie sogar den Müll von den Gittern der U-Bahn-Lüftungsschächte. Das brachte ihn zum Lachen. Auch Popel?, fragte er, und Kaugummis? Nein, Kaugummis nicht, da könnten sie ja kleben bleiben. Lachen. Ich fragte ihn, ob er ein Stück von meinem Hotdog wolle. Er bedankte sich höflich und erklärte, kein Essen von Fremden annehmen zu dürfen. Sein Vater würde ihn bei seiner Oma abholen, und da gab es immer einen Haufen Zeug zu essen. Ich füttere auch manchmal Vögel, sagte er. Er wirkte schüchtern. Eine Weile schwiegen wir, dann sah er mich nachdenklich an. Ich kenn dich, sagte er, du bist ein Freund von meiner Mama.

Es war Jimmy Archer, Elizabeths Sohn, aber ich hatte ihn noch nie gesehen. Ich heiße Emilio, sagte ich. Ja, ich weiß, sagte er. Es sei ihm egal, wenn ich den Vögeln Brot gab, Hauptsache kein Ketchup. Ich brach ihm ein Stück Brötchen ab, und er verstreute die Krümel systematisch in immer größeren Kreisen. Sofort kamen mehrere Vögel angeflogen und stritten sich um die Krümel.

Machen die sich tot?, fragte er ernst. Nein, nein, die spielen nur. Aber warum dann manchmal tote Tauben auf dem Boden lägen? Die schlafen, und dann fallen sie von den Bäumen. Nachdenklich betrachtete er das Gerangel der Vögel. Raben seien für ihn Mörder. Raben? Er nickte. Der Gedanke, ein Rabe könnte nachts in sein Zimmer eindringen, machte ihm große Angst. Man sieht sie nicht.

Dann zog er wie durch Zauberhand einen Baseball aus der Jackentasche und schlug vor, eine Runde zu spielen. Ich könne ruhig sitzen bleiben, das sei meine Position als Fänger. Er entfernte sich und warf mir einen Ball mit hoher Geschwindigkeit und viel Effet zu. Ich warf ihn zurück, und er nahm wieder seine Wurfposition ein, ein Bein angehoben, die beiden Hände mit dem Ball an der Wange, bevor er ihn erneut in meine Richtung schleuderte.

In dem Moment kam ein kräftiger Mann mit schmalem Gesicht auf einem der Parkwege auf uns zu. Er sah aus wie eine riesenhafte Kopie von Jimmy und hatte denselben verängstigten Blick. Er rauchte eine braune Zigarette und hatte sich die weißen Haare mithilfe eines Gummibands zu einem Pferdeschwanz gebunden. Als hätten sie sich abgesprochen, tauchte in diesem Moment auch Elizabeth auf. Der Mann schien sie nicht zu sehen und unterhielt sich mit dem Jungen.

»Entschuldigung, Jimmy, ich habe im Stau gesteckt.« Die Floskel klang wie eine Drohung.

»Kein ... Problem *(It's ... Okay)*«, sagte der Junge mit einer kurzen, ängstlichen Pause in der knappen Antwort.

Der Mann mit dem Pferdeschwanz sah Elizabeth an.

»Er redet mit Fremden im Park, hat aber Angst vor mir.«

»Das ist kein Fremder«, erklärte sie, und laut streitend entfernten sich die beiden in Richtung der Bäume.

Ich stand auf und kehrte ihnen den Rücken zu, damit sie die Sache in Ruhe regeln konnten. Der Junge blickte beschämt zu Boden, dann sah ich, wie er zu seinem Vater ging. Ab und zu drehte er sich um und schaute mich an.

Elizabeth setzte sich zu mir auf die Bank. Das sei ihr Exmann, der Vater des Jungen. Sie habe ein paar Jahre mit ihm zusammengelebt, er sei ein unvollkommener, sehr erfolgreicher Schriftsteller. Als ich ihn kennenlernte, trug er noch einen mexikanischen Schnurrbart, sagte sie. Ich hätte gleich misstrauisch sein müssen, er hat ständig einen auf Macker gemacht und mir die ganze Zeit etwas vorgespielt. Wir spazierten durch den Park, und ich erzählte ihr von meinem Treffen mit Parker. Sie hatte nicht das Gefühl, dass ich mir Sorgen machen müsse. Hier in New York bekommt jeder solche Besuche vom FBI, sagte sie. Bis auf die Schwarzen, die werden gleich eingesperrt oder erschossen ... Würde man auch bei ihnen Ermittlungen anstellen, würden sie sich besser fühlen.

Wir kamen zu dem Haus, wo sie wohnte, und ich blieb ein paar Tage. Die Zeit mit dem unvollkommenen Schriftsteller hatte aus Elizabeth eine Expertin des Unvollkommenen gemacht. Sie hatte vor, eine Anthologie mit überarbeiteten Erzählungen großer Autoren zu veröffentlichen, und bereits eine Liste mit den Fehlern angelegt: »Die Killer« von Hemingway (das Ende mit dem Schweden ist viel zu plakativ), »Ein perfekter Tag für Bananenfisch« von Salinger (ein unplausibler Wechsel in der Erzählperspektive), »Zeichen und Symbole« von Vladimir Nabokov (der zweite Telefonanruf ist redundant), »Die Narbe« von Borges (das Ende mit Moons Erklärung ist überflüssig). Was mein eigenes Buch betraf, hätte sie, wäre es nach ihr gegangen, alle Erzählungen außer »Der Goldschmied« gestrichen (und in dieser Erzählung hätte sie die Geschichte mit dem Mädchen und ihrem Vater, die vor der Polizei durch das Land fliehen, fortgeführt).

Nachmittags, wenn Elizabeth zum Büro fuhr, suchte ich mir in der Public Library in der 42. Straße eine Ecke zum Arbeiten. Ich bestellte Bücher aus dem 19. Jahrhundert und längst vergessene Zeitschriften, schlug meine Notizen auf und versuchte, die Sorgen zu verdrängen, während mir die Stille und die grünen Schirmlampen im Lesesaal Trost spendeten und – einmal mehr – die Angst vertrieben.

Hudson war in der Pampa einem mürrisch aussehenden Mann begegnet, der inmitten der weiten Ebene allein in einer Hütte hauste; er stammte aus England, war aber schon in jungen Jahren nach Südamerika ausgewandert

»und hatte sich an das halbwilde Leben der Gauchos angepasst und ihre besonderen Vorstellungen übernommen, von denen die wichtigste lautete, dass ein menschliches Leben nicht viel wert ist. ›Was soll's‹, kann man die Landbewohner mit einem Schulterzucken sagen hören, wenn man ihnen erzählt, dass ein Freund von ihnen gestorben ist. ›Es sterben so viele schöne Pferde!‹«

## 3

Ein paar Tage später – am Freitag jener Woche, wenn meine Notizen stimmen – traf ich mich das nächste Mal mit Parker. Das Merkmal, das alle Attentate verband, war eine Briefbombe an *scholars* und Wissenschaftler. Die jeweiligen Umstände und Tatorte sprachen dagegen, dass ein Einzeltäter die Anschläge verübt hatte. Das FBI ging von einer terroristischen Zelle aus, möglicherweise Ökoterroristen. Sie bezweifelten, dass Idas Fall etwas mit der Serie zu tun hatte, es sei denn, fügte Parker hinzu, sie hätte selbst zu der Gruppe gehört und wäre beim Scharfmachen einer Bombe, die sie irgendwo platzieren (oder jemandem bringen) wollte, ums Leben gekommen. Die Bomben trugen alle eine Plakette mit den Initialen *FC*. Das FBI hatte erfolglos in Werkstätten, Fabriken und Baumärkten nach Verdächtigen mit diesen oder ähnlichen Initialen gesucht. Die Bomben waren selbstgebaut, aus Recyclingmaterial, das kaum zurückzuverfolgen war, daher nannte man den Attentäter bereits Mr Recycler. Bei keinem der Anschläge waren Fingerabdrücke oder sonstige Spuren entdeckt worden, die etwas über die Identität des Täters verrieten. Die Päckchen mit den Bomben waren mit Paketschnur verschnürt gewesen und trugen ein Siegel, trotzdem konnte man bislang nichts über ihre Herkunft sagen. Alle waren mit einer Ein-Dollar-Briefmarke mit dem Porträt von Eugene O'Neill frankiert gewesen. Ob mir das etwas sage? Na ja, O'Neill war so etwas wie ein Anarchist gewesen, zu Beginn des Jahrhunderts hatte er einige Zeit in Argentinien verbracht, in Berisso, einem Arbeiterviertel in der Nähe von La Plata. Das alles kam mir ziemlich seltsam vor. Es ist ziemlich seltsam, sagte Parker. Die Anschläge folgten alle demselben Schema, eine Briefbombe, adressiert an eine Person aus der Welt der Wissenschaft; alle Briefbomben waren zu Hause hergestellt worden, aus Abfall, und alle waren mit einer Briefmarke von Eugene O'Neill frankiert. Die Opfer, die Briefmarken und das mysteriöse Blech mit den Initialen FC zeigten, dass es sich um eine Serie handelte. Menéndez bemühte sich verzweifelt, die wenigen Beweisstücke zu entschlüsseln. Bislang gab es keine heiße Spur, nichts. Anfangs hatte Menéndez geglaubt, der Täter müsse ein Flugzeugmechaniker sein. Die sachkundige Verwendung bestimmter Metalllegierungen, die Ähnlichkeit mit Materialien aus der Luftfahrt besaßen, hatte ihn veranlasst, Durchsuchungen bei Flugzeugherstellern, in Hangars und auf Friedhöfen für ausrangiertes aeronautisches Material anzuordnen – ohne Ergebnis.

Das FBI ging davon aus, dass es sich bei den Tätern um eine terroristische Zelle aus fünf oder sechs Personen handelte. Es gab keine Bekennerschreiben, und die Abstände zwischen den Attentaten waren sehr unregelmäßig. Alle vermuteten eine Gruppe hinter den Anschlägen, außer Menéndez, der an einen Einzeltäter glaubte. Er hatte begonnen, inhaftierte Serienmörder zu verhören, um auf diese Weise einer gemeinsamen Logik hinter den Anschlägen auf die Spur zu kommen. Doch viel hatten die Gespräche nicht ergeben: In der Regel folgten die Täter einem Trieb, den sie nicht unterdrücken konnten und der sie dazu zwang, ihren Opfern in Parks, öffentlichen Toiletten oder vor Schulen aufzulauern. Meist schlugen die *serials* (wie sie genannt wurden) in immer kürzeren

Abständen zu und verlangten maßlos überzogene Summen oder lächerliche Dinge als Gegenleistung dafür, dass sie aufhörten, und gewöhnlich wurden sie geschnappt, weil sie ihre Taten so exakt kopierten, dass man den Ort, wo sie das nächste Mal zuschlagen würden, leicht vorhersehen konnte.

Menéndez glaubte nicht an eine Gruppierung oder Zelle. Seiner Meinung nach schuf jede Gruppe ihre eigenen Verräter und löste sich früher oder später auf. Abgesehen davon waren solche Gruppen fast immer von der Polizei infiltriert. Menéndez selbst war Maulwurf in einem mexikanischen Drogenkartell in Tijuana gewesen, als er noch Politikwissenschaft an der Hoover Institution on War, Revolution, and Peace in Stanford, Kalifornien, studiert hatte. Als Chicano lebte er in zwei Welten, er war Mexikaner wie sein Vater und Amerikaner wie seine Mutter und wusste, wie man von einer Realität in die andere wechselte.

Parker und ich gingen in eine Bar am Washington Square. Sie war so etwas wie sein erweitertes Büro, wo er die meisten seiner Klienten empfing. Alle grüßten ihn, als er die Bar betrat, und er begann sofort eine Diskussion mit dem Barkeeper über die letzten Ergebnisse in den Playoffs der Basketballliga. Beide waren Fans der Knicks, aber wenn es ums Wetten ging, zählten ihre Vorlieben nicht viel. In jenem Jahr standen Michael Jordans Bulls kurz vor dem Gewinn der Meisterschaft, auf sie zu setzen war das Gleiche, als wüsste man die Lottozahlen im Voraus. Trotzdem setzte Parker 500 Dollar gegen Chicago (bei einer Quote von 30 zu 1) und auf die Philadelphia 76ers.

Wir ließen uns an einem Tisch in der Nähe des Fensters nieder, das auf den Washington Square ging. Auf dem Platz sprach eine Frau mit einem Megaphon zu einer kleinen Schar Obdachloser; sie rief sie zum Verzicht von Alkohol und Drogen auf und pries gleichzeitig ein Tonikum mit dem Namen Soul Coke gegen alle Arten von Abhängigkeit an.

Der Sport ist der wichtigste Wirtschaftszweig in diesem Land, sagte Parker. Jordan, der nach monatelanger Auszeit in die NBA zurückgekehrt war, sei mächtiger als General Motors. Die wahren Sportidole waren für Parker aber die Rennfahrer. Sie verdienten einen Haufen Kohle, weil sie permanent ihr Leben riskierten, und die Leute fuhren nach Indianapolis oder Daytona, um die Unfälle zu sehen. Nachdenklich hielt er inne, als stellte er sich vor, dass dies eigentlich sein Leben hätte sein können. Wenn du dich in eine dieser Kisten quetschst, weißt du nie, ob du zwei Stunden später noch lebst oder nur noch Brei bist.

Parker bestellte einen Orangensaft und ich einen Whisky, dazu gab es Erdnüsse und Chips. Wie einem Ehemann, der seine untreue Frau beschatten ließ, erzählte mir Parker von Idas FBI-Akte. Sie hatte keine festen Gewohnheiten gehabt, und wenn jemand sie hätte umbringen wollen, wäre das aufgrund ihrer Lebensweise gar nicht so einfach gewesen. Sie war meist zu Fuß durch die Prospect Avenue zum Campus gegangen. Manchmal hatte sie auch den Wagen genommen oder an der Ecke Nassau Street und Harrison Avenue auf den Shuttlebus der Universität gewartet. Ihren Müll hatte sie in der Regel in den Container auf dem Parkplatz ihres Hauses im Professorenviertel geworfen. Aber gelegentlich hatte sie die Müllsäcke auch im Auto mitgenommen und sie in einer der Tonnen beim Fußballstadion entsorgt. Natürlich wusste das FBI, dass der Abfall eines Menschen ein wichtiger Ermittlungsansatz ist; irgendetwas fand sich immer: Terminkalender, Rezepte, Notizen. Falls es mich interessieren sollte, habe er eine Liste mit den legalen und illegalen Drogen, die sie genommen hatte, eine Liste ihrer Telefonate und eine Auswahl ihrer privaten Mails und der am häufigsten von ihr besuchten Webseiten. Wenn sie zu Fuß gegangen war, hatte sie den Campuseingang an der Washington Road genommen, war dann in die Bibliothek gegangen (jeden Morgen, immer) und hatte stundenlang über ihren Forschungsprojekten gesessen oder ihre Seminare vorbereitet. Die Nachmittage hatte sie in ihrem Büro verbracht. Einen Teil ihrer Rente hatte sie sich im Voraus auszahlen lassen, um sich eine Wohnung im Village zu kaufen. Sie hatte an einem Kongress in China teilgenommen und sich heimlich mit Professoren und Studenten der Peking-Universität getroffen. Das FBI besaß Aufzeichnungen dieses Gesprächs. Ihre sexuellen Gewohnheiten waren nicht jedermanns Sache, sie hatte Darkrooms, Swinger- und SM-Clubs besucht. Sie hatten also ein vollständiges Bild von Idas Leben, ähnlich einer Röntgenaufnahme. Ob sie solche Informationen über alle Bürger sammeln würden? Das seien keine wirklichen Informationen, bei Röntgenbildern sehe man nur die Knochen. Sie durfte nicht nach Kuba reisen, weil ihr das Außenministerium die Ausreise verweigert hatte. Manchmal hatte sie im Bistro auf dem Campus ein Hähnchensandwich gegessen. Das FBI verfügte über eine Liste mit den Filmen, die sie in den letzten zwei Jahren ausgeliehen hatte, eine Liste mit den Büchern aus der Bibliothek, eine Liste mit ihren Supermarkteinkäufen und diverse Bankauszüge. Sie hatten ihre Auslandsgespräche und Faxe gespeichert. Ida hatte an Friedensmärschen teilgenommen, für das Recht auf Abtreibung demonstriert, für Rassengleichheit, dafür, dass jeder Latino Papiere erhielt, und für die Aufhebung des Wirtschaftsembargos gegen Kuba. Auch gegen den Irakkrieg hatte sie sich engagiert. Und Ende 1994 hatte sie sich einmal wöchentlich mit Don D'Amato im Hyatt Hotel an der Route One getroffen. D'Amato hatte es selbst der Polizei erzählt.

Ich hatte meinen Whisky geleert und bestellte den nächsten. Was war das? Retrospektive Eifersucht wegen einer toten Frau? Ausgerechnet D'Amato mit seinem Holzbein, seinem exzentrischen Geschmack ... Bestimmt hatte er sein Holzbein an die Wand gelehnt und war dann mit dem Stumpf ins Bett gestiegen ... Warum all diese Informationen? Routine, sagte Parker. Sie nennen es *profile*, aber es ist schwierig, daraus irgendwelche Taten und Entscheidungen abzuleiten, es dient nur als Rahmen, als Karte eines Lebens. Während ihres Studiums in Berkely sei Ida eine typische Rebellin gewesen, sie hatte mit den Black Panthers geflirtet, puertoricanische Macheteros im Gefängnis besucht, aber Hinweise auf geheime Aktivitäten hatte man nicht gefunden. Für das FBI kann aber genau das ein Beweis dafür sein, dass sie einer kriminellen Gruppe von Anarchisten angehörte, sagte Parker. Klar, keine Beweise zu finden kann ein Beweis sein, bemerkte ich. Terroristen, sagte Parker, führen ein viel gewöhnlicheres Leben als die normalen Leute, die Terroristen für blutrünstige Monster halten. Kurz und gut, fügte er hinzu, Ida Brown kann genausogut schuldig wie ein Opfer sein, und das FBI gibt vor, nichts zu wissen, um den Täter oder einen Komplizen auf frischer Tat zu ertappen. Vielleicht war sie Sympathisantin einer möglichen Terrororganisation gewesen und gestorben, als sie die Bombe verschicken wollte (vielleicht ohne zu wissen, dass es eine Bombe war). Oder es war doch ein Unfall, es war bekannt, dass sie manchmal einen vollen Benzinkanister im Auto hatte, aus Angst, mitten auf der Straße liegenzubleiben, und ein elektrischer Funken könnte die Explosion ausgelöst haben. Das klang unwahrscheinlich, aber auf dem Boden hatte man Glassplitter gefunden, und deshalb ging das FBI weiter von einem Unfall aus. Die Ermittlung befand sich im Stand-by-Modus und hing von Informationen ab, die man in dem Maße zu bekommen hoffte, wie sich der Kreis um Recycler zuziehen würde. Das FBI hatte bereits zwei Millionen Dollar ausgegeben und mehr als fünftausend Personen befragt. Die fünfzig oder sechzig mehr oder weniger zufälligen Verdächtigen mussten nach »intensiven« Verhören laufengelassen werden. Die anonymen Hinweise stellten sich als falsch heraus oder dienten lediglich dazu, jemanden zu verleumden. Die Anrufer, die sich am Tag nach einem Anschlag zu der Tat bekannten, erwiesen sich als Geistesgestörte, Provokateure oder Spaßvögel. Und die zwei oder drei blassen Teenager, die sich freiwillig stellten – exzessive Konsumenten von Serien über Wissenschaftler, die auf mysteriöse Weise verschwinden *(The Big Secret)*, oder Mörder, die einsame Dörfer in Angst und Schrecken versetzen *(Twin Peaks)* –, erhielten bis auf die Einweisung in die Psychiatrie des Bundesgefängnisses keine weiteren Strafen für ihre fiktiven Verbrechen.

Die Ermittlung steckte in einer Sackgasse. Man wartete auf den nächsten Zug der Terroristen. Die Behörden hielten es für unmöglich, dass eine Gruppe – oder Einzelperson – so viele Jahre ohne fremde Hilfe oder Kontakte bestehen konnte. Vielleicht war das Idas Rolle gewesen. Vielleicht hatte man sie benutzt, um weniger wichtige Aufgaben zu übernehmen, und vielleicht war sie sich nicht einmal der Konsequenzen bewusst gewesen. Man bat sie, ein Paket zur Post zu bringen, und sie tat es. Menéndez hielt die Informationen, so gut es ging, unter Verschluss. Das FBI wollte die Kontrolle darüber behalten, was an die Öffentlichkeit drang, und verbreitete bewusst Falschinformationen, da man den Tätern nicht zu der Popularität verhelfen wollte, nach der sie strebten. *(The FBI had maintained a low profile. It kept secret the fact that it was investigating a serial bomber, reasoning that the less the public knew, the easier its job.)*

Gewöhnlich galten solche Taten nicht dem unmittelbaren Ziel, sondern den Auswirkungen in den Medien. Terrorismus sei bewaffnete Propaganda, ein Kommunikationsmittel wie jedes andere, sagte Parker müde und stand auf. Ich zahlte ihm zweitausend Dollar – in cash –, damit er weitermachte, und wir verabschiedeten uns.

# 4

Mit einem Gefühl der Leere in der Brust, als wäre ich der Held eines Liebesromans, bestieg ich in der Penn Station den Zug. Ich hatte mir eine Flasche Whisky gekauft und in eine braune Papiertüte gesteckt, und jetzt nahm ich von Zeit zu Zeit einen Schluck daraus. Der Waggon war nur halb voll, es war kurz vor sechzehn Uhr, und um diese Zeit schienen nur halbwüchsige Schulschwänzer, die zum Zeitvertreib nach Trenton fuhren, und Scheintote unterwegs zu sein. Ich erinnere mich, wie ich versuchte, einige Punkte des Gesprächs mit Parker zu notieren, aber meine damalige Verfassung und der schaukelnde Waggon haben meine Notizen nahezu unleserlich gemacht, und ich kann kaum noch entziffern, was ich an jenem Nachmittag aufgeschrieben habe, während das Geruckel und der steigende Alkoholpegel meine Schrift und meine Gedanken entstellten. »Intelligenz ist keine sekundäre sexuelle Charaktereigenschaft, wie Bodybuilder und Schwindler behaupten; ganz im Gegenteil, der Sex ist der Reinheit des Geistes unterworfen.« Reinheit des Geistes? So einen Mist schreibe ich, wenn ich verzweifelt bin. Der Satz ist der einzige, den ich von den zweieinhalb Seiten dieses mit epileptischer Handschrift verfassten Unsinns rekonstruieren konnte. Abgesehen von einer ordentlichen Liste am Seitenrand. »Orangen, Mineralwasser und Glühbirnen kaufen, nach Gramercy Park fahren. Das Holzbein, das rattenfarben gefärbte Haar, trägt Hosenträger!« Ich glaube, irgendwann muss ich eingeschlafen sein. Als ich aufwachte, saßen außer mir nur noch zwei Jugendliche mit Kapuzenshirts im Waggon, die, hochmütig und verzweifelt, Musik auf ihren Walkmans hörten und mit ihren Handys telefonierten. Was hatte sie bloß an D'Amato gefunden? Hatte sie nur mit Kollegen Affären gehabt? Wie ein Gehege voller Hähne, aus dem sie sich bediente. Ich kochte vor Wut bei dem Gedanken, wie sie im schummrigen Schlafzimmer D'Amatos nackten Körper betrachtete, der mit seinem narbigen Stumpf auf dem Bett lag. Das Bild ging mir nicht mehr aus dem Kopf. Ich sah Ida im Bett, in einer ihrer obszönsten Posen, und D'Amato, wie er einen verrückt gewordenen Kriegsveteranen spielt, einen Krüppel, der gewaltsam in ihr Hotelzimmer eindringt! Vor allem dieser dämliche Apostroph in seinem Namen ging mir auf die Nerven, ein überflüssiges Häkchen, das D'Amatos ganze Theatralik ausdrückte, als hielte er sich, obwohl er, physisch gesehen, Portos war, für D'Artagnan. Groß, autoritär, leidenschaftlich. Er war in Korea gewesen und hatte die Tapferkeitsmedaille verliehen bekommen. In den Fünfzigerjahren hatte er Wahlkampf für Wallace gemacht, den Kandidaten der amerikanischen Linken, aber als ihm die Lage während der McCarthy-Ära zu brenzlig wurde, hatte er sich in die akademische Welt zurückgezogen. Seine Laufbahn begann auf dem marxistischen Campus der University of Minnesota, wo er auch seine bemerkenswerte Arbeit über Melville schrieb. Er war italienischer Abstammung. Man hatte ihm die Tapferkeitsmedaille verliehen. Na und!

Wie mochte eine terroristische Zelle in den USA aussehen? Vielleicht hatte sich Ida von ihren antikapitalistischen Theorien verführen lassen und die Nähe zu anarchistischen Gruppen gesucht. Aus Argentinien kannte ich viele solcher Fälle. Ein erster Kontakt, ein Treffen, ein paar einfache Helferdienste. Das Umfeld der Organisation, Sympathisanten, die selbst nicht im Untergrund waren. Eine Wohnung besorgen, Bürgschaften unterschreiben oder die eigene Adresse für die Post der untergetauchten Genossen angeben. Dann kleinere Aktionen, Waffen aus einem überwachten Haus schmuggeln. Julia, meine erste Frau, hatte so etwas getan, als Emilio Jáuregui bei einer Demonstration in Buenos Aires von der Polizei ermordet worden war. Das Haus betreten, als wäre man eine Freundin der Familie, und es mit einer Granate in der Handtasche verlassen. Vielleicht hatten sie Ida gebeten, ein Paket zur Post zu bringen. Oder sie hatte jemanden im Auto mitgenommen.

1963 oder 1964, während meines Studiums in La Plata, war ich eines Abends in meine Pension zurückgekehrt und hatte Nacho Uribe in meinem dunklen Zimmer sitzen sehen. Ein Kommilitone aus dem Fachbereich. Er studierte Philosophie. Wir waren beide in der Studierendenvertretung aktiv, hatten den ARI ins Leben gerufen, eine unabhängige Bewegung, zu der alle gehörten, die nicht in der Kommunistischen Partei waren (deshalb nannten wir uns unabhängig) und für eine Universitätsreform eintraten. Ich war überrascht, Nacho hatte auf mich gewartet, er sei zufällig in der Gegend gewesen, sagte er, und habe Lust gehabt, mich zu sehen. Aber warum saß er im dunklen Zimmer? Das Ganze war ausgesprochen seltsam, und so gut kannten wir uns auch wieder nicht, wir waren gemeinsam bei der einen oder anderen Versammlung gewesen, hatten zusammen für die Prüfung in klassischer Philosophie gebüffelt, Notizen ausgetauscht. Kennengelernt hatten wir uns in Agoglias Kurs über Hegels *Phänomenologie des Geistes*. Ab und zu tranken wir einen Kaffee zusammen, und wir grüßten uns in der Schlange in der Mensa. Sonst nichts, und jetzt saß er da.

Es war Winter, sein Kopf steckte tief im Kragen seines Mantels. Er war gekommen, weil die Polizei ihn suchte, er hatte an einer Demonstration in Berisso teilgenommen, vor dem Kühlhaus, wo die Polizei sie umzingelt hatte. Er konnte entwischen und war plötzlich in der Nähe gewesen. Ob er über Nacht bleiben könne? Er wollte nicht nach Hause, zurück auf die Straße, wo man ihn sehen konnte, und glaubte, dass keiner auf die Idee käme, ihn hier zu suchen. Niemand hatte ihn gesehen, die Tür unten stand immer offen, mein Zimmer befand sich am Ende eines Treppenaufgangs. Er saß da, in Jeans und einem T-Shirt unter dem Mantel, als wäre er ein anderer und nicht der elegante junge Mann mit Anzug und Krawatte, den ich von der Uni kannte. Wir blieben die ganze Nacht auf, tranken Mate und redeten. Er hatte einen Polizisten getötet. Warum erzählte er mir das? Er legte eine Pistole der Marke Ballester-Molina auf den Tisch, eingewickelt in ein gelbes Flanelltuch. Am Bahnhof hatte er Zivilpolizisten gesehen, Typen vom Geheimdienst. Er war zum Stadion von Gimnasia gegangen, um sich unter die Leute zu mischen, an diesem Freitag spielte Gimnasia gegen River, und er dachte, zwischen den Fans würde er nicht auffallen, aber auch das Stadion wurde überwacht. Er bat mich, jemanden für ihn anzurufen und zu sagen, dass es Santiaguito gut gehe und er aus dem Krankenhaus entlassen worden sei. Am besten von einem öffentlichen Telefon aus. Ich ging zur Tankstelle in der Calle 2 und wählte die Nummer, die er mir genannt hatte, aber keiner nahm ab. Ich kaufte Aufschnitt und Brot und ging zur Pension zurück. Jedes Mal, wenn er sich eine Zigarette ansteckte, zitterten seine Hände. Der Polizist war ein Schwarzer aus dem Chaco, aus Corrientes oder so, ein einfacher Mann. Er war von seiner Einheit getrennt worden, und Nacho lief ihm in einer schmalen Gasse über den Weg. Er hatte keine Waffe, hielt sein Schutzschild aus Blech hoch. Was hätte ich denn tun sollen, sagte Nacho, entweder er oder ich. Am Morgen ging er, er wollte nach Los Hornos und von dort abhauen. Er bat mich, »das hier«, den Revolver in dem gelben Tuch, für ihn aufzubewahren. Er dachte, bei Tageslicht könne ihm nichts mehr passieren. Irgendwann tauchte eine Frau mit blonder Perücke und Sonnenbrille bei mir auf. Sie wolle Nachos Buch abholen, sagte sie und nahm die Waffe mit. Das hieß, zum Umfeld gehören. Teil der logistischen Unterstützung sein. Sie hatten den FAL gegründet, eine der ersten bewaffneten Gruppen. Einige Zeit später besetzten sie die Kaserne von Campo de Mayo. Ich sah ihn nie wieder, erfuhr aber, dass er fünfzehn Jahre später vom Militär entführt und ermordet worden war.

# Siebtes Kapitel

Der Disput zwischen Ida und Paul de Man in Berkeley, wo sie ihren Doktor gemacht hatte, war legendär. Mitten in einem Vortrag hatte sie den großen Meister unterbrochen und ihm mit der Präzision einer Serienmörderin vorgehalten, wie schematisch sein Verständnis von Conrad und wie dürftig die Auswahl seiner Zitate war. Der Vorlesungssaal der Wheeler Hall war bis auf den letzten Platz gefüllt, als die selbstbewusste junge Frau aufgestanden war und sich rechthaberisch und voller eloquenter Verachtung an den europäischen Guru gewandt hatte. Eine erwartungsvolle Stille war eingetreten. Es gibt nichts Grausameres als das Aufeinandertreffen eines etablierten Professors und eines aufstrebenden Newcomers. Diese Kämpfe folgen keinen festen Regeln, und doch geht es um Leben oder Tod. De Man sollte sich nie wieder von diesem Schlag erholen, und die Schwächung seiner Position machte es möglich, dass einige Zeit später ein unbekannter Historiker Artikel aus einer belgischen Zeitung aus den Vierzigerjahren ausgrub, die belegten, dass De Man zu jener Zeit ein Antisemit gewesen war.

»Dr. De Man«, hatte sie gesagt, und es hatte wie Dr. Del Mal geklungen, »Ihre Hypothese über die Ironie im Roman ist unpolitisch und unzeitgemäß.«

Alles mit einem Lächeln, und manche behaupten, unter dem indischen Sari, den sie trug, habe sie nichts angehabt. Sofort assoziierte ich das Dunkel ihrer weichen, samtartigen und ungewöhnlich dichten Schambehaarung mit dem Titel von Conrads Buch, das die Diskussion ausgelöst hatte.

Sie hatte ihn gedemütigt, und die Gruppe der jungen, versnobten Fans von De Man und Derrida hasste sie mehr als alles andere und sollte ihr nie verzeihen. Ihre erste Stelle nach der Promotion trat sie dann tatsächlich im radikalen Ghetto der Universität von Kalifornien in San Diego an, wo sich Marcuse aufhielt und Joe Sommers und Fredric Jameson lehrten.

Laut Parker hatte das FBI Idas Reisen der letzten drei Jahre unter die Lupe genommen. Sie war in Iowa gewesen, in Colorado. Sie war in Idaho gewesen und in Chicago. Für Menéndez war ein einzelner Terrorist für die wahnsinnigen Anschläge verantwortlich, trotzdem wollte er nicht ausschließen, dass es einen Helfer gab. Könnte das auch eine Frau sein? Parker sah mich an und nahm einen Schluck von seinem Orangensaft. Der abstinente Detektiv. In der Kriminalgeschichte, sagte er, gebe es keinen einzigen Fall eines weiblichen *serial killer*. Dachte ich in den Mustern meiner Heimat, an den bewaffneten Kampf? Junge Frauen, die eine Zeitlang in den Untergrund gingen, heimlich mit Waffen durch die Stadt liefen und danach wieder ihr normales Leben führten, als wäre nichts geschehen. Letzten Endes blieb Ida eine Unbekannte, aber warum empfand ich dann so viel für sie? Vielleicht hatte ich sie nur erfunden, wie so oft, um anschließend umso enttäuschter zu sein. Solche Fragen gingen mir durch den Kopf, während ich ziellos durch den Ort lief. Ich kam in ein Viertel in der Nähe des Waldes, Bäume säumten die Straßen, und auf einem kleinen Platz sah ich eine Frau auf eine Katze einreden. Das Tier saß in einer Baumkrone und putzte sich gleichgültig die Pfoten. Die Frau versuchte sie zum Herunterklettern zu bewegen. »Sie soll nicht auf der Straße enden«, sagte sie. Sie war schon älter, mit der leicht senilen Art von alten Damen, die sich um entlaufene Katzen kümmern. Die Katzenmutter habe ihre Jungen in einem Loch in einer Astgabel bekommen, erzählte sie. Die anderen Kätzchen hatte die Mutter mitgenommen, nur diesen kleinen Kater hatte sie aus irgendeinem Grund zurückgelassen.

Als ich auf dem Rückweg noch einmal an der Stelle vorbeikam, war die Frau verschwunden und der Kater saß noch immer im Baum. Grau gefleckt, gelbe Augen. In einem Bio-Supermarkt kaufte ich etwas Hackfleisch und Milch. Als der Kater das Essen sah, kletterte er herunter, und ich nahm ihn mit nach Hause. Sofort legte er sich im Hof in die Sonne und beobachtete die Vögel in den Kletterpflanzen. Gebannt starrte er in die Luft, als gäbe er dort etwas, das außer ihm keiner sehen konnte (*Forschungen eines Katers*). Er lebte sich schnell ein, machte sich den Wintergarten zu seinem Revier, schlich durch die Zimmer, kletterte auf das Dach, und wenn ich las, legte er sich zu mir und fing an zu schnurren. Er liebte es fernzusehen und starrte auch dann noch gebannt auf den Apparat, wenn er längst abgeschaltet war, als hoffte er, die fernen Bilder könnten jeden Moment wieder aufflackern. Er schlief in einem Schuhkarton und mochte kein künstliches Licht. Der Tierarzt meinte, er sei gesund, ich würde ab jetzt eine Katze zum Mäusejagen haben. Der Kater war verschmust, folgte mir überallhin und sah oft seltsam aufgeregt zum Dach hinauf.

Wenn ich nach New York fuhr, vertraute ich ihn Nina an. Er war mir ans Herz gewachsen. Wenn ich zurückkam, schien er mich sofort wiederzuerkennen und machte es sich im Sessel bequem, als erwartete er, dass ich als Erstes lesen würde. Eine englische Freundin hatte mir erzählt, dass eine Katze dabei hilft, sich zu konzentrieren, sie springt auf den Schreibtisch, legt sich genüsslich hin, streckt sich und schließt die Augen. Unbewusst nimmt man den entspannten Charakter des Tieres an. Nicht so in meinem Fall. Vielmehr übertrug ich meine Stimmung auf den Kater, und manchmal rannte er plötzlich weg, als hätte er ein Gespenst gesehen, bis ich ihn eine Weile später zusammengekauert unter der Küchenanrichte fand.

Wenn ich an jene Tage zurückdenke, sehe ich einen großen, hellen Bereich und einen scharf von ihm abgetrennten schmalen, dunklen Streifen vor mir: Das Licht entspricht der Stille in der Bibliothek, wo ich tagelang zwischen Büchern verbrachte und alles zu vergessen versuchte, doch Idas Schatten, meine Besessenheit von ihr und ihrer Vergangenheit lag über allem wie die Spur von Ninas verlorenem Russland mit seinen heroischen Momenten und seinem Schmerz.

Kaum war es dunkel, ging ich aus dem Haus und fuhr umher. Ich nahm die Prospect Avenue bis zur Washington Avenue und folgte ihr bis zum Highway. Ich kam am Hyatt vorbei, hielt aber nicht und fuhr weiter bis zu den trostlosen Vororten von Trenton mit den vielen *homeless,* die an Lagerfeuern saßen oder zwischen den leerstehenden Häusern durch die Straßen streiften. Die ärmsten Viertel lagen in der Nähe des Verwaltungszentrums und waren der Albtraum der Stadt, die Gegend, wo sich die Wirklichkeit zeigte, wie sie war. Elend, halbverlassene Häuser, stillgelegte Fabriken, Streifenwagen, die langsam durch die müllübersäten Straßen patrouillierten, wo alte Männer und blutjunge Frauen auf den Stufen vor den Hauseingängen kauerten.

Manchmal hielt ich in einer Seitenstraße, suchte nach einer erleuchteten Bar und setzte mich an den Tresen. Im hinteren Teil des Lokals spielten schwarzgekleidete Jugendliche mit gelben Irokesenschnitten Poolbillard. Alle sprachen Spanisch, mit mexikanischem oder puertoricanischem Akzent. Aus der Jukebox erklang eine Cumbia. Ein Mädchen mit roter Bluse fing mit einem jungen Mann zu tanzen an, der an Hals und Gesicht tätowiert war. Je schlechter es mir ging, desto einsamer fühlte ich mich. Als hätte ich mich von allem gelöst – bis auf die Erinnerungen an sie. Sollte sie wirklich etwas mit den Anschlägen zu tun gehabt haben? Der Konflikt eines gespaltenen Lebens, von Taten, die sich in parallelen Welten wiederholten.

Was hatte sie verborgen? Was steckte hinter ihrem Geheimnis? Menéndez war über ihr geheimes Leben, ihre Masken, ihre nächtlichen Treffen im Bilde, aber wusste er noch mehr? Wenn nicht, warum hatte er sich dann die Mühe gemacht, mich persönlich zu befragen? Er war im Flur stehen geblieben, hatte seine Notizen betrachtet und mit O'Connor gesprochen. Ob Professorin Brown einmal eine Bemerkung über ihre Studienzeit in Berkeley fallengelassen habe? Ich stutzte. Mir gegenüber nicht. Vielleicht war es nur ein Bluff gewesen, ein Test, um mich in eine Falle zu locken und zu sehen, was ich wusste. Parker meinte, Idas Zeit in Berkeley sei typisch für eine radikalisierte Studentin jener Jahre. Friedensmärsche, flammende Reden, stundenlange Diskussionen auf endlosen Versammlungen. Das FBI untersuchte Idas frühere Kontakte. Sie hatten eine Liste der Personen, mit denen sie sich getroffen hatte. Sie war eine linke Studentin gewesen, die oppositionellen Gruppen, aber auch den Black Panthers nahegestanden hatte. Nichts, was viele andere Studenten in jener Zeit nicht auch getan hätten.

Die leicht vergilbten Seiten meiner Notizen von damals erinnern mich an Hudsons Papiere mit den auf Spanisch verfassten Kommentaren über seine Zeit in Argentinien, die er viele Jahre später in London in einer Kiste wiederfand und die noch immer Spuren des großen Sandsturms von 1851 aufwiesen. In der Wüste verdunkelt der Staub den Himmel mit einem ohrenbetäubenden Heulen, das vor nichts haltzumachen scheint, die Menschen bewegen sich mit gesenkten Köpfen, die Hüte von einem unter dem Kinn zusammengeknoteten Taschentuch gehalten, den Pferden werden die Augen verbunden, damit sie nicht scheu werden und durchgehen. Ich machte mir überall Notizen, manchmal hielt ich am Straßenrand, um etwas aufzuschreiben. Als wollte ich eine flüchtige Erfahrung festhalten, die das Vergessen schon bald auslöschen würde: Wenn wir reisen, ähneln wir den Passagieren eines Nachtzugs, die in der Ebene die hellerleuchteten Dörfer vorbeiziehen sehen. Selbst in den Monaten, in denen ich auf so seltsame Weise in die Sache mit dem Unfall verwickelt war, hatte ich das Gefühl, die Ereignisse wie durch eine Scheibe zu betrachten. Um sicherzugehen, dass ich es erlebt hatte und mich später daran erinnern konnte, schrieb ich so viel auf wie möglich. Auf dem Rückweg von der Boxschule, auf kleinen Nebenstraßen fern des Highways, hörte ich im Radio die Nachrichten, immer in der Hoffnung, alles werde sich aufklären.

Das Semester war weit vorangeschritten, und die Studenten stellten bereits die Themen ihrer Hausarbeiten vor. Mit geradezu magischer Intuition erläuterte Rachel ihre Theorie über die Vagabunden bei Hudson. Es gab viele, der bekannteste von ihnen war El Ermitaño, der Eremit, ein halbverrückter Reiter, der Selbstgespräche führte und bettelnd durch das Land zog.

Hudson bewunderte ihr freies Leben, das ein Ausdruck für die Verachtung von Geld und Gewinnstreben war. Die Gauchos und Indianer in Hudsons Büchern gehörten dieser Kategorie an, doch die Herumtreiber und Landstreicher brachten dieses Ideal noch deutlicher zum Ausdruck. Etwas davon fand sich auch bei Tolstoi, erläuterte Rachel, und bei den russischen Starez, die wie Bettelbrüder lebten. Seit jeher habe es Bettler gegeben, fuhr sie fort. Man begegne ihnen schon in der Bibel. So seien die Psalmen überwiegend Lobgesänge von Bettlern. Und in der *Odyssee* ist der als Bettler verkleidete Odysseus gezwungen, mit Iros zu kämpfen, einem Vagabunden, der sich vor den Toren Ithakas herumtreibt.

Am Wegrand hockend, hätten die Landstreicher und Bettler ein Jahrhundert nach dem anderen vorüberziehen sehen: Reiche seien zerfallen, Schlachten geführt worden, politische und wirtschaftliche Systeme hätten einander abgelöst, aber Menschen, die, bettelnd und in Lumpen gehüllt, durch die Straßen streunen, würde es immer geben. Rachel, eine Unternehmertochter aus Cincinnati, die auf die besten Schulen des Landes gegangen war, zitierte Simone Weil und pries ein Leben in Armut und Solidarität.

Nach dem Seminar ging ich mit den Studenten hinunter und verabschiedete mich von ihnen am Campusausgang. Wie immer um diese Uhrzeit saß Orion auf einer der Bänke unter den Bäumen am Straßenrand. Er war das lebende Beispiel für das, worüber wir gerade im Seminar diskutiert hatten, doch keiner schien ihn wahrzunehmen. Wie Orion zu sagen pflegte: Wer will schon sehen, was ich bin? Ein schwarzer Punkt im Sand. Näher kommen sie schon, sagte er, um zu sehen, was das war, aber sobald sie begriffen, dass der Gegenstand lebte, einsam, zerlumpt, drehten sie ihm den Rücken zu. Er sei der Überlebende eines Schiffbruchs, vom Sturm ans Ufer gespült. Orion sprach ständig in Metaphern, als hätte das Leben auf der Straße einen Einfluss auf die Sprache und machte ihn empfänglich für Allegorien. An die Bank gelehnt, das Gesicht in eine Hand und den Oberkörper auf den Ellenbogen gestützt, lauschte er den Nachrichten im Radio. Er traute seinen Ohren nicht. Hatte er richtig gehört? Die *New York Times* hatte einen Brief einer anarchistischen Gruppe erhalten, die sich Freedom Club nannte. Der Name entsprach den Initialen FC, die auf den Plaketten in den Bomben eingraviert waren. Wer würde nicht gern die Welt in die Luft sprengen?, sagte Orion, während er am Radio herumdrehte.

Es war das erste Mal, dass Recycler Kontakt aufnahm. Der Brief war am selben Ort in Illinois, am selben Tag und zur selben Uhrzeit aufgegeben worden wie die Briefbomben, die einen EDV-Spezialisten im Silicon Valley getötet und die Sekretärin eines Biologen am Massachusetts Institute of Technology verletzt hatten. Neben der eigentlichen Botschaft enthielt der Brief einen kaum zu entziffernden Satz, eine scheinbar unfreiwillige Botschaft des Absenders, der das Briefpapier als Unterlage benutzt hatte, als er sich mit einem Bleistift etwas notierte. Unter der Infrarotlampe konnte man lesen: *Call Nathan R. – Wed 7 pm.* Das FBI suchte nach entsprechenden Personen, aber das Ganze erwies sich wieder einmal als Scherz (man fand keinen Nathan, dessen Nachname mit R anfing). Der Brief enthielt einen Code, um zukünftige Botschaften als echt erkennen zu können. Der Code entsprach der Sozialversicherungsnummer eines Häftlings im kalifornischen Sonora. Menéndez machte sich mit vier seiner Leute auf den Weg zum Gefängnis. Bei dem Mann handelte es sich um einen Schwarzen, der des Mordes angeklagt war. Er war Ranger in Montana und hatte mehrere Touristen umgebracht, die in der Gegend gezeltet und trotz der Waldbrandgefahr Feuer gemacht hatten. Er hatte sie getötet und ihre Leichen in einer Schlucht verscharrt. Er wusste von nichts, verstand nicht, was sie von ihm wollten. Die FBI-Agenten brachten ihn in ein spezielles Verhörzimmer, richteten grelle Lampen auf ihn, befahlen ihm, sich auszuziehen, und entdeckten auf seiner Brust verblüfft die Tätowierung *Pure Wood.* Wer immer den Brief geschrieben hatte, er machte sich über sie lustig.

Laut Parker hatte sich Menéndez danach mit einer Sondereinheit des FBI in seinen Bunker in Washington D.C. zurückgezogen, als würde er eine teuflische Schachpartie mit einem Genie spielen und dabei auf die besten Analytiker zurückgreifen, um die Partie zu studieren und den nächsten Zug von Recycler vorherzusehen. Beim Surren der Klimaanlage, im weißen Licht der Neonröhren, rauchend und eine Tasse Kaffee nach der anderen trinkend, begann das Team Karten, Diagramme und nummerische Folgen zu studieren. Allmählich schien Menéndez ihn zu verstehen: Sein Rivale war ein Witzbold, ein aufmüpfiger Junge, der seine Opfer nach dem Zufallsprinzip aussuchte.

Aber so etwas wie Zufall gab es nicht. Er musste in den Verstand des Mörders eindringen, denken wie er, die Vorsichtsmaßnahmen des Terroristen durchschauen.

In allen Schreiben kam das Wort *wood* (Holz, Wald) vor: in den Adressen (Wood Street), in den Namen der Absender (Dr. Harold Wood) und der Empfänger (John Wood). Aber Indizien ohne den richtigen Code zu lesen konnte schnell im Wahnsinn enden. Im Altsächsischen bedeutete *wood* »mondsüchtig« und auch »höherer Intellekt«. Bei Chaucer stand das Wort auch für »steif«, »erigiert«.

Menéndez suchte nach einem Muster, einer Ordnung, einem Hinweis, die ihn auf eine Spur bringen würden. Als läse Recycler seine Gedanken oder als hätte er einen Informanten, wurden seine Anspielungen immer ausgeklügelter. Es wirkte fast wie eine persönliche Herausforderung. Einmal entdeckten die Experten einen Verweis auf *Finnegans Wake*. Die Bombe, die in New Jersey einen Forscher auf dem Gebiet der Organtransplantation getötet hatte, trug den Absender H.C. Ear Wicker. Im Altsächsischen bedeutete *wicker* so viel wie *wood*. Doch H.C. Earwicker war der Protagonist in Joyce' Roman, der häufig die Identität von Norse god Woden annimmt, was auf die Waldkobolde in der skandinavischen Mythologie verweist. Menéndez war außer sich. Man könne unmöglich erraten, was dieser gebildete Schwachsinn zu bedeuten habe, es sei denn, sie interpretierten die Zeichen wie eine Botschaft. Flem Argand, der sensible, schüchterne Literaturexperte im Team, erinnerte sich, dass *Finnegans Wake* gerne von Philosophen und Mathematikern gelesen wurde und der Name *Quark*, das unsichtbare Teilchen, das am Beginn des Kosmos stand, eine Hommage an das Buch von Joyce war. Mathematiker seien affektierte, gelangweilte Menschen, deren Kreativität meist vor dem fünfundzwanzigsten Lebensjahr versiegt, sodass sie aus dem Spiel sind, in den Schatten gestellt von jugendlichen Genies, die neue Formeln aushecken und alte Rätsel lösen, während ihre betagten Kollegen auf der Strecke bleiben wie Dinosaurier oder Kriegsveteranen und nur sporadisch zurückkehren, um eine Vorlesung zu halten, die meiste Zeit aber mit der Lektüre von Joyce verbringen.

Menéndez war völlig verwirrt. Er hatte eine Karte der Vereinigten Staaten, auf der er mit roten Lämpchen die Orte der Attentate markiert hatte: Iowa, Colorado, Kalifornien, New Jersey, Texas, North Carolina. Ein einzelner Mann konnte das unmöglich allein geleistet haben. Schwierig, hatte Menéndez geantwortet, aber nicht unmöglich. Er war der Meinung, gegen eine Art Professor Moriarty zu kämpfen, den großen Widersacher von Sherlock Holmes. Menéndez legte ein neues Profil für den Terroristen an und beschrieb ihn von da an als einen Menschen mit überdurchschnittlicher Intelligenz und Universitätsabschluss. Und indem er den Gesuchten als Umweltschützer und Neoludditen bezeichnete, brachte er zum ersten Mal eine politische Definition ins Spiel. Wie die Maschinenstürmer während der Industriellen Revolution schien sich auch Recycler – seinen Zielen und Opfern nach zu urteilen – dem technologischen Fortschritt zu widersetzen. Und wie die radikalen Umweltschützer bezog auch er sich immer wieder auf den Wald und dessen Bewahrung. Menéndez ließ mehrere seiner Männer in radikale Gruppen einschleusen, die gegen die Umwandlung von Wäldern in Bauland und die Verarbeitung von Bäumen zu Zeitungspapier vorgingen.

Nina schloss sich der Hypothese vom einsamen Terroristen an. Man müsse sich einen Menschen vorstellen, der von der effektivsten Ermittlungsmaschinerie der Welt gejagt wurde, einen einsamen Wolf, isoliert, ohne Kontakte, ohne Beziehungen. In der Zeit vor den Bolschewiken handelten auch die Revolutionäre in Russland auf eigene

Faust, sie wollten niemanden kompromittieren und ließen häufig ihre Freunde und Kinder zurück. Vera Zasulich zum Beispiel, die auf den Zaren geschossen und eine Bombe im Büro der Ochrana (der Geheimpolizei) versteckt hatte, war eine Einzeltäterin gewesen. 1881 hatte Marx dieser mutigen, entschlossenen Frau geschrieben, der Terrorismus sei eine spezifisch russische Methode und historisch unvermeidbar, weshalb moralische Betrachtungen fehl am Platz seien, egal ob für oder gegen den Terrorismus. Der russische *Volksfreund* Sergei Netschajew hatte den *Revolutionären Katechismus* veröffentlicht, dessen berühmter erster Absatz lautet: »Der Revolutionär ist ein verlorener Mensch. Er hat keine persönlichen Interessen, Angelegenheiten, Gefühle oder Neigungen, keinen Besitz, nicht einmal einen Namen. Alles in ihm wird in Anspruch genommen von einem einzigen ausschließlichen Interesse, einem einzigen Gedanken, einer einzigen Leidenschaft – der Revolution.«

Der zersetzende Glaube, die Geschichte gehorche ihren eigenen Gesetzen, hatte die unterschiedlichsten politischen Verbrechen legitimiert. Als Nina Paris verließ, hatte sich die Auseinandersetzung zwischen Sartre und Camus auf genau diese Frage zugespitzt. Camus wehrte sich gegen die Annahme, die Geschichte – diese Abstraktion – legitimiere jede Art von Handlung. Im Gegensatz dazu behauptete Sartre, dass sich die kapitalistische Gewalt von selbst rechtfertige, während jeder, der gegen den Kapitalismus vorging, permanent unter Legitimationszwang stehe.

»Der Verweigerer, der Zerstörer will die Welt in Schutt und Asche legen, damit aus dieser Asche ein reiner, edler Phoenix aufsteigt. Aber wo zum Teufel ist dieser Phoenix?«, sagte Nina.

»Es ist kein Phoenix nötig. Der Terrorist tötet nicht aus Eigennutz oder Rache, er tötet für eine Sache, nach Art eines Platonikers.«

»Du siehst immer blasser und verwirrter aus, mein Lieber. Du solltest besser schlafen gehen«, bemerkte Nina.

Sie schien sich Sorgen um mich zu machen, hakte sich bei mir ein und begleitete mich nach unten. Als wir uns im Garten verabschiedeten, kündigte ein milder Wind bereits den Frühling an.

Ich verließ das Grundstück über die Rückseite, ging zum pakistanischen Spirituosengeschäft in der Nassau Street, kaufte ein paar Flaschen Verdejo und kehrte nach einem Umweg über die Prospect Avenue nach Hause zurück. Für Nina war Tolstois Gewaltlosigkeit und der Verzicht auf Widerstand eine direkte Antwort auf den Terrorismus, der dem Kampf gegen den Zarismus zunehmend seine Methoden aufzwang.

Mit diesen Gedanken war ich beschäftigt, als ich das Haus betrat und mich wunderte, dass der Kater nicht wie üblich zu meiner Begrüßung erschien. Ich fing an, ihn zu rufen: *Miez, miez, miez*. Normalerweise kam er angelaufen und rieb sich mit steil aufgerichtetem Schwanz an meinen Beinen, und ich streichelte ihm über den Kopf, um ihn schnurren zu hören. Aber der Kater blieb verschwunden. Wie ein Irrer lief ich durch den Park und rief nach ihm, bis ich ihn schließlich auf demselben Baum in der Prospect Avenue fand, von wo ich ihn gerettet hatte. In seinem Blick glaubte ich einen gewissen Spott zu erkennen. Er war lieber eine Straßenkatze, statt den ganzen Tag zwischen Büchern umherzustreifen. Wütend schnappte ich ihn mir. Er kratzte mich und versuchte mich zu beißen, da hielt ich ihn hoch und steckte ihn in die große Mülltonne im Park. Und schloss den Deckel. Er würde mit dem übrigen Abfall im Müllwagen zusammengepresst werden. Ich sah ihn zerquetscht vor mir, platt wie ein Blatt Papier, es sei denn, es gelänge ihm zu fliehen, dann hätte er es verdient zu überleben. Die Vorstellung, der Kater könnte meine Gedanken erraten, amüsierte mich. Als ich ging, hörte ich ihn kläglich miauen und mit den Pfoten gegen das Blech treten. Auf halbem Weg machte ich kehrt, nahm ihn heraus und setzte ihn auf der Straße ab. Kaum war er frei, schoss er wie ein Blitz davon. Ich fühlte mich verwirrt, verletzt, ich blutete, meine Arme waren zerkratzt. Ich setzte mich an die Straße, die geballten Fäuste vor den Augen, und in dem Moment begriff ich, dass ich weinte.

Ich verbrachte die Nacht im Medical Center der Universität. Ein junger Arzt, der viel redete, ohne etwas zu sagen, verband mir die linke Hand und leuchtete mir mit einer kleinen Taschenlampe erst in die Augen und dann in das rechte Ohr. Ich bin Linkshänder, und er war sich sicher, dass mein leicht schiefer Gang auf ein neurologisches Problem zurückzuführen war. Er würde ein paar Untersuchungen durchführen und meine Reaktionen testen. Er verband mich mit ein paar Kabeln und verteilte die Elektroden auf meinem Kopf. Ich sollte etwas sagen, und die Nadel begann Linien auf einem karierten Papierstreifen zu ziehen. Er stellte Fragen und gab Anweisungen. Wo ist Ihre rechte Hand? Schließen Sie bitte die Augen. Berühren Sie mit der linken Hand die Nasenspitze. Jetzt stellen Sie sich gerade hin, die Augen geschlossen. Wahrscheinlich dachte er, ich würde jeden Moment zusammenbrechen oder mich einfach nicht mehr rühren. Ich war kurz davor, ihn zufriedenzustellen, aber ich glaube, irgendwann im Laufe der Untersuchung schlief ich ein.

Als ich am nächsten Morgen auf die Diagnose wartete, betrat ein Mann das Wartezimmer, der sich nur mit Mühe bewegen konnte. Er war ehemaliger Alkoholiker, hatte einen Rückfall erlitten und war zwei Tage lang durch die Kneipen von Trenton gezogen. Bevor er wieder in die Rehaklinik kam, musste er entgiftet werden. Wenig später tauchte sein Sohn auf und füllte ein paar Formulare am Tresen aus. Der Mann erkannte ihn zunächst nicht, doch dann stand er auf, legte seinem Sohn die Hand auf die Schulter und redete mit leiser Stimme auf ihn ein. Der

Junge schien beleidigt zu sein. In einem für solche Orte typischen Sprachgewirr erklärte ein puertoricanischer Krankenpfleger einem schwarzen Sanitäter, dass der Mann seine Brille verloren habe und nichts mehr sehen könne. *»The old man has lost his espejuelos«*, sagte er, *»and he can't see anything.«* Das verirrte spanische Wort leuchtete wie ein helles Licht in der Nacht.

Endlich durfte ich eintreten, und der Arzt erklärte mir, dass meine Orientierungsstörungen und meine schlaflosen Nächte auf Stress zurückzuführen seien. Ich müsse mein Arbeitspensum drosseln und mich mehr ausruhen. Er verschrieb mir ein Beruhigungsmittel und empfahl mir, nach Argentinien zurückzukehren. Natürlich erzählte ich ihm nichts von Idas Tod, das eine hatte schließlich nichts mit dem anderen zu tun. Mir fiel ein, dass Hermann Broch in diesem Krankenhaus gestorben war, und als ich den Arzt fragte, in welchem Zimmer er gelegen hatte, sah er mich an, als würde ich fantasieren.

Ich ging zu meinem Wagen und sah den ehemaligen Alkoholiker; er stand neben einer Laterne und trug eine Ledermütze wie Lenin. Als er mich erkannte, kam er zu mir und bat mich, ihn zum Bahnhof zu bringen. Wir fuhren los und landeten im Tavern, einer Bar in der Alexander Road. Er wolle nur ein Gläschen zur Stärkung trinken, danach würde er nie wieder im Leben einen Tropfen Alkohol anrühren. Er hatte vor, seine Schwester in Boston zu besuchen, um sich anschließend in einer Klinik behandeln zu lassen. Er hatte Wirtschaft an der Universität gelehrt und war jetzt Leiter einer Beratungsfirma an der Wall Street. Die Börse war zu einem riesigen Geschäft geworden, denn inzwischen konnte jeder von zu Hause aus mit Aktien spekulieren. Viele gaben ihre Arbeit auf, um sich vollständig der Finanzspekulation zu widmen, und diese Leute beriet er gegen eine Provision. Dabei ging er hohe Risiken ein, aber nicht mit seinem eigenen Geld.

Seit einiger Zeit verdiente er etwa eine Million im Jahr, aber es war ein 24-Stunden-Job, der Nerven wie Drahtseile verlangte; wenn die New Yorker Börse schloss, öffneten die Börsen in Tokio und Seoul und waren die von Frankfurt und Paris in vollem Gange. Er war dieses Leben leid, er stand um sechs Uhr morgens auf, nahm den Amtrak in Junction, war permanent mit seinem Laptop online, nahm Bestellungen auf und machte Geschäfte. Vor der Penn Station wartete eine Limousine auf ihn, die ihn zu seinem Büro in der Wall Street brachte, und dort blieb er bis um fünf. Um sieben war er wieder zu Hause, sah eine Weile die Nachrichten und ging schlafen. Manchmal wachte er schon nach zwei Stunden auf und setzte sich wieder an den Computer. Viel Kohle, viel Aufregung, und dann hatte er irgendwann zu trinken begonnen. Manchmal verlor er den Kopf, manchmal die Beherrschung, und oft vergaß er, was während seiner Trunkenheit passiert war. Eines Tages war er um die übliche Zeit nach Hause gekommen und war in eine spontane Versammlung zu seiner Rettung gestolpert. Familienangehörige und ehemalige Freunde, die sich Sorgen um ihn machten und ihm sagen wollten, dass der Alkohol ihnen einen geliebten Freund und anständigen Mann genommen habe. Jeder Einzelne von ihnen las einen Brief an ihn vor, und alle redeten pausenlos von Freundschaft und vom Leben und erinnerten sich an irgendwelche Anekdoten von früher. Alles war derart sentimental, voller guter Vorsätze und falscher Hoffnungen, dass es eine einzige Farce war. Seine Frau hatte bereits die Koffer für ihn gepackt, weil sie ihn noch am selben Abend einweisen lassen wollten. Aber er war aus der Klinik abgehauen, und jetzt wusste er nicht, wohin. Und das Bankkonto hatte man ihm auch gesperrt. Wir gingen zum Geldautomaten auf dem Bahnsteig, und ich hob zweihundert Dollar für ihn ab. Er war überrascht und entfernte sich langsam über die Brücke, um auf dem anderen Bahnsteig einen Zug nach Philadelphia zu nehmen. Ich stellte mir vor, wie er in ein Cybercafé ging, mit japanischen Brokern handelte und dabei die zweihundert Dollar einsetzte, um an der Tokioter Börse Geld zu machen und damit ein Auto zu mieten und in den Süden zu fliehen.

Menéndez' Entscheidung, im Umkreis radikaler Umweltschützer zu ermitteln und ihre Anführer zu verhaften, löste eine Welle des Protests unter den Intellektuellen in New York und Los Angeles aus. Es gab Meldungen von polizeilichen Übergriffen und Schikanen. Ende Mai ging der nächste Brief des Freedom Club bei der *New York Times* ein. Ein weißer Umschlag mit einem Absender (Francis Ben Imnifred), dessen Anfangsbuchstaben das Kürzel FBI ergaben, und einer Adresse, 549 Wood Street, Woodlake, CA 93286. Im Umschlag eine kurze, handschriftliche Mitteilung mit der Forderung, die Repressalien gegen die alternativen Gruppen zu stoppen, und der Ankündung eines weiteren Schreibens mit einem Text über »Die Zukunft der Industriegesellschaft«. Sobald die Presse dieses Manifest veröffentliche, würden die Attentate enden.

Nach langen Beratungen und erbitterten Diskussionen genehmigte das FBI die Veröffentlichung des Manifests. Laut Parker verteilte Menéndez das Dokument unter seinen Mitarbeitern, um zu sehen, ob es stilistische Eigenheiten aufwies, die etwas über seinen Verfasser verrieten. In der folgenden Woche erschien das Manifest sowohl in der *New York Times* als auch in der *Washington Post*.

# Achtes Kapitel

## 1

Im Gegensatz zu gewöhnlichen politischen Pamphleten war das *Manifest über den technologischen Kapitalismus* ein systematischer Essay im Stil der analytischen Philosophie, eingeteilt in nummerierte, thematisch geordnete Absätze. Es gab weder Rhetorik noch kämpferische Forderungen, der Verfasser schrieb mehr wie ein Akademiker als ein Politiker. »Mehr wie ein Lehrer als ein Prophet«, paraphrasierte Nina den von ihr geschätzten Bertrand Russell. (»Aristoteles«, hatte Russell gesagt, »war der Erste, der wie ein Lehrer und nicht wie ein Prophet sprach.«)

Jeder hatte eine klare Vorstellung davon, wie man in der heutigen (wortreichen, lauten) Zeit eine Botschaft verbreitete. Der Schritt zum Bösen, der Entschluss zu töten, war mit der Absicht verbunden, sich Gehör zu verschaffen. Ich gebe den Absatz 96 (»Pressefreiheit«) des *Manifests* wieder. »Jeder, der über ein wenig Geld verfügt, kann eine Erklärung veröffentlichen oder sie ins Internet stellen, doch das Gesagte wird in der gewaltigen Menge des von den Massenmedien produzierten Materials untergehen und keinerlei praktische Auswirkung haben. Die Aufmerksamkeit der Gesellschaft mit Worten zu wecken ist folglich für den Großteil der Individuen und Gruppen so gut wie unmöglich. Hätten wir, der Freedom Club, keine Gewalttaten verübt und die vorliegende Erklärung einem Verleger geschickt, wäre sie wahrscheinlich nie veröffentlicht worden. Hätte er sie aber publiziert, hätte sie wahrscheinlich nicht sehr viele Leser gefunden, denn das

Unterhaltungsprogramm der Massenmedien ist interessanter, als einen ernsten Essay zu lesen. Und selbst wenn unsere Erklärung ihre Leser gefunden hätte, wäre sie angesichts der Fülle an Material, mit dem uns die Medien überschwemmen, schnell wieder vergessen worden. Damit unsere Botschaft eine Aussicht auf nachhaltige Wirkung hat, war es unumgänglich, einige Personen zu töten.«

So was höre ich zum ersten Mal, sagte Nina. »Einige Personen« töten, um Leser zu gewinnen. Was für ein fürchterlicher Absatz. Der Terrorist als moderner Schriftsteller, die direkte Aktion als Pakt mit dem Teufel. Ich tue etwas Böses, um meine Gedanken zu verbreiten und Ideen auszudrücken, die die gesamte Gesellschaft infrage stellen. Das Schreiben ist garantiert echt, denn sein Verfasser konnte sich zwanzig Jahre lang in den Kontroll- und Repressionsmechanismen des Systems bewegen und Dutzende von Attentaten verüben, ohne eine Spur zu hinterlassen.

Im Mittelpunkt der Abhandlung stand die Kritik am Kapitalismus als einem komplexen System mit erstaunlicher Fähigkeit zur Ausbreitung und technologischen Erneuerung. Ohne in eine sentimentale Beschreibung der sozialen Ungleichheit zu verfallen, definierte das *Manifest* den Kapitalismus als einen lebendigen Organismus, der sich unaufhörlich aus sich selbst heraus reproduzierte, einen *darwinistischen Mutanten,* »kein Gespenst mehr«, hieß es ironisch, »sondern ein Alien«, das in seiner technologischen Transformation neuartige kulturelle Formen ankündigte, die nicht einmal die Normen der Gesellschaft respektierten, die der Kapitalismus selbst geschaffen hatte.

Die kapitalistische Produktionsweise sei vor allem eine Ausweitung neuer kapitalistischer Strukturen innerhalb der Gesellschaft. Dieses System könne unmöglich menschlicher gestaltet oder reformiert werden, da es nur danach strebe, die modernisierten kapitalistischen

Verhältnisse zu reproduzieren. Finanzmärkte kollabierten, Volkswirtschaften gingen zugrunde, und auf diese Weise wachse das Kapital. Das *Manifest* deutete den Zusammenbruch der UdSSR und ihrer Satellitenstaaten und die Herrschaft des Kapitals in China und den alten Kolonialgebieten in Asien als eine neue Etappe beim Vormarsch des Kapitalismus auf der Suche nach neuen Räumen. Diese räumliche Ausdehnung (von den Medien *Der Fall der Mauer* genannt) wecke neue Energien und erlaube einen erstaunlichen wissenschaftlichen und technologischen Wandel: Immense Regionen öffneten sich, ein Heer von neuen Konsumenten und billigen Arbeitskräften stehe dem Markt zur Verfügung.

In seiner technologischen Expansion lasse sich der Kapitalismus von nichts aufhalten, er kenne weder biologische, ethische, ökonomische noch soziale Grenzen. Seine Entwicklung habe ein solches Ausmaß erreicht, dass er sämtliche Gewissheiten radikal erschüttert habe und die Geschichte sich mit ihrer ultimativen Grenze konfrontiert sehe, ihrem Rand – ihrem *no man's land* –, den Recycler die »psychische Grenze« nannte.

Das kapitalistische System habe sich die Losung von Che Guevaras und Mao Tse-tungs *neuem Menschen* zu eigen gemacht. Die Genforschung, die Experimente in der Molekularbiologie und den kognitiven Wissenschaften, die Möglichkeit des Klonens und der künstlichen Befruchtung stünden kurz davor, diese Grenze zu überschreiten. Die Wissenschaftler seien »die Ingenieure der Seele«, von denen Stalin gesprochen hatte: Der neue Mensch, der Idealbürger, ist der Süchtige ohne Willen noch Prinzipien, der nichts anderes will als seine tägliche Dosis des ersehnten Stoffs. Die technologische Gesellschaft befriedige jeden Wunsch der Menschen. Sie unterhalte sie und ertränke sie in einem Ozean aus schneller, allumfassender Information.

Es gab keine Möglichkeit, sich dem kapitalistischen System zu widersetzen. Das *Manifest* bot keine Alternativen, aber es machte auf eine ausweglose Welt aufmerksam. »Wie Gott«, schloss es, »ist es dem Kapital gelungen, den Menschen den Glauben an seine Allmacht und Ewigkeit aufzuzwingen; das Ende der Welt können wir hinnehmen, aber das Ende des Kapitalismus scheint unsere Vorstellungskraft zu sprengen. Inzwischen sind wir an einen Punkt gelangt, an dem wir das kapitalistische System mit dem Sonnensystem verwechseln. Doch *wir* sind bereit, die Herausforderung anzunehmen und wie Prometheus die Sonne infrage zu stellen.«

Mit dieser Metapher endete das *Manifest*, das ich hier nur kurz zusammengefasst habe. Es war nicht das erste dieser Art. Nina, die den Einfluss von Tolstoi auf Wittgenstein studiert hatte, erinnerte an die Position des Autors des *Tractatus*. »Es ist zum Beispiel nicht unsinnig zu glauben, dass das wissenschaftliche und technische Zeitalter der Anfang vom Ende der Menschheit ist«, hatte Wittgenstein geschrieben. »Meine Denkweise ist in der heutigen Zeit nicht gefragt, ich muss zu sehr gegen den Strom schwimmen. Vielleicht wollen die Leute in hundert Jahren wirklich das haben, was ich jetzt schreibe.« Das »zum Beispiel« finde ich wunderbar, sagte Nina.

Auch wenn das *Manifest* wie viele Philosophen und Denker (unter ihnen Lewis Mumford, den es zitierte) die Technik kritisierte, berief sich sein Lösungsvorschlag nicht auf die Utopie einer besseren Welt nach sozialistischem Vorbild, sondern auf die anarchistische Tradition des »guten Lebens«. Ähnlich Tolstoi und den russischen Narodniki schlug das *Manifest* die Rückkehr zu kleinen vorkapitalistischen Kommunen mit kollektivem Landbesitz vor. Dabei stützte es sich auf die Erfahrungen staatenloser Gesellschaften – den Nomadenstämmen des amerikanischen Westens und denen des paraguayischen

Chacos etwa –, auf primitive Sozialverbände und auf verschiedene Produktionsverfahren aus der vorindustriellen Zeit. Es enthielt ein bisschen von Thoreau, von der Beat-Generation und von den kalifornischen Hippies, aber immer bis zum Äußersten, bis zum Krieg weitergedacht. Sein Horizont war zutiefst amerikanisch, aber ohne Hoffnung, ein Horizont, wo es nur um die eigene Verwirklichung ging: Das Privatleben musste sich nach dem Modell der erstrebten Gesellschaft richten.

Mit einer gewissen Resignation forderte das *Manifest* den Schutz der Natur und der natürlichen Lebensweise, ohne jedoch die Methoden der großen Umweltverbände im Stil von Walt Disney allzu ernst zu nehmen. Es ist schwer, dem Robinsonismus zu entkommen, wie Marx so treffend sagte, aber die Illusion des einsamen Mannes, der auf einer verlassenen Insel die ideale Gesellschaft errichtet, schien der einzig mögliche Ausweg nach der Katastrophe des Sozialismus und der antikolonialistischen Kämpfe. Das *Manifest* kritisierte die Kritische Theorie und schien nicht bereit, eine soziale Alternative zu denken. In dieser Hinsicht folgte es Tolstoi. Der Unterschied war die Direkte Aktion. Das *Manifest* verteidigte den Willen zur Rebellion im Geiste des Rechts auf zivilen Ungehorsam eines Thoreau (den es zitierte). Doch der Schritt zum Bösen, der Entschluss zu töten (das Recht zu töten?) war mit dem persönlichen Ziel verbunden, sich Gehör zu verschaffen. In letzter Konsequenz garantierte der Terror den Zugang zur Öffentlichkeit.

## 2

Wie zu erwarten, schlug das *Manifest* ein wie eine Bombe. Es wurde sofort von einem alternativen Verlag in Kalifornien veröffentlicht und verbreitete sich innerhalb von wenigen Stunden im Internet. Die Diskussion zog immer größere Kreise, und überall im Land gab es Solidaritätsbekundungen für eine Erklärung, die auszudrücken schien, was viele dachten. In den Arenen, wo die Play-offs der NBA ausgetragen wurden, verteilten Aktivisten Kopien des *Manifests* unter den Fans und Spielern. Ein Foto von Larry Bird, der auf der Ersatzbank der Celtics mit ironischem Interesse den Essay gegen die kapitalistische Technologie liest, erregte große Aufmerksamkeit.

Auch in meinem Seminar diskutieren die Studenten die Ereignisse; es gab verschiedene Ansichten, aber im Großen und Ganzen waren alle einverstanden mit den Forderungen des *Manifests* (bis auf John III., der sie für unrealistisch hielt). Lediglich die gewaltsamen Methoden des Terrorismus stießen auf Ablehnung, außer bei John III., der Vorbehalte gegenüber moralischen Urteilen in politischen Fragen hatte. Gelangweilt stellte er seine Fangfragen. (»Wie viele sogenannte Terroristen haben später den Friedensnobelpreis bekommen?« Und nachdem er seiner rhetorischen Frage eine theatralische Pause hatte folgen lassen, zählte er selbst die Namen auf: »Mandela, Begin, Arafat …«) Nicht töten, schloss John III., ist die Losung derer, die über die Macht verfügen, und die Opfer müssen dieser Vorschrift folgen, die Mächtigen glauben nicht an Verallgemeinerungen. Mike entgegnete, das wahllose Töten von Menschen aus vernünftigen Gründen mache die Verbrechen noch lange nicht vernünftiger. Okay, sagte John III., aber es hat nicht den Anschein, als würde er wahllos töten. Rachel zufolge rechtfertige die Wahl, *wen* man töte, unter keinen Umständen den Akt des Tötens, auch wenn die Anschlagsserie nachvollziehbar sei. Als Erstes müssen wir wissen, wer der Verfasser ist, bemerkte die koreanische Studentin. Eine Botschaft ist nicht dieselbe, wenn man nicht weiß, wer sie verschickt hat. War der Verfasser des *Manifests* derselbe, der die Bomben gelegt hatte? Aber er habe es doch selbst gestanden. Hatte er das? Sie halte das eher für eine Voraussetzung dafür, was er geschrieben hatte. Im *Manifest* verkehre sich die Argumentation in ihr Gegenteil. Die Wissenschaftler seien es, die im Namen des technischen Fortschritts die Brutalität des Systems, biologische Experimente und Waffentests für rechtmäßig erklärten. Diese »Techniker des praktischen Wissens« seien es, die die Ethik im Namen des Fortschritts und der Wissenschaft vergewaltigten.

Nina arbeitete am dritten Band ihrer Biographie und versuchte darzulegen, wie die Bolschewisten Tolstois pazifistische Einstellung verschwiegen hätten, um ihn – »mit Verlaub«, sagte sie – auf das Bild eines großen Romanciers und Vaters des Realismus zu reduzieren. Doch Tolstoi habe weiter nach einer Alternative zur revolutionären Gewalt und zur kapitalistischen Verwüstung gesucht.

Die großen gesellschaftlichen Fiktionen sind die des Abenteurers (der alles auf die Aktion setzt) und die des Dandys (für den das Leben eine Kunstform ist); der Held des 21. Jahrhunderts, sagte Nina, wird der Terrorist sein. Er ist ein Dandy *und* ein Abenteurer, und im Grunde hält er sich für ein außergewöhnliches Wesen.

Nina zufolge war Tolstoi der Erste, der sich dieser siegreichen Fiktionen bewusst gewesen sei, er habe versucht, ihnen das epiphanische Bild des Starez, des heiligen Mannes, des mystischen Vagabunden, entgegenzusetzen. Mahatma Gandhi, ein direkter Schüler Tolstois, habe später seine Worte in die Tat umgesetzt. Aber mit Indien hat es auch kein gutes Ende genommen, sagte ich. Gute Romane enden nie gut, Emilio, erwiderte Nina. Wir saßen bei ihr im Wohnzimmer, umgeben von Büchern und Papieren. Wie wär's mit einem Tee und ein paar Plätzchen? Es sind russische.

## 3

Das FBI hatte das *Manifest* an verschiedene Literaturwissenschaftler verteilt. Man hoffte, anhand des Stils Rückschlüsse auf den Attentäter ziehen zu können. Mary Goldman, *die* Expertin auf dem Gebiet der psychoanalytischen Literaturwissenschaft und Schülerin von Charles Mauron, versuchte anhand der im Text enthaltenen Metaphern, Adverbien, Wiederholungen und Wortfamilien die Psyche des Verfassers zu verstehen. Andere suchten nach Spuren von Großstadtslang oder linguistischen Besonderheiten bestimmter ländlicher Regionen, um auf diese Weise die Herkunft des Täters einzugrenzen.

Es geht nicht darum, ihn zu finden, sagte Nina, sondern darum, ihn sich vorzustellen. Kann man einen Menschen daran erkennen, was er schreibt? Jeder, der es aus beruflichen Gründen gewohnt sei, aufmerksam zu lesen – ein Übersetzer, ein Lektor –, könne in dem Autor schnell einen gebildeten Menschen erkennen, der über einen großen Wortschatz, einen beachtlichen syntaktischen Reichtum und die Fähigkeit zum Umgang mit logischen Satzkonstruktionen verfügte. Sein Englisch war viel zu konstruiert, ohne umgangssprachliche Einflüsse, auch wenn man hin und wieder leichte Abweichungen erkennen konnte, die auf eine Tendenz zu Überkorrektheit verwiesen, wie sie typisch für *middlebrow* war. Ansonsten ließen die unerwarteten grammatikalischen Abweichungen vermuten, dass das Englische nicht seine Muttersprache war oder er seine Kindheit in einer Umgebung verbrachte hatte, in der seine Eltern keine Muttersprachler gewesen waren.

Ich diskutierte einige dieser Vermutungen mit Nina, aber nachdem wir das *Manifest* noch einmal gelesen hatten, bemerkten wir – wie es oft in der Literaturkritik geschieht –, dass das, was wir kleinlich analysiert hatten, auch jeder andere Leser ohne größere Schwierigkeiten verstanden hätte. Der Autor war Akademiker, vielleicht ein Mathematiker oder Spezialist auf dem Gebiet der Logik, ein Einzelgänger, der es gewohnt war, Selbstgespräche zu führen, und im Plural von sich sprach (»Wir befassen uns jetzt«, »Wir sind der Meinung, dass …«, »Wir sagen«). Eine typische Form der Selbstdarstellung von Leuten (im Allgemeinen Männer), die lange Zeit in der Armee, in einer revolutionären Gruppe oder in einer in sich geschlossenen akademischen Gemeinschaft verbracht haben.

Ende Mai endete die Vorlesungszeit. Meine Studenten gaben ihre Arbeiten ab, alle brillant, aber vorhersehbar, außer – natürlich – der von Yho-Lyn, die überraschend und kaum zu durchschauen war. Ich halte nicht viel von Noten und Bewertungen, aber entsprechend dem anachronistischen, affektierten Gebrauch des griechischen Alphabets bei der Notenvergabe an amerikanischen Universitäten (Alpha, Beta etc.) gab ich dreimal A, einmal B+ und zweimal B. Die meisten hatten über Hudsons »autobiographische Texte unter freiem Himmel« geschrieben, über seine Marotte, alles »in der Bewegung« (zu Pferde) zu erzählen, und über seinen buntgemischten Privatzoo, bis auf Yho-Lyn, die sich mit dem Briefwechsel zwischen Constance Garnett und Tolstoi beschäftigt hatte. Ein wesentlicher Punkt ihrer Arbeit waren die Landkommune und die englischen *farmers* – die Siedler – in Neuengland im Vergleich zur Erfahrung auf den idyllischen argentinischen Estancias in *Fernab und vor langer Zeit*. John III. wiederum gab sich sehr geistreich, und indem er das Leben in der Pampa und die Homosexualität in Hudsons Werk in Verbindung setzte (»Oh, diese kleinen Grasland-Gauchos«), stellte er seine Kenntnisse auf dem Gebiet der Gender Studies unter Beweis.

Am Montag, dem letzten Vorlesungstag, lud ich meine Studenten auf ein Bier in den Pub am Platz vor dem Postamt ein. John, Mike und Rachel hatten sich auf Stellen beworben, die für den *fall* ausgeschrieben worden waren, und hofften, ihren Doktor in der Tasche zu haben, wenn am Semesterende der nächste Kongress der MLA stattfinden würde. Sie waren schon keine Studenten mehr – oder würden es in Kürze nicht mehr sein – und betrachteten ihre erste Stelle als eine genauso ersehnte wie zerstörerische Realität. Das Studium war ein Parkplatz für junge Leute, und jetzt mussten sie hinaus in die Welt und ihre harten Verkehrsregeln lernen. Posten in abgelegenen Nestern, gelangweilte Studenten unterrichten, sich mit den Kollegen streiten, um den eigenen Platz zu finden und bis zur *tenure* zu überleben. (»Der wahre *poète maudit* unserer Zeit ist der *assistant professor*, der von seinen höhergestellten Kollegen überwacht wird«, sagte John III.)

Als wir uns am Abend voneinander verabschiedeten, waren wir überzeugt, uns nie mehr wiederzusehen. Heute kenne ich ihre Schicksale und weiß, dass viele erfolgreich waren und andere gescheitert sind, aber keiner von ihnen wird je seine Jahre als *graduate student* vergessen, in denen das Leben wie eine große Klammer zu sein scheint, bevor der raue Winter der Wirklichkeit anbricht.

Auch ich stand an einem ähnlichen Scheideweg. Ich wollte nicht nach Argentinien zurück und überlegte, noch eine Zeitlang zu bleiben und weiter an einer Universität zu lehren. In Kalifornien war eine Stelle im Creative Writing Program der Universität Berkeley frei geworden. (»Faulkner und Fitzgerald hat der Alkohol ins Grab gebracht, mein Grab wird die Uni sein«, hatte ein Freund, ein Dichter aus Santa Fe, der in Frankreich lehrte, einmal zu mir gesagt.) In jenen Tagen entschloss ich mich, wieder Kontakt mit meinen Freunden in Buenos Aires aufzunehmen, vor allem mit Junior, den ich seit meiner Zeit bei *El Mundo* kannte; er arbeitete immer noch für die Zeitung, von Tag zu Tag verbitterter und zynischer. Während der Militärdiktatur war er nach Mexiko ins

Exil gegangen, später aber nach Buenos Aires zurückgekehrt, als wäre er nie weg gewesen. Angeblich hatte er mit seinem arroganten Grinsen die Redaktion betreten und sich ganz selbstverständlich, als hätte er nur ein paar Tage freigehabt, an seinen Schreibtisch gesetzt. Er kam mir seltsam vor, als ich mit ihm redete, viel förmlicher, wie geht's dir, Renzi, ich hab dich angerufen, um dir das Neueste aus Buenos Aires zu erzählen, aber hier gibt's nichts Neues, Alter, nur Neid, und du weißt ja, in Entwicklungsländern vergeht die Zeit wie im Flug, während du Glückspilz im Herzen des Kapitalismus weilst. Wir machten noch ein paar Witze, aber das Gespräch hinterließ ein seltsames Gefühl in mir.

Etwa zur selben Zeit sprach ich auch mit meiner Exfrau, ein Ausdruck, über den sie sich jedes Mal furchtbar aufregte. Es ging ihr gut, sie wohnte weiter in der Wohnung in Congreso, wo sich noch immer meine Bücher befanden. Vor unserer Trennung hatten wir verschiedene Probleme miteinander gehabt, die üblichen, solche, wie sie alle haben, wenn sie so lange zusammenleben, aber jetzt waren wir die verständnisvollsten Menschen der Welt, und vielleicht erzählte ich ihr deshalb, dass ich über ein Angebot aus Berkeley nachdachte und vielleicht für einige Zeit nach Kalifornien gehen würde. Für einen Moment trat Stille ein. Hast du nicht Lust, zu kommen und bei mir zu bleiben, fragte ich. Ich hörte, wie sie lachte, die Art zu lachen, wenn sie wütend war. Emilio, was soll das, was geht in deinem Kopf vor, weißt du etwa nicht, dass ich mit Junior zusammen bin? Wie konnte das sein, ich wusste von nichts, mit diesem Spinner, mit diesem Kretin. Und natürlich war ich der Letzte, der davon erfuhr.

Das hieß, in Buenos Aires war alles beim Alten, ich kannte dieses Karussell; die Endogamie war das einzig Besondere an der argentinischen Literatur. Clara war früher mit Pepe Sanz verheiratet gewesen, mit dem ich in La Plata studiert und in den Sechzigerjahren verschiedene

Zeitschriften ins Leben gerufen hatte; nach der Trennung von Clara heiratete Pepe die Exfrau von Junior, und jetzt war Junior mit Clara zusammen. Für mich war das wie ein Verrat. Wohnte Junior in meiner Wohnung? Schlief er in meinem Bett? Las er meine Ausgabe von *Der Tod des Vergil*?

Ich verließ das Büro. Orion saß weiterhin auf der Bank unter den Bäumen, und ich ging zu ihm. Er zeichnete Kreise und Quadrate auf ein Blatt Papier, jedes Mal ein bisschen kleiner. Während er mit seinen Zeichnungen beschäftigt war, erzählte ich ihm von meinen Problemen. Dass ich enttäuscht sei, dass Junior etwas mit ihr habe, vor allem aber, dass ich es überhaupt nicht ausstehen könne, wenn er in meinen Büchern und Papieren herumschnüffelte. Besser man hat gar nichts, Monsieur, sagte Orion.

Mitte Juni veranstaltete der Fachbereich das traditionelle Abschiedstreffen vor den Sommerferien. Die Feier fand im Palmer House statt, einer großen, von Gärten umgebenen Villa wie aus einem Roman von Henry James, mit dem Haupteingang oberhalb der Kreuzung, an der Ida ums Leben gekommen war. Ich ging durch den Park, und nach wenigen Metern verdeckte die Mauer die Kreuzung mit der Ampel, wo die Nassau Street auf die Bayard Lane stieß. Dort stand immer noch ihr Wagen; vielleicht hatte sie die Mauer betrachtet, bevor sie starb. Die Diagnose lautete Herzinfarkt; ein versuchter Überfall oder etwas, das sie auf der Straße gesehen hatte, hatte die heftige Gefühlsregung ausgelöst, die den Kreislaufkollaps verursachte. Und die verbrannte Hand? Vielleicht ein Funken der Elektronik oder eine Überhitzung des Motors. Es gab keinen Hinweis auf eine Bombe, hieß es, aber ihre Post hatte auf dem Boden gelegen. Keiner wusste, ob es noch einen anderen Brief gegeben hatte, der von der Explosion zerstört worden war. Man fand keine Spuren, keine Metallplatte mit den Buchstaben FC. Die Darstellung der

Polizei war ein Beispiel für die imaginäre Rekonstruktion einer möglichen Situation. Die Zeugen, Hinweise und Spuren sprachen für einen Unfall. Was die Möglichkeit einer Bombe betraf, mangelte es an Beweisen, um von einem Attentat sprechen zu können.

Im Palmer House empfing mich lautes Stimmengewirr und Lachen. Der Salon im Erdgeschoss, gleich neben einem Wintergarten mit Blick auf den Park, war hell erleuchtet. Auf einem Tisch in der Mitte standen Schüsseln und Platten mit Essen, und an einer Seite befand sich die Bar, wo die Getränke serviert wurden. Alle redeten wild durcheinander, während sie, an die Wand gelehnt oder in niedrigen Plüschsesseln sitzend, ihre Teller hielten und, so gut es ging, zu essen versuchten. Ich holte mir einen Weißwein und einen Teller mit Räucherlachs und Reis. Meine Kollegen waren da und auch die *graduate students*. Ich sah Rachel und Mike, nicht aber John III. Ich ging in den Wintergarten, und als hätte er mich dort erwartet, kam D'Amato zu mir, um mit mir zu reden. Seiner Meinung nach war derjenige, der das *Manifest* geschrieben hatte, ein anderer als der, der die Bombe gelegt hatte. Das sind zwei unterschiedliche Personen, die nichts miteinander zu tun haben, sagte er. Eine Bombe zu legen verlange die Mentalität eines Roboters und die Präzision eines Uhrmachers. Er kenne sich mit so was aus, in Korea habe man die für die Minen und Sprengfallen zuständigen Einheiten nach einer Reihe psychologischer und emotionaler Tests ausgewählt. Die mit Sprengkörpern zu tun hatten, seien immer schweigsame, scheue Typen mit der Mentalität zwanghafter Spieler und den Händen von Klavierspielern gewesen. Ich kannte mal einen Unteroffizier, erzählte er, der konnte eine Handgranate mit geschlossenen Augen zusammenbauen und wieder zerlegen. An den Abenden zwischen den Gefechten nahm er Wetten an. Sie verbanden ihm die Augen, und er machte sich heimlich von seinem Wachtposten in den Dschungel auf, und wenn er überlebte, hatte er die Wette gewonnen. Wenn die Granate explodierte, sagte er lachend, würde er zumindest keinem wehtun. Er kam jedes Mal zurück, als wäre nichts geschehen, aber ziemlich aufgedreht, in Streitlaune, und wollte das Spiel wiederholen. Ein solcher Text verlangt dagegen eine ruhige, zwanghafte Intelligenz, so wie unsere. Als ich auf die Mine trat, die mir das Bein abgerissen hat, sagte D'Amato, war ich in Gedanken bei den elisabethanischen Rhythmen von Melvilles Prosa. Es seien zwei verschiedene Arten von geistiger Anstrengung, zwei Typen von Menschen. Man könne nicht schreiben und gleichzeitig Bomben legen, sowenig wie man Boxer und gleichzeitig Schachmeister sein könne. Wir starrten in den dunklen Garten wie zwei alte Saufkumpane, die dieselbe Frau geliebt hatten. Ich glaube nicht, dass sie etwas herausfinden, sagte er. Die Arme. Du kanntest sie wie ich, sie war eine aufrichtige, unbestechliche Frau. Die Besten trifft es immer zuerst. Dann wusste er also, dass wir uns getroffen und miteinander ins Bett gegangen waren? Was für vertrauliche Dinge hatte sie diesem Grobian mit dem Holzbein noch erzählt? Die Fragen lenkten mich ab, und ich brauchte etwas, bis ich hörte, was der Schuft mit seiner üblichen guten Laune von mir wissen wollte.

Was für Pläne ich hätte? Ob ich noch ein Jahr bei ihnen (»bei uns«) bleiben würde? Ich hätte ein Angebot aus Berkeley, sagte ich, und wahrscheinlich würde ich eine Zeitlang nach Kalifornien gehen. Gut, aber du hättest uns um Rat fragen können. Am Fachbereich hätten sie gedacht, dass ich bleiben wolle, während langsam die Vorbereitungen für die Suche nach einem Nachfolger von Ida begännen. Ida. Als ihr Name fiel, stellte sich so etwas wie eine heimliche Vertrautheit zwischen uns ein. Wir wussten beide, wie es war, mit ihr in einem anonymen Hotelzimmer zu sein. Schnell verdrängte ich dieses Gefühl der Verbundenheit. Ich sei mir nicht sicher, was als Nächstes käme, sagte ich. Aber ich würde ihn auf dem Laufenden halten.

Ich ging zu Rachel und Mike, die sich mit zwei jungen Kollegen der Film Studies unterhielten. Sie diskutierten über *Taxi Driver* von Scorsese. Es gehe um die Figur des extremen Rebellen, des in eine Prostituierte verliebten Nihilisten, der handelte, ohne sich um soziale Vorurteile zu scheren. Aus Dostojewskis Nutte sei das böse Mädchen Jodie Foster geworden. Ich entfernte mich, während sie zum nächsten Film übergingen, *Die durch die Hölle gehen*, und zu Robert de Niros Talent, Psychopathen darzustellen. Und Nicholson? Ich stelle mir Recycler mit dem Gesicht von Jack Nicholson vor, hörte ich Mike noch sagen.

Ich drehte ein paar Runden durch den Salon, sprach hier und da mit einem Bekannten, als D'Amato plötzlich um Ruhe bat. Er wolle ein paar Worte über das gerade zu Ende gegangene akademische Jahr sagen. Er sprach von dem traurigen Verlust, den wir erlitten hatten. Der Fachbereich habe den Ida-Brown-Preis ins Leben gerufen, um alljährlich das beste Promotionsvorhaben zu prämieren. Applaus. Das Land macht schwierige Zeiten durch, sagte er. Wir wissen, was Terrorismus heißt, und es ist nach wie vor ein Paradox, dass jetzt, wo E-Mails das Ende des herkömmlichen Briefverkehrs einleiten, ausgerechnet Briefbomben unsere Universitäten verwüsten. Briefe sind ein Merkmal unserer Kultur, sie kommen in der Bibel vor, in der Philosophie, in Politik und Kultur. Die Persischen Briefe, die Römerbriefe, der Brief an den Vater, offene Briefe, anonyme Briefe, Liebesbriefe. Verschwindet eine unserer Kommunikationsformen, ausradiert von der Gewalt? Er machte eine Pause. Die tragischen Ereignisse der letzten Zeit, fuhr er fort, haben mich an die unzustellbaren Briefe der Toten erinnert, die Bartleby verzweifeln ließen und in den Wahnsinn trieben. Auch wir, mit unserem archaischen Wissen, sind Leser von Schriften und Briefen der

Toten. Dann, als wäre es ein Requiem (und jeder dachte an einen anderen Menschen, an den es gerichtet sein könnte), erinnerte er an das Ende von Melvilles Erzählung. Bartleby, sagte D'Amato, sei ein einfacher Angestellter im Dead Letter Office von Washington gewesen, und zum Abschluss las er einen Absatz aus der Erzählung vor.

»›Tote Briefe!‹, klingt es nicht wie ›tote Menschen‹? Man stelle sich einen Mann vor, der durch Veranlagung und Missgeschick einer blassen Hoffnungslosigkeit zuneigt – kann irgendeine Beschäftigung geeigneter erscheinen, sie noch zu verstärken, als das fortwährende Umgehen mit unbestellbaren Briefen und ihr Sichten für die Flammen? Denn karrenweise werden sie alljährlich verbrannt. Manchmal nimmt der blasse Angestellte aus dem zusammengefalteten Papier einen Ring – der Finger, für den er bestimmt war, modert vielleicht im Grabe; eine Banknote, in eiligster Barmherzigkeit abgesandt –, der, dem sie Hilfe bringen sollte, isst und hungert nicht mehr.« Und mit bewegter Stimme schloss D'Amato seine Rede mit der Litanei des Erzählers von *Bartleby:* »Verzeihung für jene, die verzweifelt starben; Hoffnung für jene, die ohne Hoffnung starben; frohe Botschaft für jene, die von ungelindertem Unglück erstickt wurden und starben.« D'Amato war leicht verrückt, bei jeder Gelegenheit zitierte er Melville (und darin unterschied er sich nicht sonderlich von uns anderen, die wir dort saßen, eine Schar trauriger Leser, die weiter an die Magie literarischer Texte glaubten).

Als ich am Abend endlich die *party* verließ und durch den Park zur Straße ging, sah ich an der Stelle, wo Ida Brown verunglückt war, John III. stehen. Er lehnte am Tor, als würde er auf mich warten. Er sah elegant aus, wie ein ehemaliger Student der Ivy League, mit weißem Anzug und Fliege und dem übersteigerten Selbstvertrauen, das er während des gesamten Seminars ausgestrahlt hatte. Er grüßte mit einer freundlichen Geste, wie um zu sagen, dass unsere Beziehung nicht länger die zwischen Professor und Student, sondern zwischen Kollegen war, und bevor ich etwas sagen konnte, erzählte er mir, worauf die ganze Welt gewartet hatte.

»Er wurde verhaftet. Ein ehemaliger Harvard-Student.«

# III. IN CONRADS NAMEN

# Neuntes Kapitel

## 1

Er hieß Thomas Munk, war fünfzig Jahre alt und ein in Harvard ausgebildeter Mathematiker, Sohn einer wohlhabenden Familie polnischer Einwanderer. Er war nicht vorbestraft, über mögliche politische Verbindungen war nichts bekannt. Man hatte ihn in einer entlegenen Region in den Wäldern Montanas verhaftet, wo er zurückgezogen lebte, in einer schlichten, sechs Quadratmeter großen Hütte, die er selbst gebaut hatte, ohne Strom, fließendes Wasser und Telefon, am Rande der Route 223, dreißig Meilen vom nächsten Dorf entfernt.

Parker hatte mehrere Tage mit Munks Biographie und Schriften zugebracht. Während das Büro wegen der sengenden Hitze des New Yorker Sommers geschlossen blieb und die fleißige neue Sekretärin ihn per Internet und Handy (Parker nannte es Funktelefon) auf dem Laufenden hielt, nutzte er die freie Zeit, um ein Dossier über Munk für mich vorzubereiten und die Untersuchung abzuschließen.

»Wir Detektive lösen keine Fälle mehr, aber wir können sie erzählen«, sagte er.

Die beiden Söhne des Ehepaars Munk (Thomas und Peter) waren 1942 bzw. 1943 geboren worden, nachdem ihre Eltern nach Chicago gezogen waren. Eine Abbildung der Brüder aus dem Fotoalbum der Highschool zeigte zwei Jungen mit schmalen Gesichtern, typisch amerikanischen

Kurzhaarfrisuren und müdem Lächeln. Ohne dass man ihnen ihre europäische Abstammung angesehen hätte, erfuhren die beiden fleißigen, zielstrebigen und gutmütigen Brüder ihre Bildung in den Fünfzigerjahren, als die Kultur dieses Landes laut Parker so wunderbar und gleichzeitig so schrecklich gewesen war. Sie sind Kinder des Kalten Krieges, der massenhaften Verbreitung des Automobils, des Fernsehens und des Rock 'n' Roll. Tom war das Genie der Familie, und sein Bruder sollte immer in seinem Schatten stehen, obwohl er ein ziemlich bekannter Schriftsteller wurde und mehrere Erzählungen in *little reviews* im Dunstkreis von Kerouac und der Beat-Generation veröffentlichte.

Thomas Munk ging nach Harvard, vielleicht weil sein Vater dachte, es sei die einzige amerikanische Universität, die seine Freunde in Warschau kannten. 1958, mit sechzehn, zog er nach Cambridge, Massachusetts, wo seine akademische Karriere begann. Tatsächlich war er der *sophomore* mit dem höchstdotierten Stipendium in der Geschichte Harvards.

Er war »todernst«, ein Eigenbrötler und Besserwisser, der sich nie den strengen Regeln der Ivy League unterordnete. Während seine Kommilitonen in eleganten Brooks-Brothers-Anzügen und Krawatten in den Farben der exklusiven *Alpha-, Beta- oder Phi-Clubs* zu den Vorlesungen gingen, war Thomas Munk einer der ersten *undergraduates* in Harvard, der in Jeans, schwarzem T-Shirt und Basketballschuhen an den Kursen teilnahm, als wäre er ein Kind aus der amerikanischen Arbeiterklasse von Pennsylvania. Im Winter kamen eine blaue Marinejacke und eine Wollmütze dazu, wie sie damals nur Schwarze in den Armenvierteln Bostons trugen.

Er ging zwar zu den Festen und Tanzveranstaltungen, setzte sich aber allein an den Rand, trank Bier und sah den

Schmetterlingen vom Barnard College zu, die mit ihren langen goldenen Haaren und kurzen Röcken umherflatterten und in den Ecken mit den plumpen Oberschichtjünglingen aus Princeton und Yale herumknutschten. In der Zeit zwischen dem Ende des Koreakriegs und dem Beginn des Vietnamkriegs beschlossen viele amerikanische Mädchen mit hübschen Beinen und sprießenden Brüsten, so früh wie möglich ihre Jungfräulichkeit aufs Spiel zu setzen. Sie wirkten wie die Avantgarde eines neuen weiblichen Befreiungsheeres, und die Jungs nannten sie *Vietkongs*, sagte Parker. Bestimmt dachte er an seine geliebte Betty, die Rothaarige, die am Vassar College studiert hatte und natürlich auch eine ehemalige Kriegerin war.

Amanda, eine hübsche »Mieze« jener Jahre, erinnerte sich der Presse gegenüber, dass sie im Frühling 1963 mit Munk nach Kanada gereist war. Am meisten mochte er an mir, erklärte das Mädchen, wie ich ihm Romane und Erzählungen vorlas, »in denen es um die Natur des Menschen ging«. Eines Nachts, sie lagen auf dem Fliesenboden eines Hotelzimmers, um der Hitze zu entkommen, las sie ihm eine Erzählung über einen Pfarrer vor, der einen schwarzen Schleier vor dem Gesicht trug. Als Tom einschlief, las Amanda weiter, begann dann aber laut über die Pension, in der sie wohnte, nachzudenken, eine Pension mit einem gemeinsamen Kühlschrank, der mit einem Schloss gesichert war und wo jede Milchtüte den Namen ihrer Besitzerin trug (Grete, Maria), und als sie schließlich aufstand, um das Licht zu löschen, öffnete Tom die Augen und sah sie lange an.

»Du blinzelst nie«, sagte sie zu ihm.

»Nicht, wenn ich es vermeiden kann«, sagte er.

Er log nie; während seines ganzen Lebens hielt er sich gewissenhaft an die Wahrheitskriterien, die sein Verständnis von Logik bestimmten. Gemäß seiner mathematischen

Auffassung waren wahre Konzepte reale Dinge und keine Denkweisen. Das sagte er während eines Seminars im zweiten Jahr in Harvard, und Professor John Maxell, einer der wichtigsten Vertreter der analytischen Philosophie in den Vereinigten Staaten, forderte ihn auf, über den folgenden Satz nachzudenken: *»In diesem Moment ist keine Katze im Raum.«* Als Munk sich weigerte, die Aussage zu akzeptieren, bückte sich der alte Universitätsprofessor mühsam vor jedem einzelnen Tisch der fünfzehn Seminarteilnehmer, um darunter nachzusehen; seine Knochen knackten, aber die Anstrengung sollte die Mühe verdeutlichen, die es kostete, etwas zu beweisen. Während Maxell überprüfte, ob eine Katze im Raum war oder nicht, stand Munk gleichgültig vor der Tafel. »Ich habe keine gefunden«, sagte Maxell, außer Atem, von der hintersten Reihe des Seminarraums aus, und Tom entgegnete, dass dies, wie er in seinem, Maxells, Seminar über Leibniz gelernt habe, lediglich beweise, dass das Vorhandensein einer Katze anhand der Erfahrung in nur einer der möglichen Welten (und nicht in allen) nicht zu überprüfen sei.

Als sie das hörten, pfiffen die anderen Seminarteilnehmer und stampften als Zeichen ihrer Ablehnung mit den Füßen, während Tom grinsend Kreise an die Tafel zeichnete, einer größer als der andere, um zu illustrieren, wie unterschiedliche Voraussetzungen eine jeweils andere Wahrheit hervorbrachten. Da die Erfahrung nicht genug sei, müsse man theoretische Welten kreieren, *exemplum fictum*.

»Die mögliche Existenz einer unsichtbaren Katze in diesem Raum hängt von der Wirklichkeit ab, die wir voraussetzen.«

Aus heutiger Sicht war dies der früheste Hinweis auf eine Entscheidung, die ihn eines Tages zum meistgesuchten Verbrecher in der Geschichte der Vereinigten Staaten machen sollte.

Thomas Munks Gesundheitszustand war stets »prekär«, ständig weckte er den Eindruck, »in Gefahr zu sein«. Aber bis auf seinen Bruder, der ihn oft besuchen kam, um lange Gespräche auf seinem Zimmer oder in einer Bar oder während ihrer Spaziergänge am Ufer des Charles River mit ihm zu führen, hörte er auf niemanden.

Wer ihn damals gekannt hatte, verteidigte ihn, und diese Aussagen und die Geschichten aus seiner Studentenzeit ließen seine Taten noch unglaublicher erscheinen. Wie konnte aus diesem jungen Mann bloß ein Terrorist werden? Er war kein radikaler Versager, wie Enzensberger sie Jahre später charakterisieren sollte, er war weder ein verbitterter Außenseiter noch ein sozialer Verlierer, weder ein religiöser Fanatiker noch ein Marxist, er war ein junger, erfolgreicher Amerikaner.

Während seiner Zeit in Harvard begann sich Tom für Sport und Musik zu interessieren. Er ging mit seinem Bruder zu den Spielen der Boston Red Sox und hörte den ganzen Tag »Take This Hammer« und andere Countrysongs proletarischer Musiker von der Küste wie Woody Guthrie, die in einfachen Straßenkneipen oder bei Wohnzimmerkonzerten in den Dörfern Pennsylvanias auftraten. Auch im Bear, einer kleinen Spelunke der Bostoner Bohème, waren sie regelmäßig zu Gast, und all das schien Teil seiner Lehrjahre zu sein, als wäre er ein Fremder, der nichts über die Kultur eines Landes wusste und erst alles lernen musste, indem er das Leben der Einheimischen nachahmte. Für seinen Bruder war es völlig natürlich, sich mit der amerikanische Arbeiterkultur zu beschäftigen und dem wahren Leben seiner Generation zu folgen, aber Tom wirkte wie ein Fremdkörper, der nie seine ernste Miene und sein eisiges Lächeln ablegte, selbst dann nicht, wenn er mit dem Fuß zur Musik von Hank Williams oder Johnny Cash wippte.

Eines Abends begegnete er in einem Tanzlokal am Bostoner Hafen einer jungen Frau. Das magere blonde Mädchen, das aus einer New Yorker Akademikerfamilie stammte und am Vassar College studierte, trug einen Schottenrock mit einer großen Sicherheitsnadel und schwarze Strümpfe. Sie gingen zusammen ins Freiluftkino, spielten Scrabble, nahmen sich mittags ein Hotelzimmer, um sich zu lieben. Das Mädchen war glücklich und liebte ihn, auch wenn er ihr etwas merkwürdig und ziemlich zerstreut vorkam.

Einen Sommer lang lebten sie auf dem Land, und eines Tages besuchte sie ihre Eltern, und als sie zurückkam, stellte sie fest, dass Tom ihre Abwesenheit überhaupt nicht bemerkt hatte. Ach, du warst weg, sagte er, als er sie um Mitternacht mit ihrer Tasche und einem T-Shirt als Geschenk für ihn hereinkommen sah.

In diesem Moment entschied sie, dass Tom nicht der Richtige für sie war, wie sie den Medien erklärte. Für sie war er immer ein großartiger Kerl gewesen, dem sie nur das Beste wünschte, auch wenn er ständig in seiner eigenen Welt gelebt hatte. Sie hatten sich auf friedliche Weise getrennt, und die Frau, deren Name nicht erwähnt wurde, erklärte, dass sie später noch ein paar Postkarten von Tom erhalten habe, mit Grüßen und ganz konkreten Fragen. Eine dieser Karten zeigte sie dem Journalisten der *New Sun*. »Damals, als wir in Massachusetts im Aquarium waren, hast du da ein gelbes Regencape getragen? Antworte bitte, es ist *äußerst* wichtig«, hatte er geschrieben. Offenbar erforschte er die Genauigkeit von Erinnerungen und das, was er das trügerische Gedächtnis und den unvergesslichen Eindruck nicht erlebter Ereignisse nannte.

Er beschäftigte sich mit einer Reihe von Experimenten, um daraus eine Theorie der Entscheidungen abzuleiten. Was waren die notwendigen Voraussetzungen, um auf etwas Wahres schließen zu können? Als Beispiel führte er die Frage an, wie viele Kinder Lady Macbeth hatte, ein Problem, für das Shakespeares Werk keine Lösung parat hatte. Für ihn war die Angelegenheit ein hypothetischer Fall, genau wie jede andere unsichere Tatsache des realen Lebens. Nachdem er sich einige Wochen lang mit unscharfen Mengen beschäftigt hatte, löste er das Problem, ausgehend davon, was er die unsichere Entscheidung nannte, auf spekulative Weise (»sie hatten drei Kinder«). Mit dieser Arbeit (*Die Kinder der Lady Macbeth oder Das Theorem der unklaren Serien*) war er der erste *undergraduate* – nach Noam Chomsky –, dessen *junior thesis* als herausragender Beitrag zu seiner Disziplin betrachtet und in einer prestigeträchtigen akademischen Fachzeitschrift publiziert wurde. Er entwickelte sich zu einer Koryphäe auf dem verheißungsvollen Gebiet der Hardware-Programmierung. Er war achtzehn Jahre alt, und die Veröffentlichung des *paper* reichte aus, um direkt promovieren zu dürfen. Tatsächlich wurde er *graduate student* in Harvard, bevor er sich um einen Platz beworben hatte, und er begriff kaum, dass sich sein Status verändert hatte, bis er die Einladung erhielt, im Wohnheim des Graduate College auf dem Campus am Harvard Square zu wohnen.

Die Konzentration auf die Theorie verlangt eine vollständige Abkehr von den weltlichen Dingen und einen entsprechenden Verzicht auf jegliche Zerstreuung und jede Form sozialen Austauschs. Thomas Munk weitete diese Form der Askese auf alle Aspekte seines akademischen Lebens aus: Er publizierte nur wenige und kurze Texte und schlug sämtliche Einladungen zu Vorträgen oder Kongressen aus.

Malcolm Anderson, sein Doktorvater, drängte ihn, mit seiner Dissertation zu beginnen und nicht erst zu warten, bis er alle Probleme gelöst hätte, denn dieser Moment würde nie kommen. Der Ratschlag löste einen heftigen Wutausbruch bei Tom aus, denn er wollte entweder ein perfektes Werk oder gar nichts verfassen. Wenn er sich nicht entschließe, auch Unvollkommenes zu schreiben, würde er nie seinen Abschluss machen und eine Lehrtätigkeit annehmen können, erklärte ihm sein Doktorvater. Rasend vor Wut verließ Tom das Büro, doch zwei Stunden später kam er zerknirscht zurück und flehte Anderson an, weiter zu ihm zu halten, auch wenn er von ihm enttäuscht sei.

An diesem Abend, erzählte ein ehemaliger Kommilitone, war Tom so niedergeschlagen, dass er seinen Bruder anrief und ihn bat, ihn abzuholen. Peter kam, um ihn zu sich nach New York zu holen, und unterwegs begannen sie so heftig zu diskutieren – bei angeschalteter Innenbeleuchtung –, dass die Polizei sie stoppte. Sie sahen aus wie zwei angestrahlte Schaufensterpuppen. Um weiterfahren zu dürfen, mussten sie dem Polizisten erst in allen Einzelheiten erklären, worüber sie gestritten hatten (über den Vietnamkrieg). »Hören Sie auf, beim Fahren zu streiten«, riet er ihnen. Dort, auf dem dunklen Highway zwischen Boston und New York, begann Tom seine Theorie der pronominalen Serien zu entwickeln. »Ich denke, aber der andere glaubt mir nicht«, lautete eine seiner Prämissen. Jede pronominale Reihe (ich/du/wir/sie) setzte eine andere Realität und ein anderes Glaubenssystem voraus.

Nach der Veröffentlichung seiner Doktorarbeit wurde ihm die Fields-Medaille verliehen, die höchste Auszeichnung, die ein Mathematiker bekommen kann. Er war fünfundzwanzig Jahre alt.

»Er ist leidenschaftlich, tiefgründig, gewissenhaft und dominant. Er besitzt eine Art Reinheit, wie ich sie nie bei einem anderen Menschen erlebt habe. Vielleicht ist Thomas Munk das perfekte Beispiel für ein Genie«, erklärte sein Doktorvater.

Viele glauben, Anderson, bis dahin die Nummer eins auf seinem Gebiet, wäre auf eine Weise von diesem unbekannten Studenten polnischer Abstammung übertroffen worden, dass er noch im selben Jahr die Universität verließ, sich in sein von Mauern und Elektrozäunen geschütztes Haus in der Bostoner Bucht zurückzog und dieses nur noch verließ, um den Nobelpreis für Physik entgegenzunehmen und später als Hauptzeuge der Verteidigung im Prozess gegen Munk auszusagen.

»Wenn es ihm schlecht ging«, sagte Anderson, »wirkte er wie ein Trottel *(a fool)*, ein liebenswürdiger, verwirrter junger Mann, der konfuses Zeug stammelte, als hätte er sich in seinen wirren Gedanken verloren oder wäre verrückt geworden, aber wenn er in Form war, war er fantastisch, glänzend, unbeugsam; er war der Hase des Denkens, den kein geflügelter Achill einholen konnte.«

Diese Aussage seines *adviser* war eins der Argumente für Thomas Munks Familie, ihn als wahnsinnig hinzustellen, um auf diese Weise den Prozess zu beeinflussen und die Todesstrafe abzuwenden.

1967 trat Munk eine Professur am Fachbereich für Mathematik an der University of California in Berkeley an, der damals renommiertesten Universität des Landes.

Manche Chronisten weisen darauf hin, dass er dort, in Kalifornien, die antitechnologische Philosophie entdeckte und davon zu träumen begann, in die *wilderness* zu fliehen. Vielleicht ging er nach Berkeley, um die immer größer werdende antikapitalistische Bewegung aus der Nähe zu erleben und die Aktionen der anarchistischen Gruppen aus der Bucht von San Francisco zu studieren.

»Er war ein außergewöhnlicher Professor«, sagte Mike Uberman, ein führender Forscher am MIT, »obwohl er sich oft abgesondert hat und nicht in der Uni erschien, wenn ihn ein Migräneanfall plagte oder er einen seiner bis zum Morgen dauernden nächtlichen Spaziergänge unternommen hatte. Aber unter Migräne litten wir alle, als würde die Intensität des Denkens mit einer physischen Erfahrung der Schädelwände einhergehen.«

In dieser Zeit wurde Peter eingezogen, verbrachte achtzehn Monate in Vietnam und kehrte opiumabhängig zurück. Tom war aus gesundheitlichen Gründen vom Dienst befreit worden, während sein Bruder mit der Überzeugung in den Krieg zog, für einen Schriftsteller gäbe es keine größere Erfahrung. Bis er auf dem Schlachtfeld landete und seine Meinung gründlich revidierte, aber da war es schon zu spät.

Als Peter heimkehrte, wartete Tom am Flughafen. Er sah ihn in seiner hellbraunen Uniform kommen, in der Hand eine blaue Tasche mit seinen wenigen Habseligkeiten, ein kräftiger Bursche mit einer Narbe, die ihm einen strengen, mürrischen Ausdruck verlieh. Peter zufolge erzählte ihm sein Bruder in diesem Moment zum ersten Mal von seinem Entschluss, sein Leben zu ändern. Er ertrage die akademische Welt nicht mehr, er habe das Gefühl zu ersticken. Nach und nach traten Peters Erlebnisse in den Hintergrund, und das Gespräch drehte sich nur noch um Toms Pläne und die Entscheidung, allein zu leben und sich ausschließlich seinen Forschungen zu widmen. Er würde sich für ein paar Jahre aus der Welt zurückziehen, um seine Studien zur Philosophie der Mathematik zu vertiefen, aber auch, damit sich sein Lebensstil unmittelbar auf sein Denken auswirke. »Ich habe erkannt«, sagte Tom – erzählte sein Bruder –, »dass Idealismus und Materialismus darin übereinstimmen, dass man die Welt nur beherrschen kann, indem man ihr den Rücken kehrt.« Die Wahrheit stimme so wenig mit der empirischen Realität überein, so Tom, dass man nur bei Verstand bleiben könne, wenn man sich aus allem raushalte. Er wollte sich von allem lossagen, um zu sehen, ob er in der Lage sei, etwas wirklich Nützliches zu verwirklichen.

Sie waren zu einer Bar am Highway gefahren, um etwas zu essen und ein Bier zu trinken. Die hölzernen Wände des Raums waren mit Jagdtrophäen verziert. Tom hatte nichts gegen das Töten von Tieren, er war weder Vegetarier noch Pazifist. Ganz anders als Peter, der mit einem starken Hang zum Nichtstun und zur östlichen Mystik aus Vietnam zurückgekehrt war, als könnte er durch den alleinigen Verzehr von Gemüse die entstellten Körper seiner gefallenen Kameraden vergessen machen.

Einige Zeit später schmiss Thomas Munk seine akademische Laufbahn hin. In einem Brief, der vor Kurzem auch in verschiedenen Zeitungen zu lesen war, kündigte er dem *chair* seinen Rücktritt an. Peter dachte, sein Bruder wolle versuchen, Kultur und Leben, Denken und Erfahrung miteinander in Einklang zu bringen. Eine ganze Generation versuchte das und ließ auf der Suche nach Wahrheit die herkömmliche Lebensweise hinter sich.

Nach seinem Abschied von der Universität reiste Tom mit dem Auto durch die USA und schickte seinem Bruder hin und wieder eine Postkarte. Meist gab er sie beim Postservice eines *drugstore ab.* (Foto: *Ein Motel in der Wüste.* Auf der Rückseite in seiner typischen Schrift eines Kurzsichtigen: »Wenn ich vor einem Motel halte, brauche ich dreißig oder fünfunddreißig Minuten, um die toten Insekten von der Windschutzscheibe und dem Kühlergrill zu kratzen.«) Er folgte der Route 22 und machte eher wahllos in Dörfern fernab des Highway halt. (Foto: *Eine Farm.* »Hier leben alle von der Bienenzucht. Überall stehen weiße Holzkisten herum und Leute mit Imkerhüten und gelben Anzügen, die aussehen wie Astronauten.«) Er kam bis nach Mexiko und erkundigte sich nach einer kleinen Hazienda. (Foto: *Das Haus des Konsuls in Cuernavaca.* »Alle reden über das Massaker in Tlatelolco, bei dem vor drei Jahren unzählige Studenten getötet wurden.«) Später überquerte er die Grenze nach Kanada und nahm den Highway 68 bis zu den Großen Seen. Überall wollte er wissen, was es für Arbeit in der Gegend gebe und wo man ein entlegenes Grundstück kaufen könne. (Foto: *Ein Leguan auf der Straße.* »An einer Tankstelle wurde mir das Gepäck geklaut. Ich habe noch etwas Seife aus dem Motel, ein Handtuch mit Teerflecken, zwei rote Schreibhefte, einen elektrischen Rasierapparat für Wechselstrom, eine Zahnbürste.«) Den persönlichsten Brief (von dem ein Durchschlag in seiner Akte erhalten ist) schrieb er seinem Bruder aus einem Hotel in Oklahoma. In ihm sticht ein leicht aufgeregter Ton ins Auge. »In der Nacht vom 3. auf den 4. November, auf dem Weg nach Colorado, in einem Hotel mit einer Schreibmaschine, hat man mich freundlich aufgenommen. In einem nahen Bundesstaat, in der Nähe des großen Reservats, habe ich ein Grundstück entdeckt, das meinen Absichten entspricht.« Das Foto zeigte einen bewaldeten Gebirgskamm, der sich ein Tal entlang bis zum Ufer eines großen Flusses erstreckt.

## 2

Die Wälder Montanas ziehen sich über Hunderte von Kilometern zwischen Tälern, Hügeln und hohen Gebirgen entlang. Eine einsame Gegend mit langen Sommern und strengen Wintern. Früher war sie ein Gebiet für Fellhändler und Goldsucher, die oft monatelang wie Wilde in den Wäldern lebten.

Thomas Munk kam Mitte der Sechzigerjahre dort an, das genaue Datum ist nicht bekannt. Eines Nachmittags tauchte er in dem Dorf Jefferson auf und erklärte, er sei Landvermesser und wolle einige längerfristige Untersuchungen in der Gegend vornehmen. Er wirkte wie ein friedlicher Mensch, der wie viele andere in diesem Land zurückgezogen leben wollte.

Laut Parker gab es »Hunderte von Verzweifelten, die sich aus der Welt zurückzogen, um zu einem natürlichen Leben zurückzukehren. Eine nationale Plage: an die Grenze gehen, Leere und Frieden suchen. Entweder sorgen meine Landsleute für das Anwachsen der Städte, bauen Autos und betonieren Tausende von Meilen zu, oder sie ziehen in die Prärie und leben im Einklang mit der Natur. Zwischen diesen beiden Gruppen wird die finale Schlacht entbrennen, die als Krieg zwischen Rothäuten und Bleichgesichtern begann.« Später kamen die Hippies und dann die Umweltschützer, die sich von der Zivilisation lossagten. Diese zornigen Kinder der Natur empfanden ihr Leben als degeneriert und die Erfahrungen mit der Gesellschaft als abschreckend, und sie waren überzeugt, dass durch die Abgeschiedenheit und die Abkehr vom Großstadtleben eine neue Kultur entstehen könne.

Als Erstes errichtete Tom eine sechs Fuß große Blockhütte, für die ihm Thoreaus Hütte aus *Walden* als Vorbild diente. Dafür hatte er ein fünfzig mal fünfzig Meter großes Stück Wald abgesteckt und gerodet. Er baute einen Lehmofen und eine Toilette hinter dem Haus und hob einen Brunnen aus, um mit einer Pumpe Wasser schöpfen zu können. Er errichtete einen Holzschuppen, und im Herbst fing er an, Brennholz für den Winter zu sammeln. Schnell gewöhnte er sich an das Leben in der Einsamkeit.

Tagsüber ging er jagen und fischen und kümmerte sich um die Gemüsebeete und Tiere und darum, den Keller mit den Lebensmitteln trocken und luftig zu halten. Sobald es dunkel wurde, kehrte er in seine Hütte zurück und verbrachte die Abendstunden mit Lesen und Studieren im ruhigen Lichtschein einer Petroleumlampe. Der einzige Weg, in extremer Abgeschiedenheit zu überleben, war das Befolgen fester Gewohnheiten. Er hatte sein Leben in voneinander unabhängige Bereiche unterteilt, die der Gelassenheit und Ruhe der natürlichen Wechsel gehorchten. Die Frage war nicht, was man über sein Leben denkt, sondern wie man leben muss, um denken zu können.

In dieser Zeit begann er mit seinem *Tagebuch.* Er widmete sich weiterhin seinen Forschungen und Spekulationen über Mathematik und Logik, aber seine Lektüre und seine Texte umfassten zunehmend auch andere Themen. Ein Blick auf seine Bibliothek lässt weder erkennen, wohin seine Forschung zielte (so befand sich unter den Titeln beispielsweise *Argentinien, eine Massengesellschaft* von Torquato Di Tella) noch welche Beziehung zwischen seinem Werk und seinen bewaffneten Aktionen bestand.

Das Grundstück und der Ford Pick-up waren auf den Namen seines Bruders eingetragen, weshalb er keine Steuern zahlte. Er hatte weder Strom noch Gas und besaß auch keinen Telefonanschluss. Er wollte keinen Zaun um sein Grundstück, und manchmal traf er Rucksackreisende oder Urlauber, die in den Bergen zelteten. Er legte Fangeisen und Schlingen aus wie früher die Jäger und Fallensteller und betrieb im Dorf Tauschhandel mit Fuchs- und Kaninchenfellen. Er beobachtete die Tiere und machte sich in seinem *Tagebuch* Notizen über ihre Bewegungen und Verhaltensweisen, sodass er sie ohne große Mühe fangen konnte. Wenn er im Wald jagen ging, entfernte er sich nie weiter als drei Stunden Fußmarsch von seiner Hütte. Er bewegte sich in einem Umkreis von zwanzig Kilometern, wo er jeden Meter kannte. Am Ufer des Sees hatte er einen mit Zweigen getarnten Unterstand, von wo er die Tiere beobachtete, die zum Trinken kamen. Wildkaninchen, Hasen, Enten, manchmal ein Wolf oder eine Wildkatze.

Eines Tages sah er einen Braunbären in den See steigen und zu einem Bienennest laufen, das unter einem Ast über dem Wasser hing. Er steckte einen Stock hinein, um an den Honig zu kommen. Immer wieder tauchte er im Wasser unter, um die Bienen loszuwerden, oder verscheuchte sie mit seiner anderen Pranke. Beim Essen hielt er die Augen geschlossen, um nicht an den Stichen zu erblinden. Plötzlich rannte er weg, als würde er durchs Wasser traben, und verschwand im Dickicht.

»Tiere können ihre Spuren nicht verwischen.« Das sei der größte Unterschied zwischen Mensch und Tier. »Wir«, schrieb er in seinem *Tagebuch*, »wissen, wie man Spuren beseitigt, falsche Fährten legt, sich verstellt, ein anderer ist. Das heißt Zivilisation; die Möglichkeit zu simulieren und zu betrügen erlaubte uns, die Kultur hervorzubringen.«

Wenn der Wind aus Norden blies, ging er in den frühen Morgenstunden am Fluss angeln. Im glasklaren Wasser sah man die Forellen gegen die reißende Strömung ankämpfen; er benutzte Fliegen, warf die Rute mit kurzen Ausholbewegungen über der Wasseroberfläche aus und sah die Fische springen, um den Köder in der Luft zu schnappen.

Ab und zu ging er ins Dorf, und die Bewohner halfen ihm, und manchmal fragte er sie nach Werkzeug oder Saatgut im Tausch gegen kleine Arbeiten, die er für sie erledigte; es war eine Art von Tauschhandel und kein Wirtschaftssystem, das auf Kredit oder Verkauf beruhte, eine Form von Solidarität unter Nachbarn, die die erzwungenen Veränderungen der Industriegesellschaft überlebt hatte.

Manchmal kam ihn der alte Dorfpolizist in seiner Hütte besuchen, um eine Weile mit ihm zu plaudern. Er war der netteste Mensch, den ich je kennengelernt habe, erklärte der Sheriff. Er lud mich zu gegrilltem Kaninchen mit Bratkartoffeln und einem erstklassigen Nachtisch aus Johannisbeeren und Honig ein. Wir tranken das Bier, das ich mitgebracht hatte, und ich werde mich an diese Essen immer als die besten meines Lebens erinnern, obwohl ich mit vielen wichtigen Leuten aus dem Dorf und von außerhalb gespeist habe.

Sie sahen aus wie zwei Cowboys, die im Freien aßen, ihren Kaffee über dem Lagerfeuer aufwärmten und den Kojoten in der Ferne lauschten. Dieses Leben unter freiem Himmel hatte etwas sehr Männliches, sehr Amerikanisches, könnte man sagen, der Mann, der sich von seinen Zwängen löst und einsam und allein in der Wildnis lebt.

Eines Nachmittags überraschte ihn ein Wolkenbruch fern von zu Hause, und er lag eine Woche lang mit Fieber im Bett und trank Tee mit Honig. Manchmal ging er zum Dorfarzt und ließ seine Insektenstiche und die Hände, die er mit der Hingabe eines Klavierspielers pflegte, untersuchen.

»Wir unternahmen lange Wanderungen«, erzählte der Polizist, »überquerten den Fluss und stiegen auf den Gipfel des Mount White, um das Tal auf der anderen Seite zu betrachten, mit den Highways, die durch den Nachbarstaat bis zu den quirligen Städten im Norden führen.« Er wusste nicht, dass der Mann ein berühmter Mathematiker war, hatte aber das Gefühl, dass sein abstraktes Wissen größer war als das aller Personen, die er kannte. »Vor allem aber war er ein ruhiger Mann«, sagte der Sheriff. »Die schlimmen Taten, die man ihm nachsagt, hat er bestimmt begangen, aber man müsste ihn nach seinen Gründen fragen, denn er ist der gutmütigste Mensch, dem ich in all meinen Jahren als Polizist begegnet bin«, erklärte er der Lokalzeitung.

In Jefferson begann er sich mit Mary Ann zu treffen, einer Kellnerin in einer Bar an der Route 66. Er sagte ihr, dass er Sam Salinger heiße und Handelsvertreter sei. Er sei verheiratet, aber seine Frau liebe ihn nicht mehr. Er erzählte ihr von seinen Plänen, und bei keinem anderen Menschen war er so kurz davor, seine wahren Absichten zu enthüllen. Die Gesellschaft sei ungerecht und grausam. Das Mädchen konnte seine Gedanken gut nachvollziehen und kam selbst zu interessanten Schlussfolgerungen. Da sei ihm klar geworden, vermerkte Munk in seinem *Tagebuch*, dass er sich in das Mädchen verliebt habe. Als sie später auf den Fotos den jungen Mann erkannte, mit dem sie monatelang ein enges Verhältnis gehabt hatte, meldete sich Mary Ann sofort bei der Polizei und kam immer wieder auf jenen Nachmittag zu sprechen, an dem Tom, der einen Trenchcoat trug, aber ansonsten nackt war, ihr verraten hatte, dass er alles hinschmeißen, an einen kalten Ort nach Kanada reisen und dort ein neues Leben beginnen wolle. Wie sie das finde? Ob sie mit ihm kommen und nahe dem ewigen Eis leben wolle? Sie müsse erst darüber nachdenken, hatte sie geantwortete, dann aber beschlossen, ihn nicht mehr wiederzusehen. Sie hatte geglaubt, er sei desertiert wie viele in dieser Zeit. Er sei ein seltsamer Mann gewesen, gebildet und höflich, und habe sich verhalten wie jemand, der ein Verbrechen vergessen wollte oder aus dem Gefängnis ausgebrochen war.

Während des Sommers arbeitete Tom gelegentlich im Sägewerk. Ein oder zwei Wochen, um das Geld zu verdienen, das er für seine speziellen Einkäufe brauchte.

Einige Monate lang half er sogar als Lehrer an der Dorfschule aus. Als bräuchte er für eine Weile Abstand von seinem Alltag in der Hütte, investierte er viel Zeit und Energie für die Unterrichtsvorbereitung, und manchmal blieb er auch im Gästehaus von Mrs Ferguson, um es nicht so weit bis zur Schule zu haben. Zu meiner Überraschung übersetzte er für die Kinder die Erzählung »Juan Darién« von Horacio Quiroga, der sich ebenfalls in die Wälder zurückgezogen und sein eigenes Haus gebaut hatte und der unter schwierigsten Bedingungen mit seiner Frau und seinen Kindern überlebte, während er gleichzeitig einige der besten Erzählungen in spanischer Sprache schrieb. Munk benutzte Quirogas Erzählung, um den Kindern die Grausamkeit der Zivilisation vor Augen zu führen, deren griechischer Ursprung, wie er im Unterricht erklärte, Domestizierung, Dressur und Bändigung bedeutete.

Auf einer Lichtung hatte er einen erfrorenen Hirsch entdeckt. Zuerst glaubte er, der Hirsch wäre am Leben, und beobachtete ihn aus sicherer Entfernung zwischen den Sträuchern. Manche Wildtiere verharren bewegungslos, wenn sie nicht mehr fliehen können. Offenbar war der junge Hirsch von seiner Herde getrennt. Im Winter sammeln sie sich in größeren Gruppen, aber dieser schien sich von den anderen entfernt oder sich verlaufen zu haben. Er sah aus wie die perfekte Statue eines Hirsches, verewigt in dem Augenblick, als er den Kopf hebt, um sich an der Sonne zu orientieren.

Plötzlich erinnerte er sich an die glücklichen Tage seines alten Lebens: an das Aufwachen in einem anständigen Bett, die nackten Füße auf dem Teppich, daran, wie er eine Dusche genommen, sich einen Kaffee gekocht und in seinem Büro in der Universität gearbeitet hatte. Es war keine Nostalgie, es war eine Form, die Vergangenheit zu betrachten, als wäre er selbst ein im Frost erstarrter Hirsch.

## 3

Schließlich begann er mit seinen Experimenten. Das erste war nur ein Versuch. Er nannte es Versuch, wie jemand in einem Laboratorium, der vor dem eigentlichen Projekt einen Test macht. Um kein Risiko einzugehen, wählte er ein anonymes Ziel. Er verließ die Hütte bei Einbruch der Dunkelheit, zündete aber zuvor die Lampe an und berechnete die Zeit, wie lange es dauern würde, bis das Petroleum verbrannt war. Vorsichtshalber stellte er die Lampe in einen Blechbehälter. Wenn alles gut ging, brannte sie sechs Stunden, und sollte in dieser Zeit jemand vorbeikommen, würde es aussehen, als arbeitete er und hätte keine Lust, die Tür zu öffnen, weil er nicht gestört werden wollte.

Keiner würde sehen, wie er in den alten Pick-up stieg, den Weg zur Hauptstraße hinauffuhr und die Abzweigung nach Durango nahm. Er machte sich keinerlei Sorgen, hatte nur sein Ziel vor Augen (»Ich denke nur an das weiße Band der Straße und die vorbeirauschenden Bäume«). Er hatte das Nummernschild ausgetauscht und die Schuhsohlen überklebt, um seine Spuren zu verwischen. Er würde getarnt in den Süden fahren. Doch sein Gemütszustand war nicht kalt und gelassen, sondern erregt, die Anspannung verwandelte sich in Euphorie. Wie würde er reagieren? Er hatte jahrelang isoliert gelebt, und jetzt wollte er sich auf die Probe stellen: »Nicht das Verbrechen isoliert uns, wir müssen uns isolieren, um zu einem Verbrechen fähig zu sein.«

Er nahm den nördlichen *freeway* in die Stadt, um diese Uhrzeit herrschte starker Verkehr. Nach so vielen Monaten der Einsamkeit verwirrten ihn die vielen Menschen. Er folgte der Überführung über die Schnellstraße und gelangte zum Parkplatz einer großen Mall. Er parkte im Bereich für die Angestellten, stieg entschlossen aus, bückte sich, als wollte er die Reifen seines Pick-ups überprüfen, und platzierte die Bombe unter einem roten Honda. Anschließend fuhr er seelenruhig weiter, bog an der Ausfahrt ab und steuerte am anderen Ende des Einkaufszentrums wieder den Parkplatz an.

Er betrachtete die parkenden Autos, Einkaufswagen, weißen Markierungen und Plakate und sah eine Möwe, die zwischen den Schmutzflecken herumlief und nach Essensresten pickte. Sie schien sich verflogen und den grauglänzenden Asphalt mit der glatten Oberfläche eines Gewässers verwechselt zu haben. Möwen können viele Kilometer über das Meer fliegen, aber normalerweise entfernen sie sich nie so weit von der Küste, es sei denn, sie haben die Orientierung verloren und sind verrückt geworden. Die Flügel ausgebreitet, die Augen gerötet, den Schnabel halb geöffnet, die kleine Zunge heraushängend, taumelte sie umher. Niemand schien sie wahrzunehmen. Ungeschickt hüpfte sie zwischen den parkenden Autos, den Ölpfützen und den matschigen Schneeresten umher, bis sie sich schließlich in die Luft aufschwang und in Richtung der hohen Gebäude davonflog.

Auch bei Best Computer Com in Durango verließen die Techniker und EDV-Spezialisten die Mall immer durch den Seiteneingang. Was die Struktur und die Organisation ihrer Mitarbeiter betraf, folgten alle großen Unternehmen demselben Schema. Kannte man ein Gebäude, kannte man alle. Es war ein Beweis für die innere Schwäche des Systems: Um Kosten zu senken, strebten die Unternehmen danach, Größe und Raumaufteilung ihrer Niederlassungen zu kopieren. Die Toiletten, die Kassen, die Bereiche für Verkauf und Buchhaltung, die Lager, die Büros, der Haupteingang waren in allen Gebäuden eines Unternehmens in allen Staaten der USA identisch. Das Gleiche galt für Hotels, Supermärkte und Bars, die zu einer Kette gehörten, für Kinos und Parkplätze und selbst für Polizeiwachen und Gefängnisse. Die exakte Wiederholung der räumlichen Strukturen erlaubte es, bestimmte Abläufe einzusparen: Als wäre die Raumaufteilung erdacht worden, damit sich eine symmetrische Masse von Angestellten, Kunden und Wachpersonal auf bequeme Weise darin bewegen konnte und es leichter wäre, vorherzusehen, was diejenigen taten, die sich dieser Anordnung widersetzten, und sie auf der Stelle mit Videokameras zu lokalisieren.

Tom besaß eine Liste mit den Technikern, die im Untergeschoss arbeiteten. Es waren Ingenieure und ehemalige EDV-Studenten, die auf der sozialen Leiter abgestiegen waren und jetzt als anonyme Angestellte einer großen Kette arbeiteten und den Kunden erklärten, wie die immer komplexeren Geräte, die in den Filialen von Best Computer Com verkauft wurden, funktionierten.

Es war wenige Tage vor Weihnachten, und der Ort füllte sich mit Familien, die sich durch die Verkaufsflächen schoben. Jedes Mal, wenn die Schiebetür aufging, drang eisige Morgenluft herein. Autos kamen und fuhren weg. Die Möwe stieß aus der Höhe nieder und landete erneut auf dem Parkplatz.

Die Frau mit dem grünen Halstuch und der Aktentasche ging auf den roten Honda zu. Sie wirkte jung, hatte trotz der Dunkelheit eine Sonnenbrille auf und trug einen beigefarbenen Mantel und eine Fellmütze, die ihre Ohren bedeckte. Sie öffnete die Wagentür, legte die Mappe auf den Rücksitz, zog den Mantel aus. Im Lichtschein aus dem Wagen sah sie aus wie eine Puppe. Als sie sich hinter das Lenkrad setzte und den Motor startete, gab es ein kurzes Aufleuchten und einen Knall.

Ein alter Mann in einem langen grauen Regenmantel, der einen Einkaufswagen schob, blieb einen Moment vor dem

Auto stehen und ging dann schnell weiter. Eine Frau mit einem Kind an der Hand drehte sich um, ging am Wagen vorbei, das Kind hinter sich herzerrend, blieb aber nicht stehen. Die Möwe schwang sich mit schnellen Flügelschlägen auf und flog in der Dunkelheit in Richtung Highway davon. Eine Minute später war alles so wie vorher.

Am meisten beeindruckt ihn, dass er die Mall verlässt, den Parkplatz überquert, in den Wagen steigt und langsam durch die beleuchteten Straßen der Stadt fährt und niemand weiß, dass er gerade eine Frau getötet hat.

Gödel hatte bei einem Vortrag in Harvard erzählt, dass er nach der Entdeckung des Lehrsatzes, der ihn unsterblich machen sollte, die ganze Nacht mit der U-Bahn herumgefahren war und gedacht hatte, dass sich das Leben der Menschen um ihn herum seinetwegen ändern würde, ohne dass in diesem Moment jemand etwas davon ahnte.

Er hatte dieses erste Experiment in seinem *Tagebuch* beschrieben. Ein Gefühl grenzenloser Macht, das Wissen, eine heilige Linie überschritten zu haben. Er bewegte sich zwischen den Menschen mit dem Gefühl, unsichtbar und einzigartig zu sein.

Mit dem nächsten Attentat versuchte er die Verschmelzung von digitalen und biologischen Systemen, die einen rückwirkenden Eingriff in Millionen von DNS erlauben würde, zu verhindern oder zumindest zu verzögern. Hans Frinkly vom Biological Lab in Minnesota, ein hochaufgeschossener Deutscher mit rötlichem Gesicht und dichtem Schnauzer, ein sympathischer, äußerst herzlicher Mann, hatte im Zweiten Weltkrieg ein russisches Konzentrationslager überlebt, woher auch sein Stalin-Bart stammte. »Ich sehe in den Spiegel, und die Erinnerung, den Georgier überlebt zu haben, lässt mich jünger fühlen«, hatte Frinkly einmal gesagt. Er war Witwer und wollte noch einmal ein neues Leben beginnen. Im Sommer joggte er durch die Wälder, im Winter durch die künstlich erleuchteten Gänge unter dem Campus.

An jenem Morgen hatte ihm die Sekretärin wie üblich die Post auf den Schreibtisch gelegt. Eigentlich hatte er keine Zeit, aber er konnte der Versuchung nicht widerstehen und sah nach, ob ihm jemand wegen seines jüngsten – natürlich außergewöhnlichen – Artikels in der renommierten Zeitschrift *Science* geschrieben hatte. Als er einen Brief öffnete, der von einem Kollegen vom MIT zu stammen schien, explodierte die Bombe und verwundete ihn schwer.

Die Verletzungen führten zu bleibenden Gehirnschäden, und seither lebte er zurückgezogen in einem Sanatorium nahe der Universität. Hinter den großen Fenstern sah er die jungen Leute auf dem Weg zu ihren Seminaren durch den Park gehen, doch der Anblick war ihm so unerträglich, dass er es vorzog, bei geöffneter Tür in seinem Zimmer zu bleiben, das Gesicht dem Flur zugewandt, wo andere Patienten in Rollstühlen saßen oder sich mühsam auf Krücken an seiner Tür vorbeischleppten.

Der Mathematiker John Breedlove, Inhaber der Peano-Professur an der Universität von Chicago, verließ am frühen Morgen mit einem Mundschutz das Haus. Er wollte nicht wieder krank werden, wie es ihm immer häufiger wegen seiner sogenannten Allergien passierte, die ihn jedes Jahr im April dazu zwangen, einige Zeit im Memorial Hospital zu verbringen. Er stand kurz vor dem Abschluss seiner Arbeit über die instabile Logik der Information in offenen Serien und hatte die abergläubische und etwas lächerliche Befürchtung, eine neuerliche Krankheit könne ihn daran hindern, seine Berechnungen zu beenden. Er hatte sich um keine einzige der gesellschaftlichen Pflichten geschert, die ein Mann seines Alters und seines

Rangs angeblich erfüllt haben sollte: Er hatte weder geheiratet, noch hatte er Kinder. Er hatte sein Leben einzig der Karriere gewidmet und fühlte sich von seinen Kollegen geachtet. Der Brief mit dem falschen Absender eines bekannten kalifornischen Mathematikers, den er um elf Uhr in seinem Fach fand, explodierte direkt vor seinem Gesicht und tötete ihn auf der Stelle.

John Hauser, ein Student der Ingenieurwissenschaften, fand unter seinem Stuhl im Computerraum der Cory Hall am Computer Laboratory der University of California ein Päckchen und starb, als er es öffnete. Er war zweiundzwanzig, verheiratet, hatte eine Tochter und engagierte sich gegen den Golfkrieg. Menéndez übernahm es, der jungen afroamerikanischen Ehefrau die Nachricht von John Hausers Tod zu überbringen. Sie lebte in einer ärmlichen Siedlung, in einem Haus mit offener Veranda, und als sie den Polizeiwagen sah, zögerte sie zu öffnen, beobachtete aber alles durch die Fensterläden. Als sie ihn schließlich hereinließ, teilte Menéndez ihr die Nachricht mit und gab ihr die Kette mit dem silbernen Kreuz, die der junge Mann getragen hatte. Die schlanke Frau fing an zu zittern und starrte ihn schweigend an. Menéndez rührte sich erst, als die Frau ihn zu beschimpfen begann, als wäre er der Mörder.

Das nächste Attentat galt Alan Hunter, einem bedeutenden Wissenschaftler aus Yale, der am Institute of Advanced Studies in Princeton studiert hatte und an einem staatlichen Geheimprojekt arbeitete. Schlecht gekleidet, allen akademischen Zeremonien abgeneigt, mehrfach verheiratet und wieder geschieden, lebte er, von mehreren nationalen Sicherheitsdiensten geschützt, in einer Art Bunker. Einer seiner Studenten erklärte, er habe Hunter an jenem Abend nach Hause gefahren und noch gesehen, wie er zu seiner Haustür ging, wo ein Beamter vom Geheimdienst Wache hielt. Der Mann war sofort tot, als direkt vor dem Eingang zwei Bomben mit Plastiksprengstoff detonierten. Die Druckwelle schleuderte Hunter gegen eine große Eiche, wo er in den Ästen des hundertjährigen Baumes hängen blieb. Zwei Stunden später erlag er seinen Verletzungen und inneren Blutungen.

Munk nummerierte die Anschläge, hoffte, auf hundert zu kommen. Er wollte seinen Opfern nie persönlich begegnen, er tötete sie aus der Ferne, ohne ihnen zu nahe zu kommen; für ihn waren sie Teil des Systems, Individuen, die eine Aufgabe erfüllten, mit dem alleinigen Zweck, alles Menschliche an der Gesellschaft zu vernichten. Er griff auf Informationen zurück, die er in jeder einigermaßen gut sortierten Bibliothek fand, las im Internet alle verfügbaren Berichte über den Stand der Ermittlungen und wählte mit diesem Wissen seine Ziele aus.

## 4

In dieser Zeit erhielt sein Bruder einen Brief, in dem Munk ihn darum bat, ihn besuchen zu kommen, bevor der Schnee den Weg zu seiner Hütte in den Wäldern blockieren würde.

Peter brauchte zwei Tage bis Montana und war glücklich, als er am Ende eines steilen, schmalen Wegs auf einer Lichtung Thomas sah, der gerade mit seinem Jagdmesser den Lehm von einer Axt kratzte.

Mit seiner löchrigen Jeans, den Stiefeln und dem karierten Wollhemd wirkte er wie ein Farmer oder Holzfäller aus der Gegend. Im matten Licht der Abenddämmerung sahen sich die Brüder an und waren tief gerührt, als wäre alles, was sie gemeinsam erlebt hatten, sofort wieder da.

Peter war erstaunt, dass Tom einen Papagei besaß. Einen weiblichen Papagei, um genau zu sein. Ein mürrischer gelber Vogel, der ihn aus seinem hölzernen Käfig von der Seite anstarrte. Ja, sagte Munk, das ist Daisy. Nicht dass du denkst, ich hätte niemanden zum Reden.

Als der Papagei hörte, dass sie über ihn sprachen, hüpfte er aufgeregt umher und krächzte mit der Stimme einer verbitterten alten Frau: »Wer ist das, Tom, wer ist das, Tom?« Und weil Munk und sein Bruder weggingen, schrie er mit der brüchigen Stimme eines Irren: »Will ins Hotel, Tom, gehen wir ins Hotel, Tom.«

Sein Bruder habe sich in einen Jäger und Sammler und einen Philosophen wie Diogenes verwandelt, sagte Peter. Der nächste Nachbar wohnte fünf Meilen entfernt, und im Sommer badete Munk nackt im See.

Als die Zeitungen Munks *Manifest* veröffentlichten, las es die ganze Nation. Bis auf Peter, seinen Bruder. »Als Schriftsteller liest er nicht …«, meinte Parker. »Er schreibt bloß!« Keine zwei Wochen später behauptete einer von Peters Studenten in der Literaturwerkstatt in Columbia, wo sie gerade die Vietnamkrieg-Erzählungen von Tim O'Brien diskutierten, dass der Stil von Recycler viel besser sei als der sämtlicher »Kriegsschriftsteller«, die sie im Kurs behandelt hätten.

An dem Abend setzte sich Peter nach dem Essen an den Computer, um den Text des *Manifests* im Internet zu lesen. Er fand vieles richtig, anderes naiv, als ihm plötzlich ein Sprichwort auffiel, das zweimal wiederholt wurde *(You can't eat your cake and have it too)*, eine alte Redensart, die sein Bruder oft benutzte.

Peter rief eine Freundin an, Patricia Connolly, die auch seinen Bruder kannte, und erzählte ihr von seiner Entdeckung. Thomas? Das kann nicht sein, sagte sie, um ihn zu beruhigen. Natürlich nicht, sagte er, und in diesem Moment wusste er, dass das *Manifest* von seinem Bruder stammte.

Er stieg auf den Dachboden, und dort, unter der Schräge der *chambre de bonne* (wie er die Kammer in seiner autobiografischen, im *New Yorker* publizierten Erzählung »Mein Bruder und ich« genannt hatte), zwischen all den wehmütig stimmenden Gegenständen ihrer Kindheit – *Das Magische Gehirn*, der Metallbaukasten, der von Billy Sullivan signierte Baseballhandschuh, der Wimpel der Yankees, die alten, chronologisch sortierten Turnschuhe – fand er in einem Karton mit Fotokopien, Dokumenten und Fotos das auf einer Schreibmaschine getippte Original des Essays *Die gestörte Natur*, den Thomas 1975 an das *Harper's Magazine* geschickt hatte, ohne dass er je veröffentlicht worden wäre. Zwei Absätze stimmten wortwörtlich mit dem *Manifest* überein.

Zwischen den vertrauten Gegenständen sitzend, spürte Peter, dass er etwas unternehmen musste. Es war fast dunkel, und die Schatten der Bäume spiegelten sich in den Fenstern. Wenn Tom der Terrorist war, dachte er, wäre sein Leben zerstört.

Er liebte seinen Bruder mehr als jeden anderen, aber um diese geisteskranken Verbrechen zu stoppen, würde er ihn opfern müssen.

Als Peter seiner Mutter mit fahlem Gesicht die Situation schilderte, ging sie zu ihrem kranken Mann und nahm seine Hand. Mach dir keine Sorgen, Jerzy, sagte sie zu ihm, und dann blickte sie ihren Sohn an und sagte mit eisiger Stimme auf Polnisch:

»Lieber sehe ich dich tot, als zu erfahren, dass du deinen Bruder verraten hast.«

Konvertiten, ehemalige Kommunisten, Menschen, die ihre früheren Überzeugungen verraten haben, sind die wahren *enfants terribles* der gegenwärtigen Politik, sagte Menéndez, und als er Peter sah, war ihm sofort klar, dass Munks Bruder zu dieser Kategorie gehörte.

Hätte Judas Erfolg gehabt, gäbe es heute nicht so viele Probleme in Palästina, erklärte Menéndez. Judas habe begriffen, dass Jesus sich in einen sturköpfigen, kaltherzigen Extremisten verwandelt hatte und die subversiven Predigten des Mannes, der sich selbst der gute Hirte nannte, nur zu Gewalt führen würden.

Menéndez' Männer kamen in kleinen Gruppen in den Ort und richteten sich unter verschiedenen Vorwänden in den Hotels oder bei lokalen Polizisten ein. Keiner wusste, was sie wollten, aber bei Tagesanbruch sah man sie in den Wald aufbrechen und die Umgebung des Tals durchstreifen.

Tom lebte weiter wie bisher und schenkte den seltsamen Vorgängen um ihn herum keine Beachtung. Nur Daisy schien nervös zu sein, krächzte immer wieder »Gehen wir ins Hotel, Tom, gehen wir ins Hotel, Tom« und flatterte dabei aufgeregt in ihrem Käfig hin und her. Am Ende bedeckte Munk den Käfig mit einem schwarzen Tuch, aber das brachte den Papagei erst recht in Rage, und er krächzte noch lauter in einer unverständlichen Sprache, und Munk blieb nichts anderes übrig, als das Tuch wieder zu entfernen.

Schließlich, am Abend des 18. Juni, rückten die FBI-Agenten vor, als hätten sie es mit einer bis an die Zähne bewaffneten Bande zu tun. So gingen sie immer vor. Solange sie nicht im Verhältnis zehn zu eins überlegen waren, rührten sie sich nicht. Die Beamten schlichen sich zwischen den Bäumen an und beobachteten das in der Hütte flackernde

Licht; es war noch nicht vollständig dunkel, und während sie warteten, fing der Papagei plötzlich laut zu krächzen an. Wer ist das, Tom, wer ist das? Munk trat ans Fenster. Einen Moment lang stand er reglos da, während ihn die Scharfschützen ins Visier nahmen. Aber da war er schon wieder im Inneren der Hütte verschwunden.

Der Sheriff ging zur Tür und klopfte zweimal leise an, so wie er es immer tat. Als Thomas Munk öffnete, stürmte die Meute los und überwältigte ihn. Triumphierend betrat Menéndez die Hütte. Von Beamten zu Boden gedrückt, hob Tom den Kopf.

»Wie habt ihr mich gefunden?«

»Dein Bruder«, sagte Menéndez, um ihn zu beruhigen.

»Ohne ihn hätten Sie es also nicht geschafft.«

Einer wie der andere, meinte Parker. Jeder der Beste auf seinem Gebiet.

Die Hütte war ordentlich und sauber, mit Bücherregalen an den Wänden und Gläsern voller Sprengstoff auf den oberen Brettern. Waffen schien es nicht zu geben. Sie durchwühlten die Schubladen und verstreuten alles auf den Boden. Wonach suchten sie? Unterdessen hatte sich Munk, an Händen und Füßen gefesselt, an den Schreibtisch gesetzt und begonnen, in einem Buch über Mathematik zu lesen.

Als sie fertig waren – verblüfft, dass dieser Mann, an einem solchen Ort, zu solchen Taten fähig gewesen war –, zwangen sie ihn aufzustehen. Zwingen ist zu viel gesagt, es genügte eine Handbewegung, und Thomas Munk erhob sich mit der Würde und der Arroganz eines politischen Gefangenen.

5

Was die Medien am meisten beschäftigte, war die Frage, wie so etwas möglich war, wie so etwas geschehen konnte. Das war nicht mehr die amerikanische Tradition des einsamen Mörders, der aus heiterem Himmel eine Bar betritt und die Gäste erschießt, weil er am Abend zuvor keinen Irish Coffee bekommen hat, oder des Highschool-Schülers, der wahllos Leute umbringt, weil ihn die anderen »Dicker« genannt haben und er in der Sportprüfung durchgefallen ist. Oder des Supermarktkassierers, der gefeuert wurde und auf ein Hochhaus steigt und in einem Akt individueller politischer Gewalt alle tötet, weil es keine Gewerkschaften oder soziale Einrichtungen mehr gibt, an die er sich hätte wenden können. Die Geschichte einer Gesellschaft, die Individualismus und Entpolitisierung auf ihre Fahne geschrieben hat, ist reich an solchen Ereignissen. Aber hier ging es um einen Mann aus der akademischen Elite, der jahrelang aus Gründen, die nicht persönlicher, sondern politischer oder ideologischer Natur waren, systematisch Gewalttaten begangen und sich lange Zeit erfolgreich dem Verfolgungsapparat des FBI entzogen hatte.

Er handelte allein, ein *Selfmademan,* der für die Werte seiner Kultur stand, ein waschechter Amerikaner, aber sein Leben symbolisierte nicht den Erfolg des Systems, sondern sein Scheitern. Dass keiner etwas geahnt und er nie mit jemandem geredet hatte, war das eigentlich Ungewöhnliche, aber auch das typisch Amerikanische an der Geschichte. Wer Munk kannte, war geschockt, und viele konnten nicht glauben, dass derselbe Mann ein Terrorist und Mörder sein sollte.

Eines Abends klopfte Nina wieder an die Fensterscheibe, und wir sahen uns gemeinsam die Nachrichten an. Aufgrund des Zeitunterschieds war es schon spät, als wir in den *ABC News* zum ersten Mal Thomas Munk sahen. Er wurde zum Gericht gebracht und stieg in einem orangefarbenen Overall, mit stoppeligem rotem Bart, aber einem Lächeln auf den Lippen, aus dem Polizeitransporter. Er sah aus wie ein Wilder, ein Mann aus den Wäldern, und als er die Kamera sah, hob er die gefesselten Hände und ballte wie ein siegreicher Soldat die Faust. Auch seine Füße waren gefesselt, sodass er sich nur mühsam fortbewegen konnte. Die Vorverhandlung fand in Jefferson statt, anschließend würde man ihn an das kalifornische Bundesgericht in Sacramento überstellen.

In den Hinterhalt gelockt, sagte Nina. Von der Welt verraten. Ein Einzelkämpfer. Schwer, etwas Vergleichbares in der Geschichte zu finden. Fast zwanzig Jahre lebte er wie ein Robinson und führte seinen einsamen Kampf gegen den globalen Kapitalismus. In der Hütte fand man ein Tagebuch, in dem er – teils auf Spanisch, teils verschlüsselt – über sein Leben und seine Anschläge geschrieben hatte.

Der Staatsanwalt forderte die Todesstrafe, trotzdem weigerte sich Munk, auf die Anwälte einer renommierten New Yorker Kanzlei zu hören, die sein Bruder beauftragt hatte und die ihm nahelegten, auf Unzurechnungsfähigkeit zu plädieren. Er lehnte ab und verlangte, seine Verteidigung selbst zu übernehmen.

Sich zu weigern, aufgrund von Wahnsinn vor dem Tod gerettet zu werden, war für die Anwälte der Beweis, dass er tatsächlich verrückt war. Nur Irre behaupten, nicht verrückt zu sein. Munk entgegnete, dass die Diskussion um seinen vermeintlichen Wahnsinn kein Teil des Verfahrens, sondern nur sein Resultat sein könne. (»Man sieht etwas als gegeben an, was Gegenstand der Untersuchung sein sollte.«) Nicht seine Person solle im Mittelpunkt der juristischen Debatte stehen, sondern das, was er getan und geschrieben habe. Kein Mensch sei einfach nur ein Mörder oder Wahnsinniger, sondern – gleichzeitig oder nacheinander – vieles andere mehr, aber eine Tat könne sehr wohl anhand ihres Charakters, ihrer Ziele und ihrer Folgen definiert werden. Der Staat, sagte er, wolle ihn für schwachsinnig erklären, um seine politischen Äußerungen als Wahn abzutun. Seine Argumente und Motive zählten nicht, was typisch sei für die USA, wo radikale politische Äußerungen als Zeichen von Geisteskrankheit gälten. Jemanden für verrückt zu erklären und ihm das Recht auf Selbstverteidigung abzusprechen gehörte für Munk zu den Methoden der sowjetischen Psychiatrie, die immer behauptet hatte, die Dissidenten seien wahnsinnig, da kein vernünftiger Mensch gegen das Sowjetregime sein könne, dieses Paradies, das den Sinn der Geschichte verkörpere. Jetzt, wo die USA den Kalten Krieg gewonnen hätten, halte man auch hier die Gegner für nicht ganz bei Trost und sich selbst für die perfekte Welt, von der Leibniz gesprochen habe. Ich habe die Gewalt nicht erfunden, sagte Munk, es gab sie schon und wird sie immer geben. Oder gelten nur Gewaltakte mit politischem Ziel als Taten von Verrückten? Im Grunde genommen, sagte er, ist nur verrückt, wer sich dem System widersetzt, alle anderen sind lediglich Kriminelle.

Die Diskussion drehte sich vor allem um das *Wie* (wie hatte Munk getan, was er getan hatte?) und nicht darum, *warum* er es getan hatte. Bei politischen Ereignissen wurde diese Frage nie gestellt (warum hatte Oswald Kennedy getötet?), nur das Wie interessierte (er hatte mit einem Präzisionsgewehr vom oberen Stockwerk eines Bürogebäudes geschossen), und wurde doch einmal nach den Gründen gefragt, hieß die Antwort immer Wahnsinn.

Tom wollte weder seinen Bruder noch seinen Vater sehen und war nur dazu bereit, seine Mutter zu empfangen, die »polnische Pianistin«, wie sie die Medien nannten. Sie war selbstbewusst und tapfer, und weil sie nicht jammerte und immer ihre Meinung sagte, mochten sie die Journalisten nicht. Mein Sohn ist nicht verrückt, auch wenn seine Taten unbegreiflich wirken. Hören Sie ihm zu, bevor Sie ihn verurteilen. Sie allein schien ihn zu verstehen und auf seiner Seite zu sein, was als Beweis betrachtet wurde, dass mit der Frau etwas nicht stimmen konnte. Es gab Andeutungen, diese exzentrische, verwirrte polnische Klavierspielerin sei die wahre Verantwortliche für die Taten ihres Sohnes. Wenn sie nach ihren Besuchen aus dem Gefängnis kam, blieb sie nicht stehen, und nur ein einziges Mal reagierte sie auf die Äußerungen eines Reporters der NBC, der Munk als das Monster aus den Wäldern bezeichnet hatte.

»Kennen Sie ihn? Haben Sie mit ihm gesprochen?«

»Ich weiß, was er getan hat.«

Ihre Antwort ging im Geschrei der Schaulustigen unter, die sie hasserfüllt beschimpften.

Sie besuchte ihn jeden Tag, aber weil sie Angst hatte, ihr Sohn könne zum Tode verurteilt werden, gab sie nach und unterschrieb das Schreiben, das seinen Wahnsinn bestätigte. Von da an wollte ihr Sohn sie nicht mehr sehen. Munk weigerte sich, seine Prinzipien zu verraten, um sein Leben zu retten. Er hatte das Recht auf Selbstverteidigung, es sei denn, er wäre verrückt, und sein Bruder stritt weiter darum, dass man ihn für unfähig erklärte, seine eigene Verteidigung zu übernehmen.

Neben Journalisten und Anwälten und den vielen Neugierigen, die gekommen waren, um ihn zu beschimpfen und in die Kameras zu winken, gab es eine kleine Gruppe von Aktivisten, die vor dem Gerichtsgebäude gegen die Todesstrafe demonstrierten. Sie verlangten einen politischen Prozess statt eines Strafverfahrens und hielten Plakate mit Fotos von Munk aus seiner Studentenzeit und der Aufschrift *Bush ist der wahre Mörder* in die Höhe. Abseits von den anderen hatte ein einsamer Demonstrant auf ein Schild geschrieben: *Munk, zeig uns den Weg*. Er war der Erste, der abgeführt wurde.

Anfang August wurde Munk nach Sacramento überstellt, wo der eigentliche Prozess stattfand. Der Staatsanwalt begann sein Plädoyer, die Öffentlichkeit teilte die Anklagepunkte, doch das Gespenst der Todesstrafe, das über allem schwebte, erschwerte die weitere Debatte.

Einer der vom Gericht berufenen Psychoanalytiker sagte in *The Nation* über Thomas Munk und dessen Ansichten: »*That is not only fascinating but illuminating and persuasive. Terrorists use ideas to justify apalling acts of violence but ideas alone do not create terrorists. Munk emerges not as a clinically insane person but as a brilliantly twisted, deluded, enraged, and evil man. The specialist shows how technological society is partly, but not wholly, to blame for the creation of a Munk.*« Ein namhafter Jurist, Dr. Hamilton jr., bestätigte in einem Interview mit der *Village Voice*, dass Munk fundierte Gründe für seine Taten habe. »Wir haben es hier mit klaren logischen Argumenten zu tun. Ich hatte die Möglichkeit, ihn in diesen Tagen persönlich kennenzulernen, und in keinem unserer Gespräche und in keiner Untersuchung zeigte er auch nur das geringste Anzeichen von Geisteskrankheit. Er ist ein intelligenter, vernünftiger und freundlicher Mensch. Gewiss sind seine Argumente nicht mit den Morden vereinbar, die er begangen hat, aber man sollte nicht vergessen, dass es zahlreiche Fälle gibt, wo jemand mit gutem Gewissen sagen kann: ›Ja, es gibt eine ethische Rechtfertigung für das Töten.‹ Im Übrigen halten unsere Regierungen Mord durchaus für legitim, wenn es dabei um militärische Ziele geht. Im *Manifest* und in seinen Äußerungen macht Mr Munk im Grunde nichts anderes. Aber darf sich ein Individuum gegen den Staat auflehnen?«

»Ja, ja, der Staat«, sagte Nina. »Sie hätten ihn nie geschnappt, wenn ihn sein Bruder nicht verraten hätte. Unglaublich, oder?«

Wir saßen bei ihr im Wohnzimmer, bei eingeschalteter Klimaanlage, denn draußen herrschte große Hitze. Die

Fische schwammen in ihrem runden Glas, und Nina sah mich mit ihren sanften blauen Augen an.

Kann man Verrat gutheißen? Sie sähe ihn lieber tot, als zu erfahren, dass er seinen Bruder verraten hat, hatte Thomas Munks Mutter zu seinem Bruder gesagt. Recht so. Verrat war durch nichts zu rechtfertigen. Verrat war durch nichts zu rechtfertigen?, fragte Nina und rezitierte mit leiser Stimme die Verse von Anna Achmatowa:

*Der Feind versucht sie: »Nun sage!«*
*Aber kein Wort, keine Klage*
*entfährt ihr.*

Wie seine Opfer hatte auch Munk seine Gefühle durch Ideen, sein Mitleid durch Überzeugungen ersetzt. Wie sie stahl er nicht, entführte er nicht, verlangte er kein Geld. Seine Opfer waren für ihn Räder in einem zerstörerischen System. Wie sie hoffte er, das Unverständliche werde eines Tages einen Sinn ergeben. Gab es diesen Sinn? Ja, denn es gab eine Ordnung, aber man durfte kein Mitleid haben, um ihn in alldem Chaos zu entdecken.

»Um Munk wirklich zu begreifen, müsste man sich mit ihm unterhalten«, sagte Nina. *Unterhalten,* als wäre er ein Freund, den man um eine Erklärung bittet. »Mit ihm reden.«

Ich beschloss zu gehen und stand auf. Nina hatte vor, den Sommer in Europa zu verbringen, wo eine ihrer Töchter lebte.

»Ich werde dich vermissen, mein Lieber«, sagte sie zu mir.

Wir verabschiedeten uns im Garten, und da er direkt an meinen grenzte, stieg ich einfach über den Zaun. Ich ging ins Arbeitszimmer hoch und sah aus dem Fenster. Sie stand bei ihren Pflanzen (Tulpen, Azaleen, blaue Glockenblumen), die dank ihrer Fürsorge den Winter überlebt hatten und jetzt blühten.

Ich musste Munk kennenlernen. War das möglich? Der Gedanke ging mir nicht mehr aus dem Kopf, bis mir ein paar Wochen später, es war Mitte Juli, ein Grund für einen Besuch im Gefängnis einfiel.

# Zehntes Kapitel

Die Hitze hatte den Ort in eine wahre Wüste verwandelt; die Studenten waren weg, die Sekretärinnen arbeiteten nur noch vormittags, die Bibliothek hatte abends geschlossen. Nina war bereits in kühlere Gefilde aufgebrochen. Ich kümmerte mich um ihr Haus, goss die Pflanzen, öffnete nachts die Fenster, um ein wenig frische Luft hereinzulassen, und fütterte die Fische, die in ihrem runden Glas die immer gleichen Bahnen zogen.

Orion blieb bei seinen kreisförmigen Spaziergängen (der Parkplatz vor dem Blue Point, die Lieferzufahrt vom Davidson's Market, die schattige Bank, der alte Wartesaal des Dinky); er hatte das Radio dabei und trug wie immer seinen weißen Regenmantel und einen Schal, denn für seine kalten Knochen konnte es nicht warm genug sein. Wenn ich auf dem Weg zum Büro über den Campus ging, grüßte er mich jedes Mal von Weitem.

Ich war allein zurückgeblieben, und in dieser Einsamkeit musste ich verschiedene Entscheidungen treffen: Ende des Monats sollte ich meine Sachen packen und Professor Huberts Haus räumen, ich musste entscheiden, ob ich nach Buenos Aires zurückgehen oder das Angebot aus Berkeley annehmen sollte. Ich hatte ein paarmal mit ihnen telefoniert und einen kleinen Vortrag – eigentlich einen *job talk* – über den Gebrauch des kontrafaktischen Konditionals in Kurzformen vorbereitet und stellte mich darauf ein, nach Kalifornien zu reisen, ohne eine Ahnung, was ich danach machen würde. Bis dahin vertrieb ich mir die Zeit, ging spazieren und suchte mir ein schattiges

Plätzchen in einem nahen Park oder hing an möglichst neutralen Orten wie dem Supermarkt herum, wo es kühl und leer war und man in den hellen Gängen seinen Einkaufswagen füllen und an der Kasse warten konnte, bis der einzige Angestellte, fast immer ein Dominikaner oder Pakistani, hinter einem durchsichtigen Plastikvorhang auftauchte. Hin und wieder lieh ich mir einen Film in der öffentlichen Bibliothek oder ging im Small World einen Kaffee trinken. Manchmal kam mich Elizabeth besuchen, denn ich fuhr nicht mehr nach New York, die Stadt mit ihren vielen Autos und streunenden Katzen verwirrte mich.

Nervös wie ich war, verbrachte ich die meiste Zeit außer Haus. Ich lief durch die Straßen und verkroch mich bei verschlossenen Fenstern in meinem Büro auf dem Campus. Mir gefiel das leere Gebäude, die Lampen, die von allein angingen, wenn ich die klimatisierten Flure durchquerte. Meistens kam ich am späten Vormittag und blieb bis zum Abend, ohne etwas Besonderes zu tun. Ich schlug die Zeit tot, machte mir in der kleinen Küche beim Aufenthaltsraum einen Kaffee und knabberte die Nüsse und Mandeln, die bei der letzten Party übriggeblieben waren.

Das Büro war so gut wie leer, ich hatte die Bücher in die Bibliothek zurückgebracht, und in den Regalen befanden sich bloß noch ein paar alte Prospekte von Symposien und Kongressen, Rundschreiben, Broschüren der Modern Language Association, Kataloge von Universitätsverlagen, eine Zeitschrift *(New German Critique)*, die einer meiner Vorgänger abonniert hatte, drei oder vier Bücher über deutsche Literatur und verschiedene Wörterbücher. Und ein paar Ordner mit alten Prüfungen, Dissertationsthemen, Dossiers, Seminarberichten und Fotokopien von Artikeln, die kein Mensch mehr las. Unzählige Jahre der Arbeit, angehäuft in einem Büro, das Generationen von Literaturprofessoren beherbergt hatte. Bis sich eines Abends, ich wollte gehen und hatte bereits die Tür geöffnet, das Licht aus dem Flur auf dem roten Einband mit dem orangefarbenen Oval einer Penguin-Classics-Ausgabe von Joseph Conrads *The Secret Agent* spiegelte. Das Buch hatte die ganze Zeit auf einem der unteren Regalbretter gestanden, deutlich sichtbar und unsichtbar zugleich, und wenn der Lichtschein nicht genau in dieser Sekunde auf das Buch gefallen wäre, hätte ich es nie gesehen. Ida hatte es in ihrem Seminar behandelt und mir an jenem unheilvollen Nachmittag dagelassen.

Aber warum? Ich dachte darüber nach, während ich mir nervös eine Nuss nach der anderen in den Mund steckte. Plötzlich erinnerte ich mich, wie Ida in einem Bioladen im Village zweihundert Gramm Caribbean Mix gekauft hatte, eine Mischung aus Nüssen, Mandeln, Trockenfrüchten und Rosinen.

Erinnerungen folgen keiner Ordnung und lenken uns oft von unseren eigentlichen Gedanken ab. Mich interessieren solche überraschenden Erinnerungen nicht besonders, sie sind wie ein Fabrikationsfehler, eine Fehlplanung. Der absurde Fluss vergessener Erinnerungen trübt die Seele und lenkt uns von unseren wahren Überlegungen ab. Ja, wir hatten Nüsse und Mandeln gegessen, als wir an dem Wochenende in New York im Bett lagen. Aber ich wollte an etwas anderes denken, den Moment auf dem Flur, als sich Ida – die Handtasche über der Schulter, in der linken Hand die Post, in der rechten verschiedene Unterlagen – mit einer seltsamen Mischung aus Freude und Ärger zu mir umdrehte.

Vielleicht wollte sie etwas zu dem Buch sagen, aber ich unterbrach sie und redete lieber über unser Treffen am nächsten Abend (Hyatt Hotel). Oh, diese drängende Leidenschaft, man lebt immer in der Gegenwart. Sie bat mich, ihre Papiere zu halten, und suchte nach einem Stift.

Wozu? Ich weiß es nicht mehr, ich erinnere mich nur, wie sie in ihrer Handtasche wühlte und lächelnd sagte, ja, klar, aber jetzt müsse sie gehen. Und dann fragte sie noch, warum ich die Konferenz verlassen hätte. (Um ihr die Nummer des Zimmers mitzuteilen, das ich reserviert hatte, erinnere ich mich jetzt.) Sie ging in Richtung Fahrstuhl, und ich stand da, in der Hand einige Broschüren und den Roman von Conrad. Vielleicht war es Zufall, aber im Rückblick lassen die tragischen Ereignisse jedes noch so kleine Detail bedeutsam erscheinen. Auf dem Buchrücken stand die Nummer ihres Seminars (COMP. 555), die Broschüren waren überflüssige Bekanntmachungen des *dean of the faculty* oder Warnungen irgendwelcher Pfadfindergruppen vor *sexual harassment.* (»Schließen Sie nie die Tür Ihres Büros, wenn Sie Studierende empfangen. Verabreden Sie sich nicht aus privaten Gründen mit Studierenden. Reden Sie die Studierenden nicht mit ihrem Vornamen an.«) Ida hatte *Der Geheimagent* in der ersten Märzhälfte behandelt, am Donnerstag, den 7., genau eine Woche vor dem schrecklichen Tag. Es war wie ein Zeichen, jeder begegnet seinem Orakel an der Kreuzung des vorherbestimmten Weges.

Ich hatte den Roman vor langer Zeit gelesen, aber jetzt brachten mich Idas Markierungen dazu, ihn noch einmal leidenschaftlich zu verschlingen – wie jemand, der auf dem Plan einer bekannten Stadt neue Strecken zurücklegt. Durch Idas Anmerkungen wirkte er wie ein anderes Buch, wie eine persönliche Botschaft. Ida hatte methodisch die Stellen markiert, die ihr bedeutsam erschienen. Im Grunde nichts Besonderes, persönliche Zeichen, Unterstreichungen, kaum lesbare Symbole, zum Beispiel ein liegendes »v« (>) oder ein Ausrufezeichen (!), und neben besonders interessante Stellen hatte sie ein »Achtung« geschrieben und den Absatz mit mehreren senkrechten Strichen versehen. Geschwungene Klammern, die Sätze einrahmten, Pfeile, leicht gewellte Linien oder absolut gerade Striche (als hätte sie ein Lineal benutzt) waren Fährten, Spuren, und ich folgte den Zeichen, als läse ich mit ihr!

Manchmal lenkte mich ein plötzliches Bild oder eine Erinnerung ab, und ich verlor mitten auf der Seite die Orientierung. Ich stellte mir Junior vor, wie er nackt (aber mit Brille) in meinem Bett in Congreso lag und amüsiert die Anmerkungen in meinen Büchern (oder meine Anmerkungen in den Büchern) betrachtete. »Was für ein Spinner, was der alles unterstreicht ... Hier, hör dir das an«, sagte er, während sich Clara, den Körper zu einem grazilen griechischen Bogen gestreckt, die Fußnägel lackierte, zwischen den Zehen Wattebäusche, ein Geruch von Aceton im Raum ... Ich spürte den intimen Duft in der Nase! Eine bösartige Madeleine, die mich von den Bleistiftstrichen meiner Ariadne ablenkte (man unterstreicht nie etwas mit Tinte). Wenn man sich erinnert, ist das Erste, was leidet, die Syntax, und ich las Idas Botschaft sprunghaft, ohne irgendeine Struktur. Aber war es überhaupt eine Botschaft? Es gab Seiten ohne Markierungen. Wir machen alle das Gleiche, wenn wir in ein Buch schreiben, um später – beim erneuten Lesen – den Spuren zu folgen. Und genau das tat ich! Ich folgte ihren Spuren wie den phosphoreszierenden Schildern auf der Autobahn *(Last Exit to Holland Tunnel)*, bis ich nach und nach begriff, dass die Markierungen *etwas* bedeuteten.

Ida war niemand, der einfach so aus Spaß irgendetwas unterstrich, mit dicken Linien, alles Mögliche, das sie selbst gerne geschrieben hätte. Vielmehr strickte sie mit ihren Zeichen eine verborgene Erzählung, mit leiser Stimme, kleinen Hinweisen, wie ein sanftes Flüstern, das die stummen Buchstaben begleitete, und ich hörte wieder ihre raue Stimme, sah ihr strahlendes Gesicht auf dem Kissen, diese Art von Erinnerungen. Manchmal unterstrich sie ein Wort, *dynamite* zum Beispiel, und einige

Seiten später *cool*. In persönlichen Anmerkungen und Unterstreichungen erkennt man sofort das Wesen einer Frau wieder (aufmerksam, peinlich genau, persönlich, provokant), denn wenn man einen Menschen liebt, gleichen ihm sogar die diskreten Zeichen, die er in einem Buch zurücklässt.

Von Idas Zeichen geleitet, offenbarte Conrads Roman eine ebenso sichtbare wie verborgene Handlung. Ein Anarchist in London beschließt, das Observatorium von Greenwich in die Luft zu sprengen, um die Mächtigen in Panik zu versetzen und die Unterdrückten und Ausgebeuteten wachzurütteln. (In der Pariser Kommune zerstörten die aufständischen Arbeiter alle Uhren der Stadt.) Der Anschlag misslingt, ermöglicht aber die Einführung einer zentralen Figur (die allerdings im Roman nur zweitrangig ist): den Professor. Ein berufsmäßiger Revolutionär, der seine akademische Karriere aufgegeben hat, um sich einer Gruppe von Anarchisten anzuschließen und ihre Aktionen zu lenken. Dieser Figur galt Idas Interesse: *Die Überzeugung* (hatte sie mit winziger Schrift an den oberen Rand geschrieben).

Dem Professor mangelt es an der sozialen Tugend der Resignation: Er unterwirft sich nicht dem Imperativ des *Gegebenen* (meine Hervorhebung), er ist ein Rebell, der für seine Ideale und Überzeugungen lebt. So wie der Eremit alles seinen mystischen Visionen unterordnet, widmet er sein Leben dem Umsturz der bestehenden Werte und macht seine soziale Isolation zur Voraussetzung für den politischen Erfolg. »Ich habe das Zeug in mir, allein zu arbeiten, ganz allein, absolut allein. Ich habe jahrelang allein gearbeitet.« Ida hatte die Sätze mit einer zittrigen Linie unterstrichen (als hätte sie während einer unruhigen Zugfahrt mit der New Jersey Transit in dem Buch gearbeitet oder beim Lesen plötzlich einen Schreck bekommen).

these institutions which must be swept away before the F.P. comes along?'

Mr Verloc said nothing. He was afraid to open his lips lest a groan should escape him.

'This is what you should try for. An attempt upon a crowned head or on a president is sensational enough in a way, but not so much as it used to be. It has entered into the general conception of the existence of all chiefs of state. It's almost conventional – especially since so many presidents have been assassinated. Now let us take an outrage upon – say, a church. Horrible enough at first sight, no doubt, and yet not so effective as a person of an ordinary mind might think. No matter how revolutionary and anarchist in inception, there would be fools enough to give such an outrage the character of a religious manifestation. And that would detract from the especial alarming significance we wish to give to the act. A murderous attempt on a restaurant or a theatre would suffer in the same way from the suggestion of non-political passion; the exasperation of a hungry man, an act of social revenge. All this is used up; it is no longer instructive as an object lesson in revolutionary anarchism. Every newspaper has ready made phrases to explain such manifestations away. I am about to give you the philosophy of bomb throwing from my point of view; from the point of view you pretend to have been serving for the last eleven years. I will try not to talk above your head. The sensibilities of the class you are attacking are soon blunted. Property seems to them an indestructible thing. You can't count upon their emotions either of pity or fear for very long. A bomb outrage to have any influence on public opinion now must go beyond the intention of vengeance or terrorism. It must be purely destructive. It must be that, and only that, beyond the faintest suspicion of any other object. You anarchists should make it clear that you are perfectly determined to make a clean sweep of the whole social creation. But how to get that appallingly absurd notion into the heads of the middle classes so that there should be no mistake? That's the question. By directing your blows at something outside the ordinary passions of humanity is the answer. Of course, there is art. A bomb in the National Gallery would make some noise. But it

35

Etwas später verwiesen ähnliche Markierungen auf die Theorie der direkten Aktion; man musste keine perfekte Gesellschaft anstreben, man musste sich nicht nach den

Hoffnungen der guten Seelen richten; die Armen, Erniedrigten und Verzweifelten waren nicht der Vorwand für das Handeln derer, die vom System verstanden – und akzeptiert – werden wollten; es gab nichts zu bitten, man musste das Machtzentrum mit einer aggressiven, rätselhaften Botschaft direkt angreifen. »Niemand kann voraussagen, welche Gestalt das gesellschaftliche Gefüge in der Zukunft annehmen wird. Warum sich also in fantastischen Prophetien ergehen?«

Ich erinnere mich, wie ich das Buch zur Seite legte und wie ein Schlafwandler durch die leeren Gänge lief. Die bruchstückhaften, von Ida angestrichenen Stellen bildeten eine Struktur, die – im Gegenlicht betrachtet – Munk erkennen ließ; nicht die Wahrheit, nur die Verknüpfung zweier unbekannter Größen, die, wenn man sie miteinander verband, etwas enthüllten. Sie hatte das Buch bei mir liegen lassen, bevor sie ermordet wurde! War es ein Hinweis? Wusste sie Bescheid? War sie in Gefahr gewesen?

Es gab keine Nüsse mehr, und ich fing an, die trockenen Kekse zu essen, die wie Pappe schmeckten. Ich begriff, was mir Ida zeigen wollte: Es war ein Spinnennetz, ein Geflecht, der Ariadnefaden. Ich trennte die unterstrichenen Sätze voneinander.

*Ein Anschlag auf ein gekröntes Haupt oder auf einen Präsidenten mag in seiner Art aufsehenerregend sein, aber nicht so, wie das früher üblich war. Seine Möglichkeit ist in den allgemeinen Existenzbegriff aller Staatsoberhäupter eingegangen. Derlei ist ja schon beinahe konventionell – zumal seit so viele Präsidenten ermordet worden sind.*

*Nehmen wir nun einen Gewaltakt gegen – sagen wir, eine Kirche. Schrecklich genug auf den ersten Blick, zweifellos, und doch nicht so wirkungsvoll, wie ein Mensch von durchschnittlichem Verstand meinen könnte. So revolutionär und anarchistisch das Beginnen auch wäre, es würde genug Tröpfe geben, die solch einem Gewaltakt den Charakter einer religiösen Demonstration zuschrieben. Und das würde nur von der alarmierenden Bedeutung ablenken, die wir dem Anschlag zu verleihen gedenken.*

*Ein mörderisches Attentat auf ein Restaurant oder ein Theater würde gleichermaßen unter dem Verdacht leiden, aus unpolitischer Wut verübt worden zu sein; die Verzweiflungstat eines hungrigen Mannes, ein Akt sozialer Rache.*

*All das ist abgenutzt, ist nicht mehr instruktiv im Sinne eines Lehrbeispiels für revolutionären Anarchismus. Jede Zeitung hat ihre stereotypen Wendungen, um solche Demonstrationen wegzuerklären.*

*Bei Letzterem könnten sie immer sagen: »Ach, das ist bloßer Klassenhass.« Aber was soll man zu einem Akt destruktiver Wildheit sagen, der so absurd ist, dass man ihn schon unverständlich, unerklärlich, ja beinahe undenkbar oder gar wahnsinnig nennen könnte?*

*Die Demonstration muss gegen Gelehrsamkeit – gegen Wissenschaft gerichtet sein. Aber nicht jede Wissenschaft kommt hier infrage. Dem Überfall muss die ganze haarsträubende Sinnlosigkeit einer willkürlichen Gotteslästerung eignen. Da Bomben Ihr Ausdrucksmittel sind, wäre es am wirkungsvollsten, Sie würfen eine Bombe mitten in die Mathematik.*

Thomas Munk setzte dieses Glaubensbekenntnis in die Tat um. Ist es nicht bemerkenswert, dass eine Serie von Ereignissen und der Charakter eines konkreten Menschen beschrieben werden können, indem man Auszüge aus einem Roman zitiert? Es war nicht die Wirklichkeit, die das Verständnis eines Romans ermöglichte, es war ein Roman, der eine jahrelang unverständlich gebliebene Wirklichkeit durchblicken ließ.

Die Abstraktion des Lesens von Büchern hat etwas Einsames und Perverses, und in diesem Fall hatte sie sich in einen Lebensentwurf verwandelt.

All das erinnerte mich an die Leser des I Ging, die sich in ihren Handlungen von dem Buch leiten ließen. Als hätte Munk in der Literatur einen Weg und eine Figur gefunden, um sein geheimes Handeln zu definieren. Ein Leser, der den Sinn in der Literatur sucht und diese im eigenen Leben in die Tat umsetzt. Die Macht des Menschen, sich vorzustellen, man wäre ein anderer, und sich eine neue Persönlichkeit für sich auszudenken, wird Bovarysmus genannt. Der Begriff geht auf Emma Bovary zurück, die Protagonistin aus Flauberts Roman. Jules de Gaultier (*Le bovarysme,* 1906) dehnte die Bedeutung des Begriffs aus, indem er ihn auf die Vorstellungen bezog, die Menschen von sich haben. In einer Gesellschaft, die das Imaginäre kontrolliert und das Kriterium der Wahrheit zur Norm erklärt, müsste der Bovarysmus eigentlich um sich greifen und die Menschen ermutigen, sich ihre Illusionen zu bewahren.

Meine Freunde in Buenos Aires hatten dasselbe getan: Sie lasen Che Guevaras *Guerillakrieg – eine Methode* und gingen in den Untergrund. Sie lasen *Was tun?* von Wladimir Iljitsch Uljanow, Lenin, und gründeten die Partei des Proletariats. Sie lasen Gramscis *Gefängnishefte* und wurden Peronisten. Sie lasen die Werke von Mao Tse-tung und verkündeten noch im selben Moment den Beginn des Volkskriegs.

Aber Munk war radikaler. Im Sumpf der heutigen Welt, ohne Träume und Hoffnungen, ohne gesellschaftliche Utopien und wirkliche Alternativen zum Status quo, wählte er – wie Alonso Quijano – den Glauben an die Fiktion.

Er war eine Art Quijote, der erst völlig gebannt Romane verschlingt und dann loszieht, um sie nachzuleben. Aber er war sogar noch radikaler, denn seine Taten erschöpften sich nicht in Worten wie im *Quijote* (Cervantes hatte dafür gesorgt, dass sein Held niemanden umbrachte, der arme Teufel), sondern hatten sich in wirkliche Ereignisse verwandelt.

In Conrads *Mit den Augen des Westens* begegnet der Doppelagent Razumow, eine wahrhaft kafkaeske Figur, einer heldenhaften, im Exil lebenden russischen Revolutionärin, die zu ihm sagt: »Denken Sie daran, Razumow, dass Frauen, Kinder und Revolutionäre die Ironie hassen, weil sie alle rettenden Instinkte verneint. Jeden Glauben, jede Hingabe, jede Tat.« Hatte Munk die Literatur wörtlich genommen?

Der Entschluss, das eigene Leben zu ändern: Das ist Conrads großes Thema. In *Lord Jim* beschließt der Held, der in einem feigen Moment von seinem kenternden Schiff springt, die Vergangenheit zu ändern und sich in einen mutigen Mann zu verwandeln, so wie Jay Gatsby, der eine Villa am Meer kauft und Partys gibt, um die Frau zu verführen, die ihn Jahre zuvor verlassen hat. Die Vergangenheit ändern, ein anderer werden, aufhören, ein Professor zu sein, und sich in einen Mann der Tat verwandeln. Wie Kurtz in *Das Herz der Finsternis,* der Intellektuelle, der Nietzsche-Leser, der aus purer Herrschsucht in den dunklen Tiefen des Kongo sein Reich errichtet: das Reich des Bösen.

Ich war so aufgeregt, dass ich zu Orion ging und ihm von meiner Entdeckung erzählte. Wir saßen auf der Bank unter den Bäumen. Er zappelte pausenlos herum, vielleicht bissen ihn die Wanzen, vielleicht hatte auch ihn eine Art Conrad'sche Unruhe befallen. Wer war er letztendlich? Mein einziger Freund in der Fremde. Er hörte resigniert, aber aufmerksam zu (auch wenn er hin und wieder das

Radio einschaltete, aus dem die Nachrichten und der Wetterbericht schallten), bis er plötzlich inmitten von perfekt konstruierten Sätzen und einzelnen konfusen Wörtern leise murmelte: »Man muss die Polizei an der Nase herumführen.«

Ich verbrachte mehrere Tage mit Conrads Büchern, aber statt einen Essay zu schreiben, entschloss ich mich zu handeln und mit Parker zu reden. In der Tat, sagte er, habe Munk 1984 seiner Familie erzählt, dass er Conrads Roman gut ein Dutzend Mal innerhalb der letzten Jahre gelesen habe. Das FBI hatte erfahren, dass sich Thomas Munk in den Hotels, von wo aus er seine Anschläge ausführte, wiederholt als Conrad oder Konrad ausgegeben hatte. Auch mit Kurtz hatte er unterschrieben, und in Missouri mit Marlow. Außerdem glichen die Initialen auf den Bomben (FC) der Signatur auf den anarchistischen Pamphleten im Roman (FP).

Dr. David Horn, Literaturprofessor in Harvard und Spezialist auf dem Gebiet der forensischen Literatur, hatte während der Prüfung der Dokumente für die anstehende Gerichtsverhandlung erklärt: *»His evident use of fiction to help him make sense of his life.«* Laut Dr. Horn bildete sich Munk offenbar ein, die Romanfigur – *»the character«* – in einer großen Geschichte zu sein. *»The printed word was his universe.«*

Munk hatte geglaubt, niemand würde die Verbindung zwischen dem Buch und seinem Leben erkennen. Deshalb lag der Schlüssel für mich darin, dass Ida dies beim Lesen von Conrad bemerkt hatte, weil sie Thomas Munk bereits *kannte.* In welchem Verhältnis hatten sie zueinander gestanden? Hatte sie alles gewusst? Hatte sie es geahnt? Nur wenn sie Thomas Munk gekannt und seinen Lebensweg verfolgt hatte, konnte sie seine Spuren im Roman entdecken. Hatten sie sich während seiner Zeit in Berkeley kennengelernt, sie als Doktorandin und er als Professor? Gut möglich, sagte Parker. In den FBI-Akten gab es keine sicheren Informationen darüber, nur dass sie zur gleichen Zeit dort gewesen waren. Und warum hatte das FBI keine Vermutungen über Idas Tod geäußert? Wenn ich darauf eine Antwort wolle, müsse ich nach Kalifornien fahren und Thomas Munk fragen.

Es war August, im September musste ich den Vortrag in Berkeley halten. Munk war für die Gerichtsverhandlung nach Sacramento verlegt worden. Parker bot mir seine Hilfe an, er könne mir einen Ausweis des Detektivbüros und ein Schreiben mit der Erklärung ausstellen, dass ich Idas Tod im Auftrag ihrer Familie untersuche. Überhaupt kein Problem, ein Ausweis mit meinem Namen und meinem Foto, der Adresse der Ace Agency und meiner Sozialversicherungsnummer.

# IV. DIE HÄNDE IM FEUER

# Elftes Kapitel

## 1

Zwei Tage später flog ich mit TWA von Newark nach San Francisco; ich kam früh am Morgen an und mietete mir am Flughafen einen Wagen. Ich nahm die Route 101 nach Norden, und nachdem ich eine Zeitlang durch eine gelbliche Hügellandschaft gefahren war, kam ich an einer Siedlung aus völlig identischen Fertighäusern vorbei. Die legendäre Folksängerin Malvina Reynolds hatte diese Vororteigenheime in einem Song besungen: »*Little boxes on the hillside ... and they're all made out of ticky-tacky, and they all look just the same.*« Clara liebte diese Musik, Joan Baez, Peter Seeger, Malvina Reynolds. Und wahrscheinlich hörte gerade Junior, dieser Mistkerl, meine Schallplatten. Zwei psychedelisch bemalte Kleinbusse rasten mit aufgedrehter Musik an mir vorbei. Der Verkehr floss zügig, trotzdem verwirrte er mich. Es war Dienstag, und jeder schien zum Strand zu fahren, alle hatten Schlauchboote und Surfbretter auf den Dächern oder ein Motorboot auf einem Anhänger.

Am Rand des Highways tauchten luxuriösere Häuser und die große Grünfläche einer Computerfirma auf. Es war keine Fabrik, sondern ein gläsernes Labor im Design eines riesigen Surfbretts. Wie im Silicon Valley, wo die Manager in Bermudashorts und Sandalen ihre millionenschweren Geschäfte abwickelten. Unterdessen fuhr ich mit meinem gemieteten Chevy durch den hellen Dunst über der Bucht und verschwendete das wenige Geld, das ich während meiner Lehrzeit angespart hatte. Ich warf es zum Fenster hinaus, obwohl ich es gut gebrauchen konnte, um mich für ein paar Monate in ein Hotelzimmer zurückzuziehen und mein Buch zu beenden. Was für ein Buch? Ich erinnerte mich nicht mehr, genausowenig wie ich wusste, dass die Geschichte, die ich später schreiben sollte, die war, die ich gerade erlebte.

Ich überquerte die Bay Bridge, folgte der Route 80 nach Norden und erreichte nach wenigen Meilen Berkeley. Sonne, junge Frauen, lebhaftes Treiben vor den Cafés, alte Hippies mit Pferdeschwänzen, die auf den Straßenmärkten Nippes anboten. Viele Tattoos, viele Transvestiten, viele Touristen.

Parker hatte mir zwei Adressen gegeben für den Fall, dass ich Hilfe bräuchte. Die eine gehörte Sam Carrington, einem Autohändler, der sich nebenbei darum kümmerte, die Kaution für Straftäter zu hinterlegen, die kein Geld hatten; später halfen sie ihm dann bei Jobs, über die Parker lieber schwieg. Die andere war von der Wirtin (so nannte er sie) einer Bar an der Telegraph Avenue, einer lauten, molligen Frau namens Fatty Flannagan, die alles über Berkeley und die Gegend wusste. In den Fünfzigern war sie eine bekannte Schauspielerin gewesen, wie die Fotos und Filmplakate an den Wänden des Lokals verrieten, die sie in verschiedenen Liebeskomödien an der Seite von Doris Day und Audrey Hepburn zeigten. Sie erklärte mir, wie ich am schnellsten nach Sacramento kam, und gab mir ein paar nützliche Tipps mit auf den Weg (»Sprich kein Spanisch, wenn du willst, dass man dich ernst nimmt; meide Junkies und Polizisten; heb nie Geld am Automaten ab und lauf nicht mit Cash in der Tasche herum«).

Ein paar Blocks von der Bar entfernt, in der Shattuck Avenue, lag das French Hotel. Am Empfang sagte ich, dass ich von Fatty käme. Sie notierten sich lediglich meine Sozialversicherungsnummer und kopierten meinen Führerschein, und ich bekam ein ruhiges, komfortables Zimmer.

Ich hatte Idas letzte Adresse aus ihrer Zeit in Berkeley, in einer Straße mit niedrigen Häusern nahe der San Pablo Avenue, einen Block vom Alten Markt entfernt, wo es fast alles zu geben schien und wo offenbar auch mit Crack und anderen verbotenen Substanzen gedealt wurde.

Ida hatte vor so langer Zeit hier gewohnt, dass ich nicht wusste, wie ich nach ihr fragen sollte, und lange durch die Straßen lief, bis ich auf die Idee kam, das nächste US Post Office zu suchen. Es war ein Gebäude mit Arkaden in einem entfernt spanischen Stil im Allston Way 2000 (zwischen Harold Way und Milvia Street), schräg gegenüber von einem Park, wo mehrere Jugendliche in Bermudashorts und Regenmänteln im Kreis saßen und sich unterhielten. Bis auf einen waren die Schalter geschlossen. Mich bediente ein Mann mit einem affenartigen Gesicht, weißen Ärmelschonern und einer smaragdgrünen Visierkappe, wie sie Croupiers tragen. Ich erklärte, Privatdetektiv zu sein und im Auftrag der Familie von Professorin Brown zu ermitteln; sie habe als Studentin hier gelebt und sei vor nicht langer Zeit in New Jersey tödlich verunglückt. Er hörte mir schweigend zu und ging dann einen Mann holen, der fast genauso aussah wie er, mit grünlichem Visier und weißen Ärmelschonern, nur dass er schwarz war und mit haitianischem Akzent sprach. Ich fragte, ob Ida damals einen Nachsendeantrag gestellt habe. Er notierte sich den Namen und verschwand. Nach einer Weile kam er zurück. Sie habe tatsächlich noch ein Postfach, wo alles gelagert werde, was an ihren alten Wohnsitz adressiert sei. Für das Abholen habe sie jemandem eine Vollmacht ausgestellt. Nach einem kurzen Wortgefecht – und fünfzig unter ein Blatt Löschpapier geschobenen Dollar – war er bereit, die Adresse der Person herauszurücken, Prof. Ellen McGregor. Was er zum Abschied sagte, klang wie *I didn't sculpt off you, man* (Ich habe nichts für Sie gemeißelt, *man*).

Ich durchquerte den Campus in nördlicher Richtung, fuhr die Hügel hoch und kam in ein Viertel mit weißverputzten Villen mit großen, blühenden Terrassen. Nach einigen geschlängelten Straßen – Tamalpais, Rose, La Cruz – stieß ich weiter oben auf die Grizzly Peak Road. Mrs McGregor wohnte im Parterre eines zweistöckigen, blaugestrichenen Hauses in einem vage mexikanischen Stil. Die Professorin war schlank, hatte weißes Haar und hellblaue Augen und trug ein geblümtes Sommerkleid und Sandalen. Sie schien nicht viel zu tun zu haben und bat mich nach einem ironischen Blick auf meinen Ausweis freundlich herein. Sie sind der erste Detektiv, dem ich begegne, sagte sie, ich dachte, Detektive seien ausgestorben. In den Romanen sind sie meist größer als Sie, fügte sie hinzu. Es geht bergab mit uns, entgegnete ich, das Geschäft ist nicht mehr das, was es einmal war.

Die emeritierte Komparatistikprofessorin war *second reader* von Idas Doktorarbeit gewesen. Sie konnte sich noch gut an sie erinnern, sie hatte sie gemocht. Die Professorin nahm ein Papiertaschentuch, und es sah aus, als wischte sie sich eine Träne aus dem rechten Auge. Wir setzten uns in die Sessel auf der Terrasse und tranken eiskaltes Wasser mit Pfefferminzblättern. Sie wollte mehr über die Sache wissen. Sie starb bei einem merkwürdigen Unfall, sagte ich, manche glauben, es könnte ein Attentat gewesen sein. Vielleicht finden wir etwas, das uns hilft, diese Frage zu klären. Sie hole tatsächlich Idas Post ab, aber außer MLA-Prospekten und Bekanntmachungen von lokalen Universitäten sei seit Jahren nichts gekommen. Ich glaube, sie begriff sofort, dass mein Interesse persönlicher Natur war. Was denken Sie, wurde sie umgebracht?, fragte sie. Ich weiß nicht, es gibt alle möglichen Vermutungen. Und was ist Ihre? Ich zeigte ihr das Buch von Conrad. Sie blätterte es mit dem geübten Blick einer Expertin durch, und ich hatte das Gefühl, dass sie Idas Methode, etwas anzustreichen, wiedererkannte. Und?, fragte sie. Vielleicht hatte Ida etwas mit Thomas Munk zu tun. Sie sah mich überrascht an, *Oh, my God*, und steckte sich eine Zigarette an. Als sie hier studiert hat, war er Professor am Fachbereich für Mathematik. Können Sie sich an irgendeine Bemerkung über einen polnischen Freund erinnern? Na ja, Ida hatte viele Freunde, sie war sehr beliebt. Sehr bezaubernd – sie sah mich an –, wenn man mit ihr umzugehen wusste. Unabhängig, ein bisschen elitär, sehr fleißig. Zusammenfassung des Doktorvaters. Was ihr Privatleben betrifft, sagte McGregor, war sie ein typisches Mädchen ihrer Zeit, promiskuitiv, prinzipientreu, sehr radikal.

Dann erzählte sie, dass Ida vor ihrem Umzug ein paar Sachen in einem Lager verstaut und sie später nie abgeholt habe. Sie ging ins Wohnzimmer und kam mit der Quittung des Depots und einer von Ida unterzeichneten Vollmacht zurück. Wir machten eine Kopie auf ihrem Faxgerät, und sie rief im Lager an und erklärte, dass jemand vorbeikäme, um einen Blick auf Ida Browns Sachen zu werfen. Sagen Sie mir Bescheid, wenn es etwas Neues gibt? Na klar, sagte ich.

Das Möbellager befand sich im Westen der Stadt, in einer Gegend mit Depots, Lagerhallen und Parkhäusern. Es war ein mehrstöckiges Gebäude, und in jeder Etage wurden Möbel und Gegenstände von Leuten gelagert, die irgendwann umgezogen, abgehauen oder gestorben waren. Es hatte die Form eines Trichters, den man über eine Betontreppe hinaufstieg, und in jedem Geschoss gab es nummerierte Drahtverschläge, in denen sich zusammengerollte Matratzen, Bilder, Bücher, Fernseher, Schränke, Staubsauger, Kleidung und Koffer stapelten. Ich hatte das Gefühl, durch die Ruinen einer verlassenen Stadt zu laufen. Da waren sie, die verlorenen Erinnerungen der Flüchtlinge, der in Vietnam Gefallenen und der jungen Leute, die das Studium geschmissen und sich den Künstlerkommunen in den Tälern Südkaliforniens angeschlossen hatten. Mich begleitete ein undurchdringlicher Chinese, der kein Englisch zu sprechen schien und mich mit hektischen Gesten durch die Gänge führte. Als er schließlich einen der Verschläge öffnete, blieb er an der Tür stehen, obwohl ich erklärte, mich nur kurz umsehen zu wollen. Eine schmutzige Glühbirne tauchte den quadratischen Raum in mattes Licht. Ich erkannte eine Stehlampe, einen Ventilator und eine Truhe. Die Truhe stand offen und enthielt Ordner mit Seminarplänen und Leselisten, alte, längst unbrauchbare Disketten, eine Ernst Bloch gewidmete Ausgabe der Zeitschrift *Telos*, eine Wasserpfeife, eine Packung Kondome, Hawaiihemden und ganz unten, am Boden, eine Glasschatulle mit Papieren und Umschlägen. Nichts Besonderes, Rechnungen, Steuerformulare, Rezepte und ein paar Fotos: Ida mit anderen jungen Leuten, Ida beim Tanzen, Ida oben ohne am Strand, und zum Schluss ein Foto mit ihr im Vordergrund und dahinter – unscharf, fast außerhalb des Bildausschnitts – ein Mann im Profil, der aus dem Foto zu treten schien. Es war Thomas Munk, jung, mit zerstreutem Gesichtsausdruck. Auf der Rückseite hatte jemand mit Kugelschreiber eine Adresse notiert. Von den indiskreten Blicken des Chinesen beobachtet, steckte ich das Foto ein, aber als wir zurück im Erdgeschoss waren, blieb er stehen und hielt mir wie ein Bettler in Chinatown seine geöffnete Hand hin. Ich gab ihm zwanzig Dollar, aber als ich gehen wollte, hielt er mich am Arm fest.

»Betäubung ist großes Durcheinander«, sagte er in einem rätselhaften chinesischen Englisch. Hatte er das wirklich gesagt? Ich tat so, als wäre es ein Abschiedsgruß, und ging lächelnd weiter.

## 2

Am späten Nachmittag fuhr ich zu der nördlich vom Campus gelegenen Adresse, die auf der Rückseite des Fotos notiert war. Laut Fatty (er war ein weiterer ihrer »Kontakte«) wohnte dort Hank, der Deutsche, ein Fotograf, dem das Black Jack gehörte, eine kleine Videothek mit Filmplakaten im einzigen Schaufenster. Drinnen standen mehrere Jugendliche und sahen die Regale mit den Hüllen der VHS-Kassetten durch.

Hank war ein kräftiger, sympathischer Mann mit schwarzem Haar und schwarzem Bart. Er trug einen weißen Laborkittel, rauchte eine dünne Zigarette und schien als Einziger auf die Musik von Tom Waits zu achten, die aus den Lautsprechern drang, denn die Jugendlichen waren so konzentriert mit ihrer Suche beschäftigt wie Schatzjäger in einer ägyptischen Ausgrabungsstätte. Ein barfüßiges Mädchen mit blaugefärbten Haaren, offener Bluse, Minirock und einem japanischen Tattoo auf dem Hals stand vor einem Foto von Hitchcock und versuchte, mit jemanden zu telefonieren. Der Trailer, hast du den Trailer?, rief sie immer wieder in ihr Handy.

Hank machte dem Mädchen mit dem blauen Haar ein Zeichen, woraufhin sie seinen Platz hinter dem Tresen einnahm. Wir gingen in ein Zimmer am Ende einer Treppe. Hank hatte sein Studium hingeworfen und den Videoclub aufgemacht, eine Art Treffpunkt für das Beste, was das alternative Berkeley zu bieten hatte. Er habe seine Doktorarbeit nie beendet, was ihn zu einem Außenseiter abgestempelt habe, erzählte er. Er habe keine Lust gehabt, nach 'Nam zu gehen, und sei deshalb wie ein Straftäter behandelt worden. Er war nach Mexiko geflohen und unter Carter zurückgekehrt, und jetzt lebte er in einem Zustand der Halblegalität. Alle drei Monate musste er nach Mexiko oder Kanada reisen, wo er sein Flüchtlingsvisum der Vereinten Nationen erneuern ließ und nebenbei seinen

VHS-Katalog mit ausländischen Filmen auf den neuesten Stand brachte. Ich bin ein Amerikaner mit Aufenthaltsgenehmigung, aber juristisch gesehen bin ich ein Staatenloser, erklärte er mit dem Stolz eines Bürgers der Zukunft. Die Kunden der Videothek zahlten einen monatlichen Beitrag, der es Hank erlaubte, den Laden mit der Bar zu führen, wo es kalifornisches (also mexikanisches, wie er sagte) Essen gab und man Bier und Wein trinken konnte. Während der Diktatur von Pinochet habe er den Boykott von chilenischem Wein unterstützt, und bei dieser Politik bleibe er, solange der Tyrann am Leben sei. Also bestellte ich einen Pinot Grigio. Hank nahm sich ein Corona und steckte sich eine weitere seiner ägyptischen Zigaretten an (waren es ägyptische?). Ich erzählte ihm von meiner Absicht, Thomas Munk im Gefängnis zu besuchen und dass ich versuchen würde, Hinweise für eine mögliche Verbindung zwischen Munk und Professorin Ida Brown zu finden. Ich zeigte ihm das Foto. Es war leicht vergilbt, aber Ida war gut zu erkennen. Er glaube, sich an die Kleine erinnern zu können, sagte er, während er die junge Ida betrachtete, eine strahlende, geheimnisvoll lächelnde Schönheit. Und Munk, der sei oft hier gewesen, habe sich sehr fürs Kino interessiert. Ein verschlossener Typ, manchmal sei er geblieben, um ein Bier zu trinken, aber er habe nie viel gesagt. Das FBI hatte Hank befragt, weil sie wussten, dass Munk regelmäßig hierhergekommen war. Tom sei immer wieder hier aufgetaucht, auch später noch, als er schon in den Wäldern Montanas lebte. Ein einsamer Kerl, der solche Anschläge verübt, das kommt mir seltsam vor, sagte Hank. Es gibt viele Umweltschützer, die Munk ohne Weiteres geholfen hätten. Menéndez und seine Handlanger wollen eine Mauer um den Fall errichten und Tom isolieren; Sie wissen ja, wie das hier läuft, sobald mehr als einer was mit der Sache zu tun hat, müssen sie von Politik reden. Als Einzeltäter ist er ein klinischer Fall. Trotz des FBI glaubt die örtliche Polizei, dass

Tom mit radikalisierten Umweltschützern zusammengearbeitet haben muss, aber auch sie zieht die Geschichte des einsamen Mannes vor. Hank führte mich in seine Dunkelkammer. Die rote Lampe tauchte den Raum in blutiges Licht, überall hingen nichtentwickelte Filmrollen. Hank projizierte das Foto an die Wand. Mit einer grellen Lampe beleuchtete er das etwas mürrische Gesicht des jungen Mannes im Profil, Thomas Munk. Der Beweis, so Hank, war das Video von *Johnny Guitar*, Nicholas Rays Western, den der Mann in der Hand hielt. Im Ausleihverzeichnis stand, dass der Film am 13. Juni 1975 abgeholt und am 15. Juni zurückgebracht worden war. Zu der Zeit, sagte Hank, habe Munk seine Stelle an der Uni bereits an den Nagel gehängt gehabt, sich aber noch hin und wieder in Berkeley blicken lassen. Er stieg immer im Hotel Durant ab, um sich ein paar Tage von der Einsamkeit zu erholen. Er kam vorbei und studierte sorgfältig den Katalog, bevor er einen Film auswählte. Ich glaube, er stand auf Western, weil er die Naturaufnahmen mochte. Und weil er ein Romantiker war und einsame Helden verehrte, die ganz allein den bösen Schurken die Stirn boten.

Wir hatten gehört, dass er ausgestiegen war, fuhr Hank fort, dass er an einem Buch schrieb. Aber keiner wusste, was er wirklich tat. Ida, sagte ich, habe zu der Zeit schon in La Jolla gelehrt, also an der University of California in San Diego, und vielleicht sei sie ja nach Berkeley gekommen, um ihn zu treffen. Hank bezweifelte, dass Munk allein gehandelt hatte. Und was ist mit Ida? Na ja, wahrscheinlich hatte er Helfer, die sich darum kümmerten, die Briefbomben für ihn abzuschicken. Vielleicht ohne über die Ziele Bescheid zu wissen. Oft sind solche Gruppen von geheimen Informanten unterwandert, die nicht enttarnt werden sollen, und deshalb lässt man die Gruppe nicht auffliegen, sondern räumt ein Mitglied nach dem anderen aus dem Weg. Die Justiz stürzt sich auf den einzig verbliebenen Schuldigen, und die Bevölkerung ist beruhigt, denn es beweist, dass bis auf ein paar verwirrte Spinner alles in Ordnung ist. Ich mochte den Typ, sagte Hank, wenn er was machte, dann richtig, und er war ein ausgezeichneter Beobachter. Munk sei aufgefallen, dass einer der Revolverhelden in *Johnny Guitar* ein Buch gelesen habe. Der Cowboy schien krank zu sein, vielleicht Tuberkulose, denn er hustete erbärmlich beim Lesen. Und er trug eine Brille. »Wenn in einem Hollywoodfilm jemand eine Brille trägt, weiß man sofort, dass er einer von den Bösen ist«, erinnerte sich Hank an Munks Worte.

Munk war ein komischer Vogel, er sagte immer die Wahrheit. Manchmal stellte ihm jemand in der Bar indiskrete Fragen, und er beantwortete sie treuherzig, mit ernstem Gesicht, obwohl er sich dabei oft lächerlich machte. Na, willst du mitkommen?, fragte ihn einmal eine junge Frau. Nein, antwortete er. Warum nicht, gefalle ich dir nicht? Doch, aber ich hatte erst neulich was mit einer Frau. Er sagte nicht alles, aber wenn man ihn etwas fragte, sagte er immer die Wahrheit.

Als ich ging, saß das Mädchen mit den blauen Haaren noch immer da und sah sich einen Film von Hitchcock (ich glaube, *Vertigo*) auf einem unter der Decke befestigten Fernseher an. Sie stand auf und öffnete mir die Tür. Ich fuhr zum Hotel zurück, legte mich ins Bett und starrte an die Decke. Das Vorstellungsgespräch und die Stelle in Berkeley reizten mich immer weniger. Ich spürte, dass mein Leben als *professor* zu Ende ging, aber wie mein neues Leben aussehen würde, wusste ich nicht. Irgendwann schlief ich ein. Am frühen Morgen wachte ich auf, im Fernsehen flimmerten noch immer irgendwelche Bilder. Mitten in der Nacht, als ich einen Moment wach gewesen war, hatte ich weiße Blitze gesehen, die knisternd über den Bildschirm zuckten, als wären sie ein Signal aus einer fernen, verrückt gewordenen Galaxie.

# 3

Das Zimmer musste bis zum Mittag geräumt sein, also checkte ich um elf Uhr aus, beglich die Rechnung und schlenderte ein paar Blocks die Telegraph Avenue entlang, bis ich mich für das Café Mediterraneum entschied; ich hatte den Eindruck, dort etwas Anständiges frühstücken zu können und nicht bloß Eier mit Schinken. Tatsächlich bekam ich einen doppelten Espresso und Croissants. Als ich gerade im *San Francisco Chronicle* etwas über Bush Senior las, betrat das Mädchen mit dem blauen Haar das Café. Sie bat um Erlaubnis, sich zu mir an den Tisch setzen zu dürfen. Was für ein Zufall. Es war kein Zufall, sie hatte vor dem Hotel auf mich gewartet und war mir gefolgt. Sie wusste, dass ich nach Sacramento wollte und suchte eine Mitfahrgelegenheit. Sie war schlank, sehr jung, kurzes Top, freier Bauchnabel, Nasenpiercing. Dein Englisch ist komisch, sagte sie, als ob du an etwas anderes denkst.

Sie hieß Nancy Culler, studierte Komparatistik und schrieb ihre Abschlussarbeit über Hitchcocks *Vögel.* Ihr Ausgangspunkt war Daphne du Mauriers Novelle, auf der der Film basiert, aber vor allem das Drehbuch von Evan Hunter, einem großartigen Autor, dessen Kriminalromane unter dem Pseudonym Ed McBain erschienen waren. Doch je weiter sie vorankam, desto klarer war ihr geworden, dass ihr etwas ganz anderes vorschwebte, und so hatte sie ihrem *advisor* mitgeteilt, dass ihre Abschlussarbeit ein Dokumentarfilm werden würde. Ihr zufolge würde es die erste filmische Abhandlung in der Geschichte der Vereinigten Staaten sein. Was sie denn filmen wollte? Vögel, antwortete sie lachend. Sie hatte ihre Videokamera dabei, eine leichte Sony DV, digital, und, ehrlich gesagt, war es das erste Mal, dass ich eine Digitalkamera sah. Sie wollte die Gegend filmen, den verhafteten Munk, und vielleicht würde sie nach Montana fahren, um die Wälder aufzunehmen. Sah ich keinen Zusammenhang zwischen dem absurden Angriff der Vögel und Munks Bomben? War Hitchcocks Film nicht auch ein Beispiel für ökologischen Terrorismus? Vögel, die menschliche Idioten attackieren … Die Natur wird jeden Moment zurückschlagen und die Welt in eine Hölle verwandeln … Nachdem sie mich ohne jegliche Ironie über ihre Pläne informiert hatte, aß sie ihr Joghurtmüsli auf und steckte sich einen Joint an. Sie fand es unglaublich, dass ich Argentinier war, die Pampas, Patagonien, die große, leere Weite, was ich von den argentinischen Naturreservaten halte? Während wir zum Auto gingen, filmte sie mich von der Seite, die Kamera dicht vor dem Gesicht. Sie selbst tauche nie im Bild auf, sagte sie, sie sei das Kameraauge. Wie ich den Titel »Im Vogelflug« fände?

Wir nahmen die Route 80, fuhren über die Brücke nach San Francisco, und als wir in der Nähe des Union Square waren, schlug sie vor, bei Robinson's House of Pets vorbeizuschauen, der Zoohandlung aus Hitchcocks Film, die dort Davidson's hieß. Es sei die älteste Tierhandlung der Vereinigten Staaten. Am Anfang von *Die Vögel* geht die reiche, verwöhnte Blondine, die einen Sportwagen fährt und in Rom nackt in einem Brunnen gebadet hat, in den Laden in der Maiden Lane, um einen Sittich zu kaufen, und dort begegnet sie dem Anwalt, der nach einem Paar Turteltauben sucht und auf den sie ein Auge wirft, oder besser gesagt, so Nancy, den sie direkt anmacht, weil er ein toller Hecht ist, *a big dick* etc.

Wir gingen in die obere Etage, zu den exotischen Vögeln, der Besonderheit des Hauses. Hier hatte Thomas Munk seine Daisy gekauft, und jetzt wurde sie in einem Käfig mit einem Schild zur Schau gestellt: *Der Papagei von Munk*. Der Papagei war wütend; dottergelb, mit aufgeplusterten Federn, steckte er seinen Schnabel unter den Flügel, hob alle Augenblicke den Kopf und krächzte: *Go to the hotel, Tom, go to the hotel, Tom*. Nancy filmte ihn und danach den Käfig mit den Adlerküken. Ende des Jahres macht der Laden dicht, wirklich traurig. Als sie Munk verhaftet haben, hat jemand, vielleicht der Sheriff, den Papagei zurückgebracht. Er würde in einer öffentlichen Auktion versteigert werden. Wir könnten ihn kaufen und Munk mitbringen, sagte sie. Die Idee gefiel mir, aber ich hatte keine Ahnung, ob ich Munk überhaupt sehen würde, und die ganze Zeit mit einem Papagei herumlaufen wollte ich auch nicht.

Wir verließen San Francisco und folgten der Route 80 über Oakland weiter ins Herz Kaliforniens. Entlang der Straße erstreckten sich Industriebetriebe und dahinter, so weit das Auge reichte, Ackerland. Wir hörten einen Radiosender aus Pasadena, und Nancy war ganz aus dem Häuschen, als sie »Undone – The Sweater Song« spielten. Das seien Weezer, mitten im Lied könne man alle möglichen Hintergrundgeräusche hören, erklärte mir Nancy, und im Vordergrund ein Gespräch zwischen dem Bassisten und einem Freund der Band. Die Gruppe habe sich vor Kurzem aufgelöst, und keiner wisse, ob sie je wieder gemeinsam spielen würden, weil der Bandleader, ein gewisser Cuomo, jetzt in Harvard Kunst studiere. Sie finde das alles sehr postpunk, ganz schön nerdig, total intellektuell. Es gebe Hunderte von Garage-Rock-Bands im Stil der Beach Boys in Kalifornien, aber diese Idioten trennten sich, als sie gerade anfingen, erfolgreich zu sein. Offenbar war sie ein Groupie von ihnen gewesen, denn als Nächstes erzählte sie mir, dass sie ein paar wilde Nächte mit diesem Cuomo verbracht habe. Es war Liebe, aber im Schnelldurchlauf, meinte sie. Es sei unmöglich, länger als drei Tage verliebt zu sein, danach wäre es bereits eine Form von Abhängigkeit … Und sie bevorzuge Süchte, die man kaufen konnte … So sprach sie, in kurzen Sätzen, in Epigrammen, als schriebe sie Graffiti an die Wand des Geistes.

Hör dir das an, sagte sie, das ist »Only in Dreams«, der absolute Wahnsinn; der Song dauerte ewig, zwei Gitarren und ein Bass improvisierten eine Art Soul. *The concept of creating a buzz was being thrown around* (Ihnen gehe es darum, die Leute zu begeistern – die Übersetzung ist schlecht, denn der Klang von Nancys Stimme geht verloren), brüllte sie in das endlose Gitarrensolo hinein. Das Lied erinnerte mich an Virus, eine Band aus Buenos Aires in den achtziger Jahren, eine Art frenetische, fantastische Fröhlichkeit. Ich bin damals zu den Konzerten gegangen, weil ein Freund die Texte für die Band schrieb. Sie hörte mir aufmerksam, aber ohne großes Interesse zu. Warum Virus? Warum dieser Name? Wegen Burroughs?, fragte sie. Die Sprache ist ein Virus. Dieses Chaos? Sie war ein modernes Mädchen, sprach in Wortblöcken statt in Sätzen, und sie war schnell begeistert und ließ sich mitreißen. Ein typisches Kind der kalifornischen Küste, der Strand, das Surfen, die Sonne, die Musik, die Drogen. Sie streckte den Körper aus dem Wagen und filmte das Nichts oder den einen oder anderen Vogel. Hier gibt es so viele wegen der Saatfelder, erklärte sie. Auf den Zäunen und Leitungsmasten saßen unzählige Vögel, die plötzlich in dunklen Schwärmen langsam in den blauen Himmel aufstiegen. Deshalb habe Hitchcock seinen Film in dieser Gegend gedreht. Auf den Feldern sah man zahlreiche Vogelscheuchen, aber die Vögel beachteten sie gar nicht oder stürzten sich wie Kamikazeflieger auf die menschenähnlichen Gestalten und ließen sich auf ihren Armen und Köpfen nieder.

Immer wieder mussten wir halten, und sie stieg aus, um die Krähen oder Wolken zu filmen (und um am Straßenrand zu pinkeln, mit hochgezogenem Minirock, ohne Schlüpfer). Als es zu dämmern begann, verließen wir in Vacaville den Highway. Es war ein typisches Provinznest mit Saloons und Ställen, von wo das Vieh in die Transporter geladen wurde. Auf dem Parkplatz vor dem Motel La Roca standen Skoda-Trucks mit Anhängern, groß wie Dinosaurier, und wir blieben, denn wo die Trucker abstiegen und es Nutten in der Nähe gab, war es ihr zufolge immer gut.

Wir teilten uns ein Zimmer (um Geld zu sparen, wie sie sagte), und kaum hatte sie die Tür geöffnet, zog sie sich die Bluse aus, sodass ich ihre kleinen Brüste sehen konnte. Sie setzte sich aufs Bett, schloss ihren japanischen Laptop an und suchte eine Verbindung zum Internet. Fast eine Stunde nahm sie keine Notiz mehr von mir, surfte herum und hackte sich in Dateien mit Informationen über Schauspieler ein, die in Hitchcocks Filmen mitgespielt hatten. Die Kinder aus *Die Vögel* waren längst im Rentenalter und lebten in kalifornischen Seniorenheimen, und sie hatte die Idee, sie für ihre Abschlussarbeit zu interviewen.

Sie war eine Art Cyberpunk, ein Hacker; sie zeigte mir, wie man sich unerkannt bei Fluglinien einloggte, und lud zwei Erste-Klasse-Tickets nach New York herunter. Nach ein paar komplizierten Schritten reservierte sie die Flüge und bezahlte mit einer gestohlenen Kontonummer, die sie sich – wie eine Tätowierung – mit schwarzer Tinte auf dem Handgelenk notiert hatte. Ich stellte keine Fragen und verfolgte alles mit einer Mischung aus Bewunderung und Staunen. Ich wusste, dass es Studenten und subversive Gruppen gab, die in die Computersysteme großer Unternehmen eindrangen, und ich hatte gehört, dass es einigen – vor allem Studenten der Kommunikationswissenschaft aus Palo Alto – gelungen war, bei großen Banken Geld von vermeintlich sicheren Konten abzuheben, doch bis jetzt hatte ich noch nie jemanden etwas Vergleichbares machen sehen. Nachdem sie die Flüge von San Francisco nach New York gebucht hatte, drehte sie sich triumphierend zu mir um – wie jemand, der gerade eine olympische Goldmedaille gewonnen hatte.

»Ich reise immer gratis«, sagte sie grinsend und kam zu mir.

Mit mir ins Bett zu gehen war für sie nichts anderes, als ein Glas Wasser zu trinken, während es für mich wie eine Achterbahnfahrt war.

Hinterher bestellten wir Bier und ein paar Tortillas und Fajitas aufs Zimmer und machten es uns vor dem Fernseher bequem. Ich mochte sie, weil sie alles so ernst nahm. Sie wollte wissen, was ich Munk fragen würde. Ob er auch Ida umgebracht hatte. Warum hätte er sie umbringen sollen?, fragte sie. Sie waren sich in Berkeley begegnet und hatten sich weiterhin getroffen, und vielleicht wusste sie über ihn Bescheid, vielleicht nicht bis zur letzten Konsequenz, aber er musste ihr etwas erzählt haben. Oder sie hatten zusammengearbeitet. Die Idee gefiel ihr besser: die bewaffnete Frau. Aber warum war das FBI nicht auf dem Laufenden, wenn es so viele Informationen über sie hatte? Warum existierte für das FBI kein Zusammenhang zwischen Idas Tod und den anderen Anschlägen? Wer hatte wen beeinflusst? Hatte er ihr die Radikalität seiner Gedanken eingeimpft, die Fähigkeit, Grenzen zu überwinden? Oder war sie es gewesen, die aus einem Ökologen und naiven Umweltschützer einen revolutionären Verbrecher gemacht hatte?

Mr Munk hat der Sache mehr geschadet als genutzt, sagte sie. Die Sache war der Schutz der Natur. Sie glaubte, dass er am Ende als Verrückter abgestempelt werden würde, als schwachsinniger Einzeltäter, Typ Oswald, und damit hätte sich die Sache. Ist dir aufgefallen, fragte sie plötzlich, dass der Künstler – Alfred Hitchcock, Patricia Highsmith – als Experte für die gesellschaftliche Seele vom Psychiater abgelöst wurde? Wir haben unsere Unschuld verloren, sagte sie. Wir haben ein krankhaftes Verlangen nach Sicherheit. Vorher waren es die Russen, und jetzt? Die Gefahr lauert im Inneren! Schau dir Munk an … Ein Genie, das in einem Wald Bomben bastelt …

Stell dir vor, was noch alles kommt ... Jeder aus meiner Generation wird als Straftäter oder potentieller Terrorist behandelt werden ... Die Beine übereinandergeschlagen, betrachtete sie aufmerksam die Glut ihres Joints. Plötzlich lachte sie kurz auf und fuhr dann in ihrem feierlichen Ton fort. Nein, ganz im Ernst, merkst du?, wir surfen und surfen, und die Haie kommen immer näher, und wieder fing sie an zu lachen ...

Wir lagen engumschlugen da, die Klimaanlage auf voller Stärke. Es war das erste Geräusch, das mich am Einschlafen hinderte. Dann das Wasser in den Leitungen, Schreie, fernes Hundegebell, auch Stimmen, Streit, lustvolles Stöhnen und, im Hintergrund, der metallische Klang des Fernsehers. Zu allem Überfluss brannte auf dem Flur pausenlos das Licht, und der Schein der Lampe drang durch das kleine Fenster in der Tür und tauchte das Zimmer in einen weißlichen Glanz. Nancy schlief zusammengerollt, dicht an mich geschmiegt, und manchmal öffnete sie die Augen und brauchte eine Weile, um mich zu erkennen.

Am nächsten Morgen wartete auf dem Motelparkplatz ein dünner Kerl mit Blumen- und Vogeltätowierungen, Haarband, Walrossbart und Lederkluft auf seiner Harley Davidson auf sie, und Nancy setzte ihre Reise mit ihm fort.

## 4

Sacramento, Hauptstadt und Verwaltungszentrum des Staates Kalifornien mit unzähligen Büros und Ministerien, ist flach und geometrisch, und die nach Buchstaben geordneten Straßen und die entspannte Atmosphäre erinnerten mich an La Plata. Ich parkte vor dem ersten vernünftig aussehenden Hotel, und nachdem ich mich umgezogen hatte, ging ich zu Fuß zum Staatsgefängnis. In den Straßen wimmelte es von jungen Leuten und Umweltaktivisten, die in Richtung Innenstadt zogen. Frauen und Männer, alte Pazifisten, Feministinnen, militante Schwule und Kriegsgegner, die gekommen waren, um für Munks Recht auf Selbstverteidigung zu demonstrieren. *Voice for Munk, voice for Munk,* skandierten sie im Stile eines Mantra oder einer Litanei, und an den Wänden sah man Graffiti mit dem Bild der Waldhütte und der Parole: *Munk for President.* Für die Anarchisten war er eine Art Kriegsgefangener, eine Geisel des Kapitalismus.

Die Journalisten, Schaulustigen, Anwälte und Touristen sammelten sich in einem Büro neben der Haftanstalt. Hier konnte man seinen Besuchsantrag stellen. Ich legte Parkers Schreiben mit Menéndez' Bewilligung und meine Ausweise vor und erklärte in groben Zügen, warum ich hier war. Ich wolle herausfinden, erklärte ich der stämmigen Polizistin am Schalter, ob Munk eine ehemalige Studentin in Berkeley und spätere Professorin an einer großen Universität im Osten gekannt habe. Das könne wichtig vor Gericht sein. Ich hielt ihr Idas Foto und die Unterstreichungen in Conrads Buch hin. Verdutzt erklärte sie, erst nachfragen zu müssen, und rief einen gewissen Reynolds an, und als sie in das Handy sprach, das in ihrer gewaltigen Pranke zu verschwinden schien, hörte ich sie Ja, Nein, Nein, Ja, Nein, Ja, Ja sagen, dann wandte sie mir wieder das Gesicht zu und teilte mir mit, dass ich ihn vielleicht morgen sehen könne, ich müsse aber sehr früh kommen.

Ich ging zum Treffpunkt der Demonstranten im Capitol Park, etwa vierhundert Meter vom Gefängnis entfernt. Die mit Helmen und Schutzschilden ausgerüstete Polizei hatte den Park umstellt und ließ niemanden zum Gefängnis durch. Immerhin war es gestattet, den Park durch eine enge Gasse aus blauen Uniformen zu betreten.

Die Demonstrationsleitung hatte alles perfekt organisiert und wies per Lautsprecher auf die chemischen Toiletten an einer Seite des Parks hin. Man sollte seinen Müll in die Abfalleimer werfen, nur abbaubare Materialien benutzen, und wer etwas sagen wollte, konnte sich neben einer improvisierten Bühne in der Mitte des Parks eintragen. Auf der Bühne stand eine Band mit zwei Gitarristen, einem Keyboarder und einem Bassisten – alle vier sahen asiatisch aus, vielleicht waren es die Söhne von Japanern oder Koreanern oder Vietnamesen –, die sich Munk for Munk nannten. Sie spielten Akustikrock mit gerappten Texten, die mit der Losung *Out, out of the Obvious* anfingen oder anarchistische Alliterationen wie *Free, free, freedom for Fire* oder umgedichtete revolutionäre Sprüche wie *One, two, much Munk* enthielten, und ab und zu sangen sie auch rockige Refrains dadaistischer Prägung wie *Mucus, Mud, Muddle … Munk!*

Vor allem Studenten aus der Gegend hatten sich im Park versammelt. Sie identifizierten sich mit dem brillanten Akademiker, der es gewagt hatte, gegen das System zu rebellieren. Daneben gab es Gruppen von Dichtern, die ihre Verse vortrugen und Diskussionsforen veranstalteten. Viele der Demonstranten waren tätowiert und trugen Halsketten und Bänder, hatten sich Blumen ins Haar gesteckt und sahen aus wie Schüler in einem Feriencamp. Sie erinnerten mich an die Picknicks der Kommunistischen Partei, als ich in die Oberschule (aber nicht zu den Picknicks) ging. Junge Menschen, die sich mit unerschütterlicher Freude für das Gute einsetzten. Worauf war diese Faszination für Munk zurückzuführen? Auf die Ehrlichkeit seiner Rebellion; er sei böse, er sei dämonisch und er sei ein großes Ereignis im Kampf gegen die Ungerechtigkeit und die Manipulation der Massen. Er sei ein durch und durch amerikanischer Held: ein gebildeter Mann, ein Intellektueller von hohem akademischem Ansehen, der den Entschluss gefasst habe, alles aufzugeben, um mit asketischer Anmut im Wald zu leben, und der aufgrund seiner Überlegungen und Erfahrungen beschlossen habe, allen zu beweisen, dass Widerstand möglich sei und ein einzelner Mensch dem FBI Paroli bieten könne.

Solche Sätze waren in den Diskussionsrunden und Gesprächen der im Park zeltenden Aktivisten zu hören. Es war keine normale Demonstration, es war eine neue Form der Agitation, eine *party*, als feierten sie eine legendäre Band, die nie kam. Sie waren unter sich. Kein Fernsehsender, Journalist oder Fotograf berichtete über das Ereignis. Sie kommunizierten per Handy und über ihre Transparente, und ein paar alternative Radiosender übertrugen die Veranstaltung von einem weißen Zelt aus. Insgesamt waren es etwa drei- bis viertausend Leute. Frauen, Kinder, Alte, Jugendliche, Kämpfer für soziale Gerechtigkeit und Pazifisten, die einen Terroristen unterstützten oder zumindest sein Anliegen, gehört zu werden.

Sie kamen aus dem Süden Kaliforniens, aus den Bergen und dem Central Valley, aus den wachsamen, hell erleuchteten Nestern des Mittleren Westens, sie waren in Wohnmobilen angereist, in klapprigen Autos, in Greyhound-Bussen, in Sportwagen, in Pick-ups, eine endlose Karawane aus alten Idealisten, Hippiekindern, Kiffern, Tierschützern, Umweltaktivisten, Pazifisten, Antirassisten, Feministinnen, unveröffentlichten Dichtern, Kunsthandwerkern aus dem Big Sur, aber auch Menschenrechtsaktivisten aus New York und Chicago, Verteidigern von Minderheiten, eine Flut von Rebellen, ehemaligen Marxisten, Anarchisten, Trotzkisten, viele hatten gegen den Vietnamkrieg gekämpft, gegen den Golfkrieg, gegen Pestizide und Atomkraftwerke, sie setzten sich für bäuerliche Kommunen ein, für kleine ländliche Unternehmen, für Selbstverwaltung, für die Rechte von Gefangenen, für Obdachlose, sie standen für sämtliche verlorenen Ideale und Niederlagen, als hätte Thomas Munk gewagt, was viele von ihnen gerne getan oder gesagt hätten, sich aber nicht getraut hatten: *diese technokratischen und kapitalistischen Schweine zu töten!*

Der große Moment des Tages war die Performance eines avantgardistischen Künstlerkollektivs aus San Francisco, das Fragmente von Jarrys *König Ubu* vor den Überwachungskameras öffentlicher Gebäude und anderer Festungen von Sacramento aufführte; sie spielten in kleinen Gruppen vor Banken, auf Parkplätzen, vor Geldautomaten, in Bahnhofstoiletten, an gefährlichen Straßenecken, auf Flughäfen. Sie spielten für die Kameras in den Eingängen der Gebäude, in den Gängen der Supermärkte. Kleine Agitprop-Gruppen, die mit ihren Auftritten vierundzwanzig Stunden lang auf sämtlichen Monitoren der städtischen Überwachungskameras zu sehen waren. Sie rezitierten Jarrys explosive Monologe, schwenkten Transparente und sangen Lieder vor den Augen der Polizei, die, als sie zum Angriff überging, selber Teil des Happenings wurde.

Parallel dazu reichten sie einen Antrag beim Obersten Gerichtshof ein und forderten, das Bildmaterial gesetzlich zu schützen, da es sich um ein vom National Award for Theatre und vom Popular Art Museum in Santa Cruz finanziertes Kunstwerk handele und laut Verfassung der Vereinigten Staaten, das die künstlerische Freiheit garantierte, weder zensiert noch zerstört werden dürfe.

## 5

Als es Abend wurde, blieb ich vor einem Podium stehen, um einer Gruppe von Leuten zuzuhören, die angeregt über das neue, von Clinton eingebrachte Antiterrorgesetz diskutierten und es lachend niedermachten. Für sie war Munk ein neuer Thoreau (ein »zorniger Thoreau«), der das Recht auf zivilen Ungehorsam verteidigt hatte. Dazu gehörte ihrer Meinung nach auch das Recht auf Gewalt gegenüber einem repressiven Staat, der regelmäßig Kriege führte, um die Rüstungsindustrie am Laufen zu halten. In ihren Augen war Munk der Erste, der die Forderung nach Umweltschutz und sozialer Gerechtigkeit in die Tat umgesetzt hatte. Er habe nur Personen aus der zweiten Reihe angegriffen, die das gesellschaftliche Gefüge und die technologisch-militärischen Strukturen stützten. Sein Augenmerk habe weder den politischen Marionetten noch den korrupten Kongressabgeordneten gegolten, er habe weder Polizisten noch bezahlte Schergen angegriffen, auch nicht die wirtschaftlich und finanziell für die Katastrophe Verantwortlichen. Er habe die attackiert, die er besser kannte als jeder andere, die technologische *intelligenzija* des verbrecherischen Kapitalismus, ihre verantwortlichen Planer, ihre Ideologen, die durchgedrehten Wissenschaftler mit ihren Höllenmaschinen und biologischen Experimenten. Zu töten sei falsch, sagten sie, aber man müsse sich wehren und auf das Mittel der Gewalt zurückgreifen, um die Mauer des Schweigens zu durchbrechen und das neue, libertäre *Manifest* zu verbreiten, ein theoretisches Werk in bester amerikanischer Tradition, der Tradition eines Jim Brown, eines Malcolm X, eines Chomsky. Der Ton des *Manifests* hatte sie überzeugt. Die Argumente waren brillant, die Worte kraftvoll und ehrlich. Keine konkrete Anweisung störte die Magie der Sätze – außer einer handschriftlichen, offenbar nach der ersten Fassung hinzugefügten Fußnote auf der letzten Seite, die man als Beschreibung einer Methode verstehen könnte. Sie war ausgesprochen schlicht, und sie war ein Zitat, das neben dem pathetischen Aufruf zum Altruismus, den die amerikanische Linke bei ihren Friedensmärschen so beharrlich und melancholisch vertrat, grell und fürchterlich wie ein Blitz aus heiterem Himmel zu leuchten schien: »Man muss diese technokratischen und kapitalistischen Schweine töten!«

Er hatte den Satz auf das Manuskript geschrieben, bevor er es an die *New York Times* und die *Washington Post* schickte, und jetzt war es einer der Beweise für die Staatsanwaltschaft, dass der Autor des Textes und der Bombenleger ein und dieselbe Person waren.

Munk schien dieses wichtige Postskriptum vergessen zu haben, und er war sich sicher, dass sein »Pamphlet« (so nannte er das *Manifest*) die Grundlage für seine zukünftige Rehabilitierung sei. Er wird nicht vergessen werden, sagte ein vornehm gekleideter Mann, dessen Gesicht von kleinen Narben aus wer weiß welchen Kriegen gezeichnet war. Im Schatten eines Baumes erzählte er, wie er sich vor ein paar Monaten eine Nacht lang mit Munk in der Bar eines Busbahnhofs in Oklahoma unterhalten habe; beide hätten sie den letzten Bus verpasst und gemeinsam auf die erste Morgenverbindung gewartet. Der Mann hatte graue Haare, und mit seinem weißen Anzug, den farblich dazu passenden Schuhen, dem hellblauen Hemd und der grauen Krawatte passte er nicht recht hierher. Er sah aus wie ein feiner Herr, hätte aber auch ein Zuhälter oder Dandy sein können. Er sprach mit ruhiger Stimme, und die Leute um ihn herum lauschten ihm gebannt. Sie hatten die Nacht in diesem halbleeren *drugstore* des halbgeschlossenen Bahnhofs verbracht, und Munk hatte von seinen Plänen und nicht über Bomben oder Gewalt gesprochen. Er wirkte wie jemand, der reden wollte, der einfach nur jemanden brauchte, der ihm zuhörte. Er behauptete, Handelsreisender zu sein, und nannte irgendeinen Namen (Kurtz oder Kurzio, ich erinnere mich nicht mehr), aber natürlich glaubte ich ihm nicht und hielt ihn für einen Ausbrecher, einen wegen sexuellem Missbrauch aus der Gemeinde gejagten evangelischen Pastor, einen gescheiterten Schriftsteller oder einen Rentner, den man betrogen hatte. Heute wissen wir, dass er ein Mörder ist, aber in dem Moment nahm ich etwas Beunruhigendes und Anziehendes an ihm wahr, eine Gefahr, die ihn selbst betraf, und ich dachte, er sei ein Selbstmörder. Er wirkte niedergeschlagen und schien kurz davor, alles hinzuschmeißen, sagte der Mann in Weiß, aber was mich beeindruckte, war seine verbrannte linke Hand. Sie war nicht verbunden, und die Haut schuppte sich wie bei jemandem, der bei seiner Arbeit mit Feuer zu tun hat.

## Zwölftes Kapitel

1

Um zehn Uhr morgens stand ich vor dem Gefängnis; ich legte meine Dokumente und Parkers Brief vor und bat an der Sicherheitskontrolle um ein Gespräch mit Dr. Beck, einem Gefängnisarzt und Freund – oder Angestellten – von Sam Carrington, der ihn als Verbindungsglied zwischen seinen Jungs (wie er die Häftlinge nannte) und seiner Gebrauchtwagenhandlung nutzte. Nach einer Weile kam der Arzt, ein fröhlicher, dicker Mann, der einen weißen Kittel mit seinem Namen trug und wie ein Kurpfuscher aussah. Ich stellte mir die gerahmten Urkunden und zweifelhaften akademischen Diplome an den Wänden seines Sprechzimmers vor. Er schien nicht viel zu tun zu haben und rauchte eine Pfeife aus Perlmutt, was sein Aussehen eines Scharlatans noch verstärkte. Aber zumindest konnte ich dank seiner Hilfe (und weiteren hundert Dollar) problemlos sämtliche Kontrollen passieren.

Ein amerikanisches Hochsicherheitsgefängnis sei eine komplexe Einrichtung, vielleicht die vielschichtigste Form sozialen Lebens, die man sich vorstellen könne, erklärte er, während wir in einem gläsernen Aufzug nach unten fuhren. Im Grunde ist es ein Versuchslabor, wo man das menschliche Verhalten unter Extrembedingungen testen kann, ein hervorragender Arbeitsplatz für einen Psychiater wie mich, sagte er. Wir gelangten in einen überdachten Innenhof, und nachdem wir einen schlauchförmigen Gang hinter uns gelassen hatten, blieben wir vor einem hohen, weißlackierten Eisengitter stehen. Dr. Beck stellte mich dem Wärter vor und zog sich zurück. Wir würden uns auf der anderen Seite sehen, sobald ich den Kontrollbereich passiert hätte. Ich hörte, wie die Tür hinter mir verriegelt wurde, und ging in Begleitung eines Wärters ins Untergeschoss hinunter.

Am Ende eines Gangs befand sich der Raum für die erkennungsdienstliche Behandlung, ein dunkles Zimmer mit einem großen Fenster aus engmaschigem Draht, der den Blick auf die andere Seite verhinderte. Gegenüber waren Pfeile an die Wand gemalt, die anzeigten, wohin man sich zu stellen hatte, und Linien mit Zahlen zum Messen der Körpergröße. An der Decke hingen mehrere Scheinwerfer, die plötzlich aufflammten und mich blendeten. Der Wärter, der mich begleitet hatte, entfernte sich, und ich blieb allein zurück. Eine Lautsprecherstimme wies mich an, mich vor die weißen Linien zu stellen. Hinter dem Drahtfenster war alles dunkel. Von dort kamen die Fragen. Wen ich sehen wolle (sie wussten es), aus welchem Grund. Ich antwortete, dass ich dem Häftling ein paar Dokumente zeigen müsse, die für das Verfahren wichtig sein könnten. Sie wollten wissen, ob ich vorbestraft sei, ob ich besondere Kennzeichen oder Narben hätte, welcher Religion, welcher Rasse ich angehören würde, ob ich drogenabhängig sei. Ich hatte diese Angaben bereits auf dem Formular für die Besuchserlaubnis eingetragen, aber sie wiederholten die Fragen, um zu sehen, ob ich mich geirrt hatte oder mir widersprach, oder einfach aus Gewohnheit. Es ging darum, die Besucher zu zermürben und ihnen das Gefühl zu geben, dass sie selbst eingesperrt würden. Anschließend machten sie Fotos von mir, von vorne und im Profil, und ließen mich minutenlang im gleißenden Licht stehen, wahrscheinlich, um mich einzuschüchtern. Die Stimme gab weitere Anweisungen. Stellen Sie sich gerade hin, heben Sie das Kinn, Schultern nach hinten, nehmen Sie die Brille ab, sehen Sie nach vorne, drehen Sie sich nach links, jetzt nach rechts, bleiben Sie so stehen. Ziehen

Sie die Kleidung aus, lassen Sie sie auf dem Boden liegen. Drehen Sie sich um, bücken Sie sich nach vorne, spreizen Sie die Gesäßhälften auseinander. (»Zeigen Sie den Arsch.«) Stellen Sie sich wieder gerade hin, das Gesicht nach vorne, heben Sie die Arme, dass man die Achseln sieht, heben Sie die Hoden an. Gut, jetzt drehen Sie das Gesicht zum Licht. Öffnen Sie den Mund, und strecken Sie die Zunge raus, zeigen Sie das Gebiss. Hände nach vorne, Finger gespreizt, Handflächen nach oben, Handflächen nach unten. Sie können sich wieder anziehen. Das Licht ging aus. Sie verdächtigten einen, in einer Körperöffnung Drogen oder eine in Plastikband gewickelte Gabelzinke versteckt zu haben. Ein langes, spitzes Messer, ein bisschen Koks für die Jungs im Knast, eine auf unsichtbarem Reispapier gedruckte Bekanntmachung der Arbeiterpartei. Jahrelang hatte ich Beto Carranza im Gefängnis besucht, einen Freund, der das Glück hatte, vor dem Militärputsch von 1976 verhaftet zu werden, und obwohl man ihn folterte und mehrmals zum Schein hinrichtete, konnte er sich davor retten, still und heimlich ermordet zu werden. Als ich ihn damals im Gefängnis von Devoto besuchte, drohten die Wärter damit, dass sie einen auf ihrer Liste hätten. Sie wollten wissen, ob man Montonero, Trotzkist oder schwul, jüdisch und kommunistisch (oder nur jüdisch) war, und zum Schluss forderten sie Geld für Zigaretten. Wir schmuggelten tatsächlich mit mikroskopisch kleiner Schrift auf Zigarettenpapier verfasste Briefe oder überbrachten unseren inhaftierten Freunden Botschaften, die wir zuvor auswendig gelernt hatten. Wenn Carranza das Besuchszimmer betrat, erinnere ich mich, war er immer zufrieden und optimistisch und machte uns, die von draußen kamen, Hoffnung.

Nach der Kontrolle musste ich in einem Büro mein Geld, meine Kreditkarten und die Schlüssel abgeben. Der Roman von Conrad gehörte offensichtlich zu den Dingen, die man in einen Hochsicherheitstrakt mitnehmen durfte.

Dr. Beck erwartete mich bereits. Gefängnisse seien die friedlichsten Orte der Welt, nachts könne man gefahrlos auf den Gängen zwischen den Zellen spazieren gehen. Das Leben hier sei in der Schwebe, es verfolge weder einen Plan, noch habe es irgendeine Bedeutung. In einer Zelle sah ich eine braune Wolldecke auf dem Betonboden liegen und einen Mann, der nicht schlafen konnte oder es nicht einmal versuchte, der nur unbeweglich auf der Bettkante saß, die nackten Füße auf der Decke, und auf den Morgen wartete. Viele der Häftlinge sind Schwarze oder Latinos (67%), und 25% Weiße, sagte der Arzt, die restlichen 8% sind Asiaten, aber 67% der Wärter sind weiß, meistens arme Leute aus Louisiana oder Virginia, die vorher im Verladebereich der Plantagen oder in den Häfen gearbeitet, aber dann ihren Job verloren hatten und als Gefängniswärter eingestellt worden waren. Lieber eingesperrt als ohne Arbeit. Auch Dr. Beck hatte hier angefangen, weil er keine andere Perspektive sah. Sein Job sei ziemlich bequem, denn bis auf ein paar Verletzungen aus Vergewaltigungen und Kämpfen – Stichwunden, Nasenbrüche nach Kopfstößen – hätten die meisten nur harmlose Krankheiten und würden eine Zeitlang auf der Krankenstation verbringen, um sich ein wenig vom Stress des Zusammenlebens zu erholen.

Munk wurde von allen nur Professor genannt und mit viel Respekt behandelt. Er befand sich in Isolationshaft, aber da er keinen Polizisten getötet hatte, galt er als normaler Häftling. Es geht ihm gut, sagte Dr. Beck, wir halten ihn für keinen Psychopathen, ganz im Gegenteil, er ist ein fleißiger, netter Mann, der nicht viele Worte verliert. Es gibt nicht viele seines Schlags. Ein großartiger Mensch, ein brillanter Kopf, der in seiner eigenen Welt lebt, pausenlos denkt. Er hat meinen Horizont erweitert, nicht nur weil ich die Möglichkeit habe, hin und wieder ein bisschen mit ihm zu plaudern, sondern aufgrund seiner Geschichte. Er hat allein im Wald gelebt, ohne Strom und Fernsehen, deswegen kommt ihm das alles hier wie das Himmelreich vor, das sagt er zwar nicht, aber das merke ich.

Wir waren eine Betontreppe mehrere Stockwerke nach unten gestiegen, bis wir die Graue Zone erreichten, auch *Short Cut* genannt. Hier warteten die Mörder, die Psychopathen, die brutalsten Verbrecher auf ihr Urteil. Eigentlich war es die Psychiatrie der Haftanstalt, auch wenn Beck über diese Bezeichnung lachen musste. Die Irren sind dort draußen, mein Freund, ich weiß, wovon ich rede, hier drin gibt es nur unheilbar kranke Kriminelle, sagte er und ließ mich vor einem langen Korridor stehen, dessen Betonboden so sauber war, dass er aussah wie aus Emaille.

## 2

Der Besucherraum war weiß gestrichen, hell erleuchtet und hatte hohe, vergitterte Fenster. Ein Wärter erwartete mich schon, führte mich zu einem rechteckigen Tisch und machte es sich anschließend wie ein gelangweilter Museumswärter, der die Meisterwerke vor sich betrachtet, ohne sie zu sehen, in einer Ecke des leeren Zimmers bequem. Eine der Wände kam mir vor wie ein Spiegel, durch den man uns von der anderen Seite beobachten konnte. Der Raum erinnerte mich an D'Amatos Aquarium mit dem weißen Hai, der seine Bahnen durch das klare Wasser zog und auf seine Beute wartete. Eine runde Uhr mit großen schwarzen Zeigern informierte über die Besuchszeit. Sie lief bereits ab.

Auf dem Korridor erklangen Stimmen und metallisch rasselnde Schritte, die sich langsam näherten. »Ich mag es nicht, wenn die Leute über mich reden, als wäre ich nicht da«, hörte ich jemanden sagen. »Ganz ruhig, Mistah Munk«, antwortete ein schwarzer Wärter mit schlohweißem Haar, als sie den Raum betraten.

Thomas Munk war größer, als ich ihn mir vorgestellt hatte. Er hatte verblüffend blaue Augen und strahlte eine tiefe Gelassenheit aus. Er stand da in seiner braunen Sträflingskleidung, einer Art Pyjama, der ihm viel zu groß war, und einer Fußfessel um die Knöchel. Trotz allem hatte er sich seine vornehme Art bewahrt, als wäre sie völlig unabhängig von äußeren Umständen. Als er sich bewegte, erklang ein düsteres Rasseln, er war *verhaftet*, und zum ersten Mal erfasste ich die volle Bedeutung dieses Wortes. Ein eiserner, mechanischer Zwang, eine absurde, sachliche Effizienz, die einen Menschen zur Bewegungsunfähigkeit verurteilte.

Er stand direkt vor mir, auf der anderen Seite des Tisches; so nah, dass ich ein wenig mit dem Stuhl nach hinten rückte, während er seine linke, von verschiedenen Narben und Verbrennungen verunstaltete Hand zu einer Faust formte und wieder öffnete.

Ihm bleibe nicht mehr viel Zeit, sagte er, es gebe noch vieles zu sagen, und er wolle, dass einige seiner Ideen *aus erster Hand* gehört würden. Er war den Leuten dankbar, die ihn besuchen kamen, er erhielt ständig Interviewanfragen, aber mich hatte er empfangen, weil es ihn neugierig gemacht hatte, dass ich aus Buenos Aires stammte.

»Stimmt es, dass die Revolutionäre in Argentinien immer eine Zyanidkapsel dabei hatten?«, fragte er.

»Um der Folter zu entgehen … Nicht weil sie sterben wollten.«

»Natürlich.«

»Auf dem Höhepunkt der Repression betrug die durchschnittliche Lebenszeit eines Aktivisten im Untergrund drei Monate …«

»Hier gibt es keinen Untergrund«, sagte er. »Du kannst dich eine Zeitlang verstecken, aber egal was du machst, du wirst immer gefilmt und beobachtet werden. Sie lesen deine Post, überwachen deine Konten und dringen heimlich in deine Wohnung und die deiner Freunde ein. Wenn man das nicht will, muss man an einem abgelegenen Ort leben. Auf der einsamen Insel kann man sich Gedanken machen und Pläne schmieden. Niemand weiß, was wir aushecken, die Gedanken sind frei. Das heißt heute Untergrund: sich zurückziehen und von vorne beginnen. Wir leben in einer Zeit der Reaktion und der Niederlage; man muss allein sein können, um neu anzufangen. Die Natur hat dafür gesorgt, dass die Gedanken *unsichtbar* sind. Sie ist die letzte Zuflucht der Rebellion. Früher konnte man eine Untergrundbewegung gründen, eine kleine, geschlossen Organisation, ein Netz aus eisernen, disziplinierten Zellen. Diese Phase ist vorbei, wir haben eine Reihe fürchterlicher Niederlagen erlitten. Jetzt heißt es, neu anzufangen. Die Zeit des Einzelgängers ist angebrochen, die Zeit der privaten Verschwörung, der einsamen Tat. Wir können nur Widerstand leisten, wenn wir unsere Gedanken verbergen, sie in der Menge tarnen. Wir sind verstreute Individuen, in Wäldern hausend, verloren in den großen Städten, Subjekte auf der Flucht, die sich in der Prärie verirrt haben. Wir sind isoliert, aber wir sind viele. Aus der Masse ist ein Schwarm geworden. Das ist die neue politische Lage: Vereinzelung, Rückzug, die Vorhut ist hinter den feindlichen Linien verloren. Kropotkin, Fürst Kropotkin, der russische Revolutionär, der glänzende anarchistische Theoretiker, hat die Energie, die Menschen in gefährlichen, ausweglosen Situationen zusammenhalten lässt, *consistency* genannt. Vereint in der Vereinzelung, ohne sich untereinander zu kennen, verändern sich diese Bündnisse laufend: in der Ausrichtung, im Ausmaß, im Raum, in der Geschwindigkeit.

Der Anarchismus lehnt die falsche Unterscheidung zwischen dem Einen und dem Vielen ab: Das *Individuum* ist zunächst einmal und im Gegensatz zur Etymologie des Wortes etwas *Vielfaches*. Der Fürst hat es eine *Verbindung von Stärken* genannt, jedes Individuum ist ein Kollektiv von Kräften, und jedes Kollektiv kann als ein Individuum verstanden werden. In der Bibel heißt es: ›Hat nicht ein Töpfer Macht über den Ton, aus demselben Klumpen ein Gefäß zu ehrenvollem und ein anderes zu nicht ehrenvollem Gebrauch zu machen?‹ Römerbrief 9,21. Gefäße der Barmherzigkeit, Gefäße des Zorns. Das heißt, ein Leben für die Ehre, ein Leben für die Schande. Ein Leben voller Barmherzigkeit. Ein Leben voller Zorn. Jede Lebensweise hat ihre Werte, ihre Sprache und ihre Gesetze und erfährt einen ständigen Wandel und eine ständige Neudefinition. Die anarchistische Subjektivität ist variabel. Ihre Unstetigkeit ist eine Tatsache, die Kropotkin als ›Resultante‹ einer Reihe von autonomen Einheiten und Sequenzen erklärt, aus denen sie sich gleichzeitig zusammensetzt.

Unsere persönlichsten Erinnerungen, unsere intimsten Gefühle, unsere Lebensweisen sind vielfältig. Jede Entscheidung, die wir treffen, ist das Ende einer Reihe von alternativen Möglichkeiten. Was würde passieren, wenn wir versuchen, verschiedene widersprüchliche Entscheidungen gleichzeitig zu treffen und sie wie offene Serien unabhängig voneinander bestehen lassen? Ein politisches Leben, ein akademisches Leben, ein Liebesleben, ein familiäres, ein sexuelles, ein religiöses, die alle auf diffuse (um nicht zu sagen geheime) Weise miteinander verbunden sind.«

Munk sprach ohne Leidenschaft, etwas erschöpft, wie jemand, der im Zug einem fremden Menschen begegnet und ein zufälliges, unverbindliches Gespräch beginnt. Er habe angefangen, die anderen Häftlinge zu studieren, und ihr Verhalten erstaune ihn nach wie vor. Sie sahen friedlich fern und zettelten wie aus dem Nichts einen blutigen Aufstand an. Die Leute dort draußen zu sehen, ihr normales Leben, mache sie rasend. Nicht die Unterdrückung führe zu Auflehnung, sondern die immer gleiche Wiederholung des Alltags, die über den Bildschirm flimmerte. Das Wissen um das Leben dort draußen mache sie zornig und wiegele sie auf.

Manchmal, sagte er, überrasche ihn die Sehnsucht nach Zeiten, die er, soweit er sich erinnern könne, gar nicht erlebt habe. Da waren ein Innenhof mit roten Blumentöpfen und Geranien und der Klang eines Klaviers. Es war seine Mutter. Er vermisste sie, wollte sie aber nicht sehen, er verband sie mit der schwächsten Seite seines Geistes. Meine Mutter, fügte er hinzu, hat so wahrhaft Klavier gespielt, dass ich jedes Mal tief gerührt bin, wenn ich sie mit ihrer Brille zum Notenlesen vor mir sehe. Sie war eine polnische Pianistin, keine russische, und sie hat sich *minderwertig* gefühlt, obwohl sie großartig war. Musik, sagte er, drücke die Gedanken besser aus als alles andere.

(Sich mögliche Welten oder alternative Gesellschaften vorzustellen ist das Wesen des utopischen Denkens, aber niemand war bisher auf die Idee gekommen – höchstens zufällig –, sich mehrere simultane Leben vorzustellen, jedes radikal verschieden von den jeweils anderen.)

»Ich habe versucht, meine Gedanken durch die *direkte Aktion* auszudrücken. Machen Sie sich überhaupt Notizen?« Er sah mich an, als wäre er gerade aufgewacht, und lächelte. »Aber was wollen Sie dann überhaupt hier?«

»Ich bin ein Freund von Ida Brown.« Er ließ sich nicht beirren, so leicht konnte man ihn nicht aus der Fassung bringen. »Ich habe ein Foto«, sagte ich und legte es auf den Tisch. Er sah es sich in Ruhe an. Ein lächelndes Mädchen und ein schemenhafter junger Mann. Erinnerte er sich an sie? »Sie war Doktorandin in Berkeley. Sie starb bei einem Unfall. Kannten Sie sie?«

Ja, er habe sie gekannt, sagte er, vor vielen Jahren. Und sie später noch einmal getroffen? Ja, er habe sie noch ein paarmal gesehen. Sie war eine Freundin, man konnte ihr vertrauen. Darin waren wir uns einig, wie zwei wildfremde Menschen, die erstaunt erfahren, dass sie dieselbe Frau geliebt haben. Aber er sagte nichts dergleichen, ich stelle es mir vor, denn es gab keine vertraulichen Worte, und die einzige Gemeinsamkeit war, dass wir anfingen,

Spanisch miteinander zu reden, als ich den Namen Ida Brown erwähnte, und sofort schaltete der Polizist, der mit uns im Zimmer war, eine rote Lampe an.

»Achten Sie nicht auf ihn. Die werden lange brauchen, um ihre Aufzeichnungen zu entschlüsseln. Nur Menéndez wird uns verstehen, er ist der Einzige, der an diesem Gespräch interessiert ist, und dass Sie hier sind, verdanken Sie allein ihm. Der Mexikaner will das Geheimnis des kriminellen Geistes *verstehen* …«, sagte Munk hämisch. »Wie ein Hund, der verzweifelt nach einer Bremse schnappt. Er spürt die Stiche und springt wild herum. Er beißt in die Luft, bellt in der Nacht. Aber kann ein Hund eine Bremse verstehen?«

Laut Munk sammelte das FBI Beweise, griff auf Experten zurück, benutzte seine wissenschaftlichen Labore, seine labyrinthischen, weltweit vernetzten Dateien, warf Köder aus, um die Beute zu fangen, aber am Ende würden sie den Fall doch wieder nur durch Folter, Erpressung und Denunziation aufklären.

»Mein Bruder zum Beispiel ist schlimmer als mein Papagei Daisy, die weiß wenigstens nicht, was sie sagt. Sie haben ihm eine Million Dollar *Belohnung* gegeben und ihm geschworen, mich *nicht* am nächsten Baum aufzuknüpfen.«

Er schien zu sich selbst zu sprechen, gleichgültig gegenüber der Sympathie oder Abneigung seines Gegenübers; wahrscheinlich hatte er sich in der Einsamkeit angewöhnt, laut zu denken, wie ein Eremit, der in der Wüste von seinen Visionen spricht. Ich glaube nicht, dass ich seine Worte hier getreu wiedergebe, denn ich schrieb sie erst im Hotel auf, Stunden später, aber einige seiner Aussagen stehen in meinen Notizen. Ansonsten versuche ich, zumindest sinngemäß zu vermitteln, was er damals sagte.

Für mein *Theorem der Entscheidungen,* fuhr Munk fort, habe ich die Fields-Medaille bekommen. Kaum hatte ich das Preisgeld, habe ich alles hingeschmissen, und damit fing alles an. Sie hätten ihm die Medaille für seine Ergebnisse auf dem Gebiet der Logik der Entscheidungen verliehen. Es gehe darum, mit möglichen und mit erfundenen Leben zu experimentieren. In beiden Fällen leben wir in einer Welt, die *wie* die reale Welt ist, und wir leben in ihr, *wie* wir in der realen Welt leben würden. Der Schlüssel ist, dass die erfundenen Universen – im Gegensatz zu den möglichen Welten – unvollständig sind (weshalb wir nie wissen werden, was Marlow tat, nachdem er die Geschichte von Lord Jim erzählt hatte). Munk hatte sich vorgenommen, bestimmte ungelöste Plots *politisch* zu vervollständigen und dementsprechend zu handeln. Er ziehe es vor, von einer bereits existierenden Story auszugehen. Das war alles, was er über seine Lektüre von Conrads Romanen sagte.

Zuerst wollte er jeden Abschnitt seines Lebens in einem anderen Heft aufschreiben, aber dann hatte er begriffen, dass das eigentlich Interessante die Schnittstellen waren. Um niemanden zu kompromittieren, verschlüsselte er viele Seiten seines *Tagebuchs,* indem er ein selbst erfundenes System variabler Codes benutzte, die je nach Tageszeit wechselten! Um drei Uhr nachmittags bedeuteten die Wörter das eine, um Mitternacht etwas ganz anderes.

Er wusste, dass sich die FBI-Techniker an die NASA gewandt hatten und die Verschlüsselungsexperten der NASA an die Russen, die Russen aber damit beschäftigt waren, die Schweizer Konten der früheren Bonzen der Kommunistischen Partei zu knacken und keine Zeit für so etwas Überflüssiges hatten wie die Entschlüsselung des Tagebuchs eines ehemaligen Mathematikers.

»Die Russen haben alles verloren – bis auf die Verachtung der Vereinigten Staaten. In dieser Hinsicht bin ich Russe.«

Glauben Sie nicht, die Toten wären mir egal, sagte er anschließend. Sie sind wie ich, ich hätte einer von ihnen sein können. Große Wissenschaftler, geniale Schurken, sensible Menschen. John Kline liebte Vögel. James Korda, ein Theologe, hatte einen Geliebten, der seinen Schmerz nicht zeigen durfte, um ihn nicht zu kompromittieren. Leon Singer war sein ganzes Leben Sozialist, was ihm Probleme in seiner akademischen Laufbahn einbrachte. Aaron Lowen hatte das Exil nicht verkraftet. Sie alle waren naiv, und ihr persönlicher Ehrgeiz, den sie Liebe zur Wissenschaft nannten, führte dazu, dass sie alles auf ihrem Weg zerstörten, wie Bulldozer, die heilige Wälder und Berge niederwalzen. Sie vergaßen die Konsequenzen ihrer Taten – oder wollten sie nicht sehen. Darin besteht das Böse: die Verantwortung für die Konsequenzen der eigenen Taten leugnen. Die Konsequenzen, nicht die Ergebnisse. Die Konsequenzen, sagte er. Das ewige Problem ist es, Denken und Handeln in Einklang zu bringen. Es gibt Taten, die deutlich die Art des Denkens ausdrücken; in dieser Hinsicht waren sie wie er.

Die Beleuchtung im Raum glich einem ewigen Licht, die Neonröhren schufen eine permanente Tagesatmosphäre. Der Polizist schien mit offenen Augen zu schlafen. Manchmal drangen vereinzelte Schreie, schmerzvolles Stöhnen oder das Geräusch von Schlägen gegen die Gitterstäbe und der ferne, blecherne Klang der unwirklichen Stimmen aus den Fernsehern durch die Klimaanlage und unterbrachen unser Gespräch, oder besser gesagt, Munks Monolog. Auch im Gefängnis sei es nie still. Nie, sagte er und lächelte plötzlich, als wäre ihm meine Anwesenheit erst jetzt bewusst geworden. Dann fragte er, was ich zuletzt gesagt hätte.

»Was sagten Sie gerade?«

»Sie müssten einen Brief von Ida Brown bekommen haben.«

Er zögerte mit seinem nächsten Zug.

»Einen Brief?«

»Lassen Sie es mich so sagen: Ida könnte zufällig auf eine gewisse Verbindung zwischen Conrads Roman und

Ihrer Vorgehensweise gestoßen sein. Vielleicht ist es nur Zufall, und weil Ida Sie nicht denunzieren will, schreibt sie Ihnen und warnt Sie.« Munk sah mich ungerührt an, und ich fuhr fort. »Als Sie sich für Conrads Roman entschieden, müssen Sie wie jeder Plagiator bedacht haben, dass jemand zufällig das Buch lesen und die Gemeinsamkeiten entdecken könnte. Das FBI hat einen Zusammenhang zwischen dem Roman und Ihren Aktionen vermutet, ist aber nicht vorangekommen. Ein Buch allein ist nichts. Es fehlte ein Leser, der in der Lage war, den Zusammenhang herzustellen und den fehlenden Kontext zu ergänzen. Die Unterstreichungen sind klar, die Daten stimmen überein. Ida hat den Roman in ihrem Seminar in der ersten Märzwoche behandelt. Also muss sie den Brief vor dem dreizehnten abgeschickt haben, denn an dem Tag gab sie mir das Buch, oder besser gesagt, sie vergaß es, oder sie benutzte mich, um darauf aufzupassen … falls ihr etwas zustoßen sollte.« Munk wachte aus seiner Lethargie auf und sah mich aufmerksam an. »Ich weiß nicht, was sie Ihnen geschrieben hat, aber so, wie ich sie kannte, bin ich mir absolut sicher, dass Ida Sie nie verraten hätte, ohne Sie nicht vorher zu warnen, ohne Ihnen nicht zu sagen, was sie entdeckt hatte, ohne Ihnen nicht den Rat zu geben, zu fliehen und mit dem aufzuhören, was Sie getan haben.«

Er zögerte.

»Ich habe seit Monaten keine Post bekommen, und wenn, zerreiße ich sie ungelesen.«

Trotzdem gab es da einige blinde Flecken. Ich war mir sicher, dass Idas Tod kein Unfall war. Jeder von uns sollte wenigstens Herr über seinen eigenen Tod sein, das war eine Frage des Anstands.

»Wissen Sie, was Anstand ist?«

»Ich hätte keine unschuldigen Menschen getötet.«

»Für mich ist Anstand eine Tugend, die auf die Taten folgt«, sagte er. »Man muss nicht erklären, was man macht, sich nicht rechtfertigen!«

Hätte er seine Gründe verschwiegen, fuhr er fort, hätte er gesiegt. Eine Reihe unerklärlicher Todesfälle, ein bösartiges, perfektes Kunstwerk, eine ganze Gesellschaft, die gebannt ein Rätsel verfolgt. Er habe etwas gegen Moralapostel, die im Namen des Guten mordeten und zerstörten. Seine Argumente hingegen seien nicht mit den von ihm begangenen Morden vereinbar. Er habe nie gesagt, *warum er tat, was er tat.* Auf diese Weise, sagte er, habe er den höchsten Grad an Souveränität erreicht, eine vorpolitische und übermoralische Souveränität. Es gebe keinen Plan für die Zukunft, der die gegenwärtigen Handlungen rechtfertige. Man leugne die immer wieder aufgeschobene utopische Hoffnung, die sich aber als letzter Horizont der Aktion erweise. Er habe es nie offen ausgesprochen, glaube aber, dass sich die politische Gewalt aus sich selbst heraus erkläre. Es sei ein Konzept und bedürfe keiner Erklärung. Es sei ein Beispiel, ein Umstand, etwas, das zu denken gäbe. Es funktioniere wie die fiktiven Episoden oder Begebenheiten in der Philosophiegeschichte: Platons Höhle, der Wettlauf zwischen Achill und der Schildkröte.

Aber eines könne diese Logik nicht erklären, sagte ich, denn Idas Tod habe einen Grund gehabt. Und ich hätte eine Erklärung. Sie hätte Sie nie verraten, wiederholte ich, und Ihnen einen Brief geschickt, um Sie zu warnen …

»So war es nicht«, sagte er.

»Dann hat Ida also mit Ihnen zusammengearbeitet?«

Ein gleichgültiger, furchtbarer Blick.

»Vielleicht ja, vielleicht nein«, sagte er.

Er konnte nicht lügen. Oder sollte ich nur glauben, dass er nicht lügen konnte?

»In meiner Heimat hat es das oft gegeben. Manchmal explodiert eine Bombe zu früh und tötet den, der sie bei sich hat. Ida hat für Sie gearbeitet«, sagte ich, als wäre es eine Tatsache. »Wahrscheinlich sollte sie an diesem Tag eine Briefbombe verschicken.«

»Vielleicht ja, vielleicht nein.«

»Am Ende hat sie Angst bekommen …, war erschrocken. Und ist einsam gestorben.«

»Nein, nicht einsam«, sagte er. »Wir sind viele in diesem Land.«

Ich kannte dieses Gerede. Eine unsichtbare Armee, ein geheimer Krieg. Anonyme Helden. Die ganze Zeit musste ich an einen guten Freund denken, den Basken Bengoechea, einen jungen Trotzkisten, intelligent, voller Tatendrang, der beim Bauen einer Rohrbombe ums Leben kam. Plötzlich ging sie hoch und tötete ihn in seiner Wohnung in der Calle Gascón.

»Deshalb wollte ich Sie sehen. Wenn es so gewesen war, hätte Idas Tod zumindest einen Sinn.«

»Einen Sinn?«, fragte er.

»Sie war eine herausragende Intellektuelle, und vielleicht hat sie einen verborgenen Kampf für ihre Prinzipien und Ideale geführt. Es spielt keine Rolle, ob sie sich irrte oder Recht hatte, sie starb für etwas, an das sie glaubte, und deshalb hat ihr Tod einen Sinn …«

»Ida war eine mutige Frau. Wir werden sie nicht vergessen.«

»Wir?«

»Sie und ich. Genug, damit sie nicht vergessen wird.«

»Wann haben Sie sie das letzte Mal gesehen?«

»Wissen Sie«, sagte Munk in seinem perfekten Spanisch, »ich will niemanden in Schwierigkeiten bringen. Man kann von vielen Fällen wie den meinen lesen, aber wenn man es selbst erlebt, ist alles viel schmutziger und hat überhaupt nichts Erhabenes oder Dramatisches an sich. Es ist einfach nur grauenvoll und schäbig. Man muss tun, was man tun muss, manchmal kommt es einem unmöglich oder nutzlos vor, andere Male ist es einfach nur grässlich. Wir müssen von vorn anfangen, bei Null, wie in alten Zeiten, wir sind allein, aber wir können Widerstand leisten und triumphieren.« Er machte eine Handbewegung. »In meinem Leben habe ich oft ...« Aber das Klingeln der Uhr unterbrach ihn. Die Zeit war abgelaufen. »Das war's«, sagte er und stand schwerfällig auf.

Er verließ den Raum, gefolgt von dem schwarzen Wärter, der ihn wie ein großes, verwundetes Tier durch den Gang abführte.

»Ganz langsam, Mistah Munk, ganz langsam.«

3

Zurück im Hotel hallten Munks Worte noch lange in meinen Ohren nach. Wegen Idas zufälligem Tod hatte er sein Schweigen gebrochen und das *Manifest* verschickt, das sein Verderben war. War es so gewesen? Er hatte es offen gelassen. »Wir sind viele«, hatte er gesagt. Ein vieldeutiger Satz, den nur verstehen konnte, wer seine Ideen kannte. »Ich bin Chambige, ich bin Badinguet, ich bin Prado, ich bin alle Namen der Geschichte.« Nie man selbst sein, die Identität wechseln, sich eine neue Vergangenheit erfinden.

Auch sie war so, bin ich mir sicher, ich hatte einen Beweis, eine Ahnung von ihrer Leidenschaft für das Geheimnisvolle, für das geheime Leben. Ich stellte mir ihre nächtlichen Ausflüge in ferne Städte vor, die affektierten Gesten, die Gefahren, die sie zum Anhalten zwangen, eine Waffe in der Handtasche und das Herz in der Hose. Wäre sie auf einer ihrer heimlichen Reisen gestorben und wäre alles aufgeflogen, würden jetzt alle über sie reden, um sie zu verurteilen und zu verleumden, aber solange man sie beleidigte, würde man sich wenigstens an sie erinnern. Um zu töten, muss man sehr verzweifelt sein und gleichzeitig einen kalten, funkelnden Hass verspüren. Vielleicht war es so gewesen. Vielleicht ja, vielleicht nein. Es wäre nicht zu rechtfertigen, nicht zu erklären, aber es könnte möglich sein, vielleicht sogar verständlich. Es hinge ganz von den Umständen ab. Vielleicht wollte Munk aber auch nur glauben, dass es in Amerika junge Leute gab, die bereit waren, in Aktion zu treten. Er hatte bewiesen, dass ein einzelner Mann zwanzig Jahre lang das FBI an der Nase herumführen kann. Es könnte möglich sein. Vielleicht ja, vielleicht nein.

Vor dem Hotel ging ein nächtlicher Regen nieder. Es war eines dieser kurzen, heftigen Sommergewitter. Jenseits des Parkplatzes, weit draußen, erahnte man das Land, die im Dunkeln liegende Ebene. Und ein undeutliches Schimmern. Es waren die Lichter des Gefängnisses, die hohe Mauer wie ein Sternenhimmel. Ich stellte mir vor, auch Munk sähe in den Regen hinaus, die Hände um die Gitterstäbe gelegt, und vielleicht könnte er ja in der Ferne undeutlich das Licht im Fenster eines Hotelzimmers erkennen.

# Epilog

Thomas Munk wurde am 2. August 2005, zehn Jahre nach seiner Festnahme, hingerichtet. Aufgrund wiederholter Berufungen, Anhörungen und neuer Verfahren wurde die Urteilsverkündung mehrfach aufgeschoben. Zahlreiche Menschen verlangten seine Begnadigung, aber das Gericht verzichtete auf eine Amnestie. Seit dem Tag sind viele Jahre vergangen, aber ich kann mich noch gut an bestimmte Details erinnern. Der gelblackierte elektrische Stuhl in der Mitte einer gläsernen Kabine. Munks abgetragene Basketballschuhe und das Geräusch der Gummisohlen auf dem Betonboden. Seine Mutter war bei ihm und auch der Mann im weißen Anzug. Die Hinrichtung, die von den Überwachungskameras aufgezeichnet wurde, war dank der Aktion eines Hackers live im Internet zu sehen.

*Mein wahrer Name ist Thomas Reginald Munk, weder The Shadow noch Recycler, und ich bin auch nicht der intellektuelle Mörder, für den mich diejenigen hielten, die mich zwanzig Jahre lang vergeblich jagten und die mich erst verhaften konnten, als mein Bruder mich verriet.*

*Suchen Sie den Vortrag über Ethik von Ludwig Wittgenstein: »Wenn einer ein Buch über Ethik schreiben könnte, das auch wirklich ein Buch über Ethik wäre, würde dieses Buch mit einer Explosion alle anderen Bücher der Welt vernichten.« Die Ethik ist diese Explosion. Jahwe war der erste Terrorist. Um sein Gesetz durchzusetzen, zerstörte er Städte und tötete Hiobs Kinder. Oder warum glauben Sie, hat Dostojewski mit dem Gedanken gespielt, Aljoscha Karamasow, den Novizen, zu einem Revolutionär zu machen?*

Das Video mit der Hinrichtung war eine Zeitlang auf YouTube zu sehen, aber die Mutter ging juristisch dagegen vor, sodass es schließlich entfernt wurde. Einige Wochen lang wurde es durch das Bild ersetzt, auf dem Munk die Fields-Medaille überreicht bekommt, aber auch dieses Dokument verlor sich irgendwann in den Weiten des Internets.

Ohne Ida Brown wäre ich nie in diese Geschichte hineingezogen worden, und ihretwegen habe ich dieses Buch geschrieben. Die Erinnerungen sind noch frisch, als betrachtete ich Fotos: wie sie in einem grauen Mantel, mit gelbem Kopftuch, vor dem Eingang des Hyatt wartet. Wie sie vor dem Bett steht, ihre Ohrringe abnimmt und sich langsam auszuzieht. Sie hatte ein paar weißliche Flecken auf der Haut, die ihren Körper wie eine zarte Tätowierung schmückten. Es waren Muttermale, Spuren der Vergangenheit, die sie noch schöner machten.

»Ich bin gescheckt«, hatte sie lächelnd gesagt. »Siehst du, mein Liebster?« Und dann hatte sie sich gebückt, damit ich die gespenstische Zeichnung auf ihrem Körper sah. »Meine Mutter hat das nicht, aber meine Großmutter, und meine Großmutter sagt, einer unserer Vorfahren sei ein Eskimo gewesen … Stell dir vor, eine Frau im arktischen Weiß. Eskimos sagen nie ihren Namen, er bleibt ein Geheimnis, sie verraten ihn erst, wenn sie spüren, dass sie sterben werden.«

Zwei Wochen nach meinem Besuch bei Munk kehrte ich nach Buenos Aires zurück. Als ich in Ezeiza landete, wartete mein Freund Junior auf mich, aber das ist eine andere Geschichte.

# RICARDO PIGLIA BEI WAGENBACH

*Ins Weiße zielen* Roman

Ein Mordopfer, das mit Zwillingsschwestern unter einer Decke steckt, ein Japaner als Tatverdächtiger, ein zwielichtiger Staatsanwalt, ein Jockey, der sein Pferd mehr liebt als sein Leben, und ein Kommissar im Irrenhaus – in der Pampa ist die Hölle los.

Aus dem argentinischen Spanisch von Carsten Regling
Quart*buch*. Gebunden mit Schutzumschlag. 256 Seiten

*Künstliche Atmung* Roman

Eine Familiengeschichte über mehrere Generationen, die durch die Landschaften des Exils bis nach Europa führt.

Aus dem argentinischen Spanisch von Sabine Giersberg
Quart*buch*. Gebunden. 224 Seiten

*Brennender Zaster* Roman

Piglia erzählt die wahre Geschichte der Verbrecherbande um Nene Brignone, Gaucho Dorda, Cuervo Mereles und Malito – und macht daraus einen packenden Roman.

Aus dem argentinischen Spanisch von Leopold Federmair
WAT 635. 192 Seiten

*Der Goldschmied* Erzählungen

Raffinierte Detektivgeschichten, Liebeskummer und -freuden, mysteriöse Tauchgänge vor der argentinischen Küste – diese Sammlung zeigt den Facettenreichtum Piglias und führt ein in das Werk des großen argentinischen Autors.

Ausgewählt und aus dem Argentinischen Spanisch übersetzt von Carsten Regling und Sabine Giersberg
*SVLTO*. Rotes Leinen. Fadengeheftet. 144 Seiten

# ARGENTINISCHE LITERATUR BEI WAGENBACH



Verlag Klaus Wagenbach Emser Straße 40/41 10719 Berlin
www.wagenbach.de

Die spanische Originalausgabe erschien 2013 unter dem Titel *El camino de Ida* bei Anagrama in Barcelona.

Die deutschen Zitate aus Joseph Conrads *Der Geheimagent* sind von Fritz Lorch übersetzt und der Manesse-Ausgabe von 1994 entnommen worden.

Die Arbeit des Übersetzers Carsten Regling wurde durch ein Stipendium des Deutschen Literaturfonds unterstützt.
Dieses Werk wurde im Rahmen des SUR-Programms zur Förderung von Übersetzungen des Außenministeriums der Republik Argentinien verlegt.
Obra editada en el marco del Programa SUR de Apoyo a las Traducciones del Ministerio de Relaciones Exteriores, Comercio Internacional y Culto de la República Argentina.



Umschlaggestaltung Julie August, Berlin unter Verwendung einer (bearbeiteten) Farblithographie © Look and Learn / Bridgeman Images. Gesetzt aus der Melior. Einbandmaterial von peyer graphic GmbH, Leonberg und Vorsatzmaterial von G'Schabert, Strullendorf. Gedruckt auf chlor- und säurefreiem Papier und gebunden bei Pustet, Regensburg. Printed in Germany. 

ISBN: 978 3 8031 3269 7
Auch als E-Book erhältlich.